ABSEITS JEDER VERNUNFT - EIN FUSSBALL-LIEBESROMAN

BRIT BOYS IN SEATTLE – SERIE

J.H. CROIX

D1664869

Kapitel Eins

ETHAN

Eine Faust prallte an meinem Kinn ab, und ich schlug reflexartig zurück. Es ist nicht so, dass ich dem Kerl direkt auf die Nase schlagen wollte, aber ich war unmittelbar in diesen Kampf hineingelaufen. Buchstäblich. Das Blut lief dem Kerl am Kinn herunter, während er weiter ausholte und fluchte, was das Zeug hielt. Es gelang mir, einer weiteren Faust auszuweichen und aus dem Handgemenge zu verschwinden. Es war in den frühen Morgenstunden, und ich hatte vorgehabt, einfach die Bar zu verlassen, in die ich mit ein paar Kumpels aus meiner Fußballmannschaft gegangen war. Ich hatte nicht besonders gut aufgepasst und war, um ehrlich zu sein, von ein paar Bieren zu viel ein wenig besoffen. Ich neigte nicht dazu, viel zu trinken, und wenn ich es dann doch tat, wurde ich schnell beschwipst. Deshalb merkte ich auf dem Weg nach draußen nicht einmal, dass die Jungs mitten in einem heftigen Streit waren.

Ich sah mich kurz um und stellte fest, dass ich mir den Weg frei gemacht hatte. Das Letzte, was ich wollte, war, dass der Coach herausfand, dass ich in eine Schlägerei gestolpert war, also ging ich hinaus in die regnerische Dunkelheit von Seattle. Ich zog die Kapuze meiner Jacke hoch und war im Begriff zu meiner Wohnung zu gehen, als ich meinen Namen hörte. „Ethan Walsh?"

Ich drehte mich um und sah einen Polizisten neben einem der Barkeeper stehen. Verdammte Scheiße. Ich nickte höflich. „Ja, Sir."

Ich hatte vielleicht nur versehentlich jemanden geschlagen, aber ich hatte Manieren. Die hatten mich bisher ziemlich weit gebracht. Ehe ich mich versah, wurde ich in das Auto des Beamten verfrachtet und musste zusehen, wie ein anderer Beamter die beiden Typen, die sich eigentlich geprügelt hatten, in ein anderes Auto steckte. Der Beamte, der für mich zuständig zu sein schien, war recht freundlich.

„Mr. Walsh, soweit ich das verstanden habe, waren Sie zufällig zur falschen Zeit am falschen Ort. Das Problem ist, dass der Kerl, den Sie geschlagen haben, ziemlich aufgebracht und obendrein betrunken ist, daher lässt er nicht mit sich reden. Wir fahren aufs Revier und klären das. Es gab eine Menge Zeugen, die berichteten, dass Sie einfach durchgelaufen sind und zuerst einen auf den Kiefer bekommen haben."

Der Beamte plapperte ein wenig vor sich hin, während ich mein Gesicht in meine Hände legte und seufzte. Großartig, einfach großartig. Ich weiß nicht, wie lange es dauerte, bis wir auf dem Revier ankamen, aber ich erklärte sofort, dass ich mit jemandem reden müsste. So freundlich die Beamten auch waren, der Arsch, dessen Faust an meinem Gesicht abprallte, war nicht gerade glücklich über seine blutige Nase. Ich rief schnell Tristan an, meinen Mitbewohner, der so vernünftig war, heute Abend nicht in die Bar zu gehen. Er kicherte und versicherte mir, dass er unseren Coach anrufen und jemanden aus der Mannschaft zu mir schicken würde.

Ich war ein Spieler der Seattle Stars, einer US-amerikanischen Fußballmannschaft, die viel Geld ausgab, um Fußballer aus der ganzen Welt zu verpflichten. Es gab vieles, was ich an Amerika liebgewonnen hatte, aber die dumme Idee, einen anderen Sport - einen minderwertigen, wie ich sagen möchte - Football zu nennen, war ein ständiges Ärgernis. Der Rest der weiten Welt des Sports nannte Fußball Football, aber in den USA hieß es Soccer, oder niemand wusste, was man meinte. Jedenfalls war ich, man mag es kaum glauben, ein Elitespieler und hatte das Glück, nach einer soliden Profikarriere in England in diese Mannschaft zu kommen. Die Kehrseite der Medaille war, dass es nicht gerade ideal für meine Mannschaft war, wenn ich für Furore sorgte. Unser Coach - den ich wirklich respektierte - hatte wenig Toleranz für Spieler, die sich in dumme Schlamassel verwickelten.

Ich stützte mein Kinn in die Hand und wartete. Sie hatten mich in einem Raum untergebracht, in dem außer einem Tisch und einem Telefon nicht viel zu finden war. Ich weiß nicht, wie lange ich gewartet habe, aber aus der Totenstille des Raumes ertönte ein scharfes Klopfen. Noch bevor ich mich richtig aufrichten konnte, schwang die Tür auf. Ich kippte fast mit meinem Stuhl um, als ich Zoe Lawson in der Tür sah.

Zoe betrat den Raum, schloss die Tür hinter sich und ging zügig zum Tisch, dann setzte sie sich und musterte mich. „Hallo Ethan", sagte sie.

Ich setzte mich hin und unterdrückte den Seufzer, der mir entweichen wollte. Zoe Lawson war eine Strafverteidigerin, die ich vor einiger Zeit kennengelernt hatte, als sie Alex Gordon bei seiner Anklage wegen

Körperverletzung half, nachdem er das Arschloch, das vor ein paar Jahren seine Freundin vergewaltigt hatte, verprügelt hatte. Alex war ein Kumpel von mir aus England und Torhüter bei den Stars. Alex, wie er nun mal ist, wurde aus einem verdammt guten Grund wegen Körperverletzung angeklagt. Ich, nun ja, ich wusste noch nicht einmal, ob ich wegen irgendetwas angeklagt wurde, aber alles, was ich getan hatte, war im Grunde genommen, jemandem in die Faust zu laufen und zu reagieren.

Und jetzt war Zoe da. Zoe war, nun ja, sie war einfach wunderschön. Ich weiß nicht, ob sie die schönste Frau aller Zeiten war, aber für mich war sie es. Sie war auch ein wenig furchterregend. Sie war fast einen Meter achtzig groß und hatte Beine, die nicht enden wollten. Obwohl sie sich aus dem Bett gerollt haben musste, um sich mit mir zu treffen, sah sie ordentlich und professionell aus in einer marineblauen Jacke über einem taillierten Rock, der ihr bis zu den Knien reichte. Ihr kastanienbraunes Haar war zu einem gleichmäßigen Knoten zurückgekämmt, aus dem keine einzige Strähne hervorlugte. Ihr wunderschönes Haar war gepaart mit haselnussbraunen Augen und heller Haut. Das Einzige, was sie weicher erscheinen ließ, war ihr Gesicht - sie hatte einen breiten, vollen Mund, Augen, die sich in den Winkeln nach oben neigten, und rosige Wangen.

Oh, und das letzte Mal, als ich sie sah, hatte ich sie geküsst. Ich war ihr zufällig begegnet, als ich ein Restaurant verließ. Ich hatte ein paar Bier getrunken und scherte mich in diesem Moment einen Dreck um ihre abweisende Haltung. Ich nutzte aus, wie überrascht sie aussah, als sie mich sah, und küsste sie einfach auf dem Gang des Restaurants. Für einen kurzen Moment war ihr Mund weich geworden, und sie hatte sich an mich geschmiegt. Die Vernunft musste sie eingeholt haben, aber nicht bevor unsere Zungen einen schnellen Tanz vollführten. Und ganz sicher nicht, bevor ich jeden Zentimeter von ihr an mir gespürt hatte. Diese kurze Kostprobe endete damit, dass sie mich von sich stieß und mich anbrüllte, bevor sie davonstakste. Seitdem hatte ich sie nicht mehr gesehen.

Ich blickte über den Tisch und fühlte mich zwischen zwei Impulsen gefangen. Einerseits wollte ich um den Tisch zwischen uns herumgehen und ihr die Haare losbinden. Ich hatte mir schon ein paar Mal ausgemalt, wie dieses herrliche Haar wohl aussehen würde, wenn es offen wäre, aber ich konnte es mir nur vorstellen. Nicht einmal die wenig schmeichelhaften Neonröhren konnten seinen Glanz dämpfen, goldene Strähnen blitzten inmitten des satten Rotbrauns auf.

Andererseits kam ich mir ein wenig albern vor. Die Zeiger der schlichten schwarz-weißen Uhr an der Wand über der Tür verrieten mir, dass es schon fast ein Uhr dreißig war. Ich hatte keine gute Erklärung dafür, wie ich in diesem kleinen Schlamassel gelandet war, aber hier war ich nun und fragte mich, wie ich mich Zoe gegenüber erklären sollte.

Verdammte Scheiße. Zoe Lawson beherrschte jeden Raum, den sie betrat. Sie strahlte Brillanz und Selbstvertrauen aus und ließ sich nicht im Geringsten einschüchtern. Es war kein Wunder, dass ich sie wie verrückt begehrte.

Ich realisierte gar nicht, dass ich wie ein Tölpel dasaß, bis Zoe mit den Fingern auf den Schreibtisch trommelte.

„Kannst du kein einfaches Hallo herausbringen?", fragte sie ein wenig schroff.

Oh, das hatte gesessen. Ich richtete mich auf und sah sie an.

„Hallo Zoe. Was führt dich heute Abend hierher?", fragte ich, wobei mein Tonfall sehr überheblich klang.

Zoe zog eine Augenbraue hoch und lehnte sich in ihrem Stuhl zurück. „Es ist Morgen, Ethan, und du hast es anscheinend geschafft, dich in eine kleine Zwickmühle zu manövrieren. Coach Hoffman hat angerufen und mich gebeten, mich mit dir zu treffen." Sie hielt inne und schaute auf ihre Uhr. „Um ein Uhr dreißig." Ihre wunderschönen haselnussbraunen Augen, in denen sich grüne und muskatnussbraune Farbtöne mit goldenen Flecken vermischten, richteten sich wieder auf mich. Ihr Blick zog mich in seinen Bann, und sie musste sich räuspern, um mich wieder aufhorchen zu lassen.

„In Ordnung, ich nehme an, es ist ein bisschen spät oder früh, je nachdem, wie man es betrachtet", brachte ich schließlich hervor.

Sie legte den Kopf leicht schief und zog ein kleines Notizbuch aus ihrer Handtasche. „Erzähl mir, was passiert ist."

Ich fasste es schnell zusammen und konnte mir ein Grinsen nicht verkneifen, als ihre Lippen zuckten. Ich grinste nicht, weil irgendetwas davon lustig war. Nein, ich liebte es, ihr unter die Haut zu gehen, so wie ich es mit diesem Kuss getan hatte. Aber es war nicht einfach. Das musste ich ihr lassen. Aber ihr Mundwinkel verzog sich, nur das kleinste bisschen, und ich liebte es. Und das Blut schoss direkt in meine Leistengegend.

Hör zu, Kumpel. Das ist nicht der richtige Zeitpunkt, um geil zu werden.

„Ethan, sag es mir ganz ehrlich. Bist du wirklich

mitten in eine Schlägerei hineingelaufen? Denn ich will ehrlich sein, das klingt ein bisschen lächerlich."

Ich sah sie an und dachte, dass ich eigentlich nicht weiter darüber reden wollte. Ich wusste, dass es sich verdammt lächerlich anhörte, aber es war die Wahrheit.

Kapitel Zwei

ZOE

Ethan Walsh sah mit einem halben Grinsen und einem Schulterzucken zu mir herüber. Selbst ein halbes Grinsen von ihm war verheerend. Unerschrockenheit war das Wort, das mir in den Sinn kam, wenn ich Ethan ansah. Er legte eine neckische, unbekümmerte Art an den Tag. Zusammen mit seinen zerzausten goldenen Locken, seinen funkelnden, grünen Augen und seinem Körper, der für die Sünde gemacht war, machte ihn das geradezu gefährlich. Wenn dann noch sein britischer Akzent hinzukam, war das alles viel zu viel Charme und Verlockung. Er brachte mich auf mehr Arten aus der Fassung, als mir lieb war.

Ich hatte ihn erst ein paar Mal getroffen, und immer in Situationen, in denen das Letzte, woran ich denken sollte, Sex war. So auch in diesem Fall. Es war mitten in der Nacht. Ich sollte müde und schlecht gelaunt sein. Stattdessen brannte ich innerlich. Er brauchte mich nur anzuschauen, und schon schoss die Lust direkt durch meine Adern. Zu allem Überfluss hatte er mich bei unserem letzten Treffen auch noch geküsst. Innerhalb von ein paar Sekunden hatte er mich heiß und erregt zurückgelassen. Ich hatte diesen Kuss nicht vergessen, so sehr ich mich auch bemühte. Das ärgerte mich zutiefst. Ich hatte keine Zeit für Männer, schon gar nicht für einen internationalen Sportstar, der als unermüdlicher Flirter bekannt war. Zum Teufel, seine Spitznamen in der Presse waren *Britischer Goldjunge* und *Magnum*.

Meine umherschweifenden Augen ‑ ungezogene, eigensinnige Augen ‑ betrachteten seine muskulösen Schultern und seine Brust. Mein Gott, sogar seine Hände waren sexy ‑ stark und gerade so abgenutzt, dass man wusste, dass er mit ihnen zaubern konnte. Ich hörte ein leises Kichern von ihm und riss die Augen auf, wobei ich spürte, wie meine Wangen heiß wurden. Verdammt noch mal! Ich konnte es nicht gebrauchen, dass ein sexy Fußballstar dachte, ich würde ihn anstarren.

„Soll ich meine Frage wiederholen?", fragte ich, während ich mich innerlich über meinen zickigen Tonfall ärgerte. Ich neigte dazu, zickig zu sein, vor allem, wenn es um Männer ging.

Ethan fuhr sich mit einer Hand durch sein zerzaustes Haar und warf mir ein verlegenes Grinsen zu. Die untere Seite seines Kiefers war leicht gerötet. Ich nahm an, das kam von der Faust, in die er angeblich hineingelaufen war.

„Nein, das sollst du nicht. Ich weiß, es klingt lächerlich, aber so ist es gewesen. Ich war auf dem Weg nach draußen und habe nicht aufgepasst."

„Du bist also in die Faust von dem Typen gelaufen?"

Ethan warf mir ein weiteres verlegenes Grinsen zu, wobei sich auf einer Wange ein Grübchen bildete. Verdammt noch mal. Er hatte ein Grübchen, das mir noch nie aufgefallen war. Es trug nur zu seinem schelmischen Charme bei, den er ohnehin schon in Hülle und Fülle versprühte. Mein Puls raste und Hitze floss durch meine Adern. Schlimmer noch, ich konnte die Feuchtigkeit an meinen Oberschenkeln spüren. Das war ein Problem. Ich war bei den Seattle Stars unter Vertrag, auf Abruf. Meine bisherigen Begegnungen mit Ethan waren erfreulich kurz gewesen. Mit Ausnahme des Kusses, der mir aus heiterem Himmel die Knie zermalmte und den Körper zum Schmelzen brachte. Nun, der war auch kurz, aber so einprägsam, dass er sich regelrecht in mein Gehirn und meinen Körper eingebrannt hatte. Wenn er tatsächlich wegen dieser dummen Kneipenschlägerei angeklagt würde, müsste ich viel mehr Zeit mit ihm verbringen.

Was meine geistige Gesundheit betraf, war eine potenzielle Katastrophe im Begriff zu entstehen.

Ich beschloss, die Reaktion meines Körpers auf Ethan völlig zu ignorieren. Das war gar nicht so einfach, denn mein Bauch schlug Purzelbäume, und mir wurde so heiß, dass ich einen Ventilator brauchte. Aber hey, ich liebte Herausforderungen.

„Wir werden also weiterhin behaupten, dass du in eine Schlägerei gestolpert bist. Ich hatte noch keine Gelegenheit, mit der Polizei zu sprechen. Sie haben mich direkt, als ich ankam, hierhergeschickt. Wenn ich mit ihnen spreche, werden sie mir dann sagen, dass die Zeugen etwas anderes ausgesagt haben?"

„Auf keinen Fall", sagte Ethan und richtete sich in seinem Stuhl auf. „Ich komme mir ein bisschen dumm vor, aber so ist es nun mal passiert."

Sein Blick war nüchtern und ernst, seine typische Sorglosigkeit war verschwunden. Ich stellte sofort fest, dass dies gefährlicher war als seine neckische Art. Ein so obszön gut aussehender und begehrenswerter Mann wie er hatte es nicht nötig, obendrein auch noch nett zu sein.

Was zum Teufel machst du da? Wisch dir die Spucke vom Kinn und mach deinen verdammten Job. Wenn du ihn gut genug machst, brauchst du dir keine Sorgen zu machen, dass du Ethan überhaupt noch zu Gesicht bekommst.

Die nächste Stimme, die sich zu Wort meldete, wurde in die Ecke getrieben. Diese Stimme wollte fragen, warum ich so verdammt entschlossen war, die Möglichkeit eines Mannes in meinem Leben nicht einmal in Betracht zu ziehen. Wenn man bedachte, wie attraktiv Ethan war, wäre es doch nicht schlecht, ein wenig Zeit zwischen den Laken mit ihm zu genießen. Ich hätte fast hysterisch gelacht. *Fang gar nicht erst damit an.*

Mit bloßer Willenskraft begegnete ich seinem Blick und nickte. Ich glaubte ihm, obwohl ich dazu neigte, ihm das Leben schwer zu machen. Als ich über den Tisch schaute, war ich von seinen Augen fasziniert. Sie waren von einem satten Grünton. Hinter seiner neckischen Fassade spürte ich, dass noch mehr hinter dem Bild steckte, das er abgab.

Hatten wir nicht gerade beschlossen, dass wir das nicht tun würden? Du kannst nicht ernsthaft glauben, dass Ethan jemals auf eine Frau wie dich abfahren würde. Ihm geht es nur um Models und Spaß, nicht um eine karrieregeile Frau, die fast ununterbrochen arbeitet. Ganz zu schweigen davon, dass das Letzte, womit er sich beschäftigen will, eine fast dreißigjährige Jungfrau ist.

Er zog eine Augenbraue hoch, woraufhin ich merkte, dass ich ihn anstarrte. Ich löste meine Beine und schlug sie sofort wieder übereinander. Das hatte den unglücklichen Effekt, dass meine Aufmerksamkeit auf die Tatsache gelenkt wurde, dass die Seide meiner Unterwäsche durchnässt war. Großartig, einfach großartig. Ethan Walsh, ein Mann, den ich nicht begehren wollte, hatte die Fähigkeit, mich feucht werden zu lassen, während ich in einem tristen Raum der Polizeiwache von Seattle saß.

Das war unglaublich ärgerlich. Was hatte er gerade gesagt? Ach ja, richtig.

„Also gut. Wenn das der Fall ist, sollten wir das sofort klären können."

Ich stand so schnell auf, dass ich meinen Stuhl umwarf. Ethan war in Windeseile neben mir. Er fing die Lehne des Stuhls mit seiner Hand auf und schwang ihn wieder an seinen Platz. Ganz der neckische Gentleman, zwinkerte er mir zu, als er meinen Blick bemerkte. Er war mir zu nahe. Obwohl ich vielleicht nicht mehr als drei- oder viermal in seiner Nähe gewesen war, war er immer einen Tick näher, als ich es erwartete. Er strahlte Stärke und Männlichkeit aus. Mein Puls raste - wenn dies ein Rennen war, wollte mein Puls unbedingt gewinnen. Ich machte einen Schritt zurück und stieß gegen den Tisch.

Ethans Blick blieb an mir haften und senkte sich dann, um meinen Körper unverhohlen zu mustern. Ich hätte wütend sein sollen. Wenn es etwas gab, wofür ich mir den Arsch aufgerissen hatte, dann war es berufliche Anerkennung. Stattdessen war ich wütend auf mich selbst, weil ich einen subtilen Anflug von Vergnügen verspürte, weil ich wusste, dass er irgendetwas an mir bemerkte. Die Erinnerung an das Gefühl seiner Lippen auf meinen und an seinen harten, muskulösen Körper, der sich an mich schmiegte, verursachte ein Summen in mir. Meine Haut kribbelte vor Hitze unter seiner Aufmerksamkeit - es war, als würde sein Blick mich streicheln. Als seine Augen wieder zu meinen wanderten, stockte mir der Atem, mein Bauch krampfte sich zusammen, und Hitze

entfaltete sich in meinem Innersten und strahlte nach
außen.

Ich vergaß alles, was ich gerade getan hatte.
Verdammt, ich hatte sogar vergessen, warum ich hier
war. Ethan stand gerade nah genug, dass mein Gehirn
einfach aussetzte, während mein Herz einen wilden,
stakkatoartigen Rhythmus einschlug. Er hob eine
Hand und fuhr mit einem Finger an meinem Kiefer
entlang und an meinem Hals hinunter. Das war das
Schärfste, was je jemand getan hatte. Ich konnte die
subtile Rauheit seiner Fingerkuppe spüren, alle meine
Sinne waren darauf fokussiert. Seine Berührung war
wie ein loderndes Feuer auf meiner Haut. Mir war
heiß am ganzen Körper und ich schmolz fast innerlich.

Ich habe keine Ahnung, wie viel Zeit verging, aber
seine Stimme riss mich zurück in die Gegenwart.

„Zoe Liebes ...“

Seine Pause zog sich gerade so lange hin, dass ich
befürchtete, er könnte das wilde Klopfen meines
Herzens hören. Nach ein paar Takten, in denen ich
kaum atmen konnte und das Verlangen wie eine Welle
durch mich hindurch rollte, beendete er seinen Satz.

„Ich werde dich so oder so bekommen.“

In seinem hochmütigen britischen Akzent klang
sein Ton eine Spur zu selbstsicher für mich. Ich war
plötzlich wütend ... und erregter als je zuvor in
meinem Leben.

„Oh, das glaube ich nicht“, sagte ich, richtete
meine Wirbelsäule auf und starrte ihn an, wobei ich
mein Bestes tat, um das pochende Bedürfnis in mir zu
ignorieren.

Er grinste, ein langsames, vernichtendes Grinsen,
das mein Inneres durcheinanderbrachte und mich so
heiß und erregt werden ließ, dass ich kaum denken
konnte.

„Das werden wir ja sehen", sagte er, als er seine Hand wegzog.

Sofort vermisste ich das Gefühl dieses einen Berührungspunktes. Meine Augen - verdammte Augen - hatten ihren eigenen Willen und blickten nach unten, wo ich sofort bemerkte, dass auch er erregt war. Sehr erregt. Sein Schwanz zeichnete sich gegen den ausgeblichenen Jeansstoff ab, der sich wie ein Liebhaber an seinen Körper schmiegte. Als ich meine Augen aufriss und mit seinem Blick kollidierte, sah ich den Hauch von Verruchtheit in ihnen und rannte beinahe aus dem Raum.

Kapitel Drei

ETHAN

„Erkläre mir das bitte", sagte mein Coach kopfschüttelnd, während er mich musterte.

Ich saß auf der gegenüberliegenden Seite seines Schreibtisches, während er müßig einen Ball in seinen Händen hin und her bewegte. Coach Bernie Hoffman war ein guter Kerl. Er war früher der Löwe des Fußballs, bevor er sich zur Ruhe setzte und als Trainer anfing. In dem mehr als einem Jahr, seit ich bei den Stars unterschrieben hatte, hatte ich großen Respekt vor ihm gewonnen. Im Gegensatz zu meinem letzten Trainer in England hatte er wenig Toleranz für Blödsinn. Aber er war dabei kein Arsch. Das war er nie. Deshalb kam ich mir dumm vor. Wieder einmal.

„Coach, es ist, wie ich sagte. Ich weiß, es klingt lächerlich, aber ich bin mitten in den Kampf hineingestolpert. Ich gebe zu, ich war ein bisschen besoffen, deshalb habe ich nicht aufgepasst. Aber ich schwöre, der andere Typ hat mich zuerst geschlagen. Ich kann nicht glauben, dass er Anzeige erstattet. Zoe hat vorgeschlagen, dass ich im Gegenzug ebenfalls

Anzeige erstatten könnte, aber das scheint mir verdammt lächerlich. Hast du mit ihr gesprochen?"

In der Sekunde, in der ich Zoes Namen sagte, tauchte ein Bild von ihr in meinem Kopf auf – wie ihre Wangen erröteten und ihre grünen Augen dunkel wurden, als ich sie neckte. Ich konnte nicht anders. Verdammte Scheiße. Diese Frau war so verdammt heiß, dass ich jetzt fast einen Steifen bekam, wenn ich nur an sie dachte. Der Coach unterbrach meinen lasziven Gedankengang.

„Sie hat mir heute Morgen ganz früh eine E-Mail geschickt." Er hielt inne und schüttelte erneut den Kopf. „Sie hat nicht einmal gezögert, als ich sie bat, zur Wache zu fahren und dich um ein Uhr nachts zu treffen. Ich hoffe, du hast dich bei ihr bedankt."

Als er innehielt, wusste ich, dass er erwartete, dass ich etwas sagen würde. Natürlich bejahte ich das. Wie ich schon sagte, hatte ich Manieren. „Selbstverständlich. Ich habe ihr mehrmals gedankt."

Coach Bernie nickte leicht, bevor er fortfuhr. „Also ja, sie hat mir eine E-Mail geschickt, in der sie mich über den aktuellen Stand informierte. Sie scheint nicht besorgt über deine Anschuldigungen zu sein und war sogar der Meinung, dass du die Sache bei der Polizei vorbringen solltest. Sie plant, heute Morgen mit ihnen zu sprechen, wenn sie einen Vorgesetzten erwischen kann. Ich mache mir Sorgen, dass dieser Kerl herausgefunden hat, wer du bist, und vielleicht denkt, dass er etwas Geld aus dir herauspressen kann."

Ich biss mir auf die Zunge, um nicht zu fluchen. Ich fuhr mir mit der Hand durch die Haare und seufzte. „Im Ernst? Daran habe ich gar nicht gedacht."

Coach Bernie nickte langsam und verdrehte die Augen. „Das würde mich nicht überraschen. Wie auch immer, Zoe wird sich darum kümmern. Wenn es so ist, wie du sagst, sollten wir uns keine Sorgen machen müssen."

Er stand auf und warf den kleinen Ball in einen Korb in der Ecke. „Gute Arbeit beim Training heute. Tu mir einen Gefallen und halte dich von Ärger fern, okay?"

Ich stand auf, als er um seinen Schreibtisch herumging. „Klar doch. Ich gehe erst mal in keine Kneipe", sagte ich, weil es mich ärgerte, mich wie ein betrunkener, dummer Arsch zu fühlen.

Ich verließ sein Büro und schlenderte den Flur entlang, um meinen Mitbewohner zu suchen. Ich drückte die Tür zum Umkleideraum auf und stieß fast mit ihm zusammen.

„Ah, Tristan. Ich war gerade auf der Suche nach dir", sagte ich, als ich mich umdrehte und neben ihm herging.

Tristan Wells warf mir einen Blick zu, der ein leichtes Grinsen erkennen ließ. Für ihn war das geradezu erheiternd. Er war zurückhaltend, wahrscheinlich waren er und ich deshalb so gute Freunde geworden. Tristan hatte bei den Stars unterschrieben, als ich es tat, zusammen mit zwei anderen Mannschaftskollegen aus Großbritannien. Ich kannte Liam und Alex schon von der Universität und war mit ihnen in einer Mannschaft in Großbritannien gelandet, nachdem es mit einer anderen nicht so gut gelaufen war. Wir hatten das Studium gemeinsam absolviert und kannten uns daher gut. Tristan war der Klügste von uns allen, deshalb war er nicht auf der gleichen Universität wie wir. Stattdessen hatte er in Oxford studiert und war brillant. Er war auch ein hervorragender Fußballspieler. Am Anfang hatte ich ihn für spießig gehalten. Er war verdammt still. Doch als ich ihn besser kennenlernte, entdeckte ich, dass er einen verschlagenen, schlauen Humor hatte und überhaupt nicht spießig war.

Er blieb ruhig, als wir den langen Stadionflur hinuntergingen, unsere Schritte hallten wider, als wir den Kurven des Flurs bis zu den Türen folgten. Wir traten hinaus in einen für Seattle seltenen, sonnigen Nachmittag. Erst dann ergriff Tristan das Wort.

„Wie lief es mit Coach Bernie?", fragte er.

„Äh, gut", antwortete ich mit einem Schulterzucken. „Er hat gesagt, was ich von ihm erwartet habe. Ich werde erst mal nicht mehr ausgehen, bis sich das alles gelegt hat."

Wir begannen, zu unserer Wohnung zu gehen. Es war keine Überraschung, aber Tristan war für einige Augenblicke still. Ab und zu dachte ich darüber nach, wie überraschend es wohl erscheinen mochte, dass wir beste Freunde geworden waren. Ich würde als Erster zugeben, dass ich wild war, viel flirtete, neckte und im Allgemeinen auf jeden Spaß aus war, den ich finden konnte. Tristan hingegen schaffte es irgendwie, eine Karriere im Profifußball zu machen und gleichzeitig sein Medizinstudium zu beenden.

Ich liebte Frauen. Verdammt, ich liebte Frauen. Tristan hingegen schien viel zu beschäftigt zu sein, um Zeit für sie zu finden. Er erinnerte mich an Alex Gordon, einen anderen unserer Kumpels aus Großbritannien. Alex hatte damals in London Sex wie ein Geschäft betrachtet. Ein Juckreiz, der gekratzt werden muss, mehr nicht. Nun, er hatte sich wie verrückt in seine Freundin Harper verliebt, aber das war eine andere Sache.

Und ich? Ich liebte Sex, und ich liebte Frauen. So viel und so oft, wie ich sie finden konnte. Ich hatte mir die Spitznamen, die mir in der Presse angehängt wurden, nicht selbst gegeben, aber sie machten mir nichts aus. Magnum folgte mir aus London, eine Ode an die Kondome, die mir eine Frau nach einer gemeinsamen Nacht ganz öffentlich geschenkt hatte. Britischer Goldjunge war der Liste hinzugefügt worden, als ich hierher zog. Das hatte mich weniger amüsiert, es war nichts weiter als eine alberne Anspielung auf mein Haar. Meine Schwestern, alle vier, liebten es, mich mit diesem Namen zu ärgern.

Tristan schien über all das leicht amüsiert zu sein. Er war der beste Kumpel, den man sich wünschen konnte. Er zögerte nie, den Hörer abzunehmen, auch nicht neulich, als ich jemanden brauchte, der mein ungewolltes Chaos in Ordnung brachte. Als wir an einer Kreuzung zum Stehen kamen, warf er einen Blick in meine Richtung. „Also gut. Du solltest dir lieber einen anderen Weg suchen, um Frauen kennenzulernen. Sonst treibst du mich noch in den Wahnsinn, wenn du in der Wohnung Trübsal bläst", sagte er mit einem Glitzern in seinen haselnussbraunen Augen.

Ich stieß ihn mit dem Ellbogen in die Seite, als wir weitergingen. „Ich brauche keine Kneipe, um Frauen kennenzulernen."

Er grinste wieder. „Natürlich brauchst du das nicht. Und wer ist der arme Anwalt, der dich gestern mitten in der Nacht aufsuchen musste?"

Als ich gestern Abend nach Hause kam, schlief Tristan verständlicherweise schon. Als ich aufwachte, war er schon auf und davon, und so war das Training heute der erste Ort, an dem wir mehr als ein paar Minuten miteinander verbracht hatten.

„Dieselbe Anwältin, die Alex' Fall bearbeitet hat. Zoe Lawson."

Es machte mich schon nervös, ihren Namen zu sagen. Verdammte Scheiße. Ich wollte sie wiedersehen.

„Ah, die hübsche Rothaarige?"

In der Sekunde, in der Tristan seine Frage stellte, kochte die Eifersucht in mir hoch. Gleich darauf fragte ich mich, was zum Teufel hier los war. Ich war sonst nie eifersüchtig. Verdammt, ich dachte, alle Männer sollten Frauen zu schätzen wissen. Ich hatte sogar versucht, Tristan mit ein paar Frauen zu verkuppeln, die nur auf ein bisschen Spaß aus waren. Ohne Erfolg, natürlich. Aber trotzdem. Ich war nicht der Typ, der wegen eines Mädchens knurrte und andere Jungs verjagte. Ich dachte, das sei etwas, das kommt und geht.

Offenbar nicht mit Zoe. Verdammter Mist.

Ich schimpfte mit mir selbst und sagte mir, ich solle mich nicht verrückt machen. Nur weil Tristan zufällig bemerkt hatte, dass Zoe hübsch war, bedeutete das noch lange nichts.

„Ja, die hübsche Rothaarige. Mit den endlos langen Beinen", sagte ich schließlich und bemühte mich um Lässigkeit.

Wir erreichten die Treppe zu unserem Wohnhaus. Tristan blickte mich wieder an, sein Blick war zu scharf, zu abschätzend. Ich ignorierte ihn, als wir unsere Wohnung betraten. Er warf seine Schlüssel auf den Tisch und zog sich die Schuhe aus. Unsere Wohnung hatte ein geräumiges Wohnzimmer und eine Küche mit Sonnenlicht, das durch die Fensterfront fiel und auf den Hartholzböden glänzte. Zu sagen, dass unsere Einrichtung minimalistisch war, wäre eine Untertreibung. Wir hatten eine schwarze Couch, einen Couchtisch und einen Flachbildfernseher an der Rückwand. Die Küche verfügte praktischerweise über eine Kochinsel mit Hockern als Sitzgelegenheit, sodass wir uns nicht einmal um einen Tisch und Stühle kümmern mussten. Ansonsten hatten wir unsere zwei

Schlafzimmer und ein Badezimmer. Wir waren beide ordentlich. Ich hasste es, wenn es unordentlich war.

Ich zog meine Schuhe aus und ging direkt in die Küche. Ich war hundemüde vom Schlafmangel und vom Training, also kochte ich mir einen Kaffee. Tristan folgte mir und ließ sich auf einen Hocker fallen, wobei er sich mit der Hand durch seine schwarzen Locken fuhr.

„Ich habe das Gefühl, du hast etwas für Zoe übrig", sagte er. Aus heiterem Himmel, wie ich fand.

Mein Puls schoss wie eine Rakete in die Höhe, und ich war erleichtert, dass ich mit dem Rücken zu ihm stand. Ich verschaffte mir einen Moment Zeit, indem ich das Wasser in die Kaffeemaschine goss. Gerade genug Zeit für mich, um meinen Körper zu beruhigen. Es war einfach lächerlich, welche Wirkung Zoe auf mich hatte. Plötzlich fiel mir ein, dass ich gestern Abend - oder heute Morgen, wenn man es so sehen wollte - zum ersten Mal länger als ein paar Minuten mit ihr allein gewesen war. Die wenigen Begegnungen, die ich mit ihr hatte, waren immer in Begleitung von Alex gewesen, als er im letzten Herbst mit seinem Fall beschäftigt war. Mit Ausnahme des Kusses, den ich ihr impulsiv auf dem Flur gegeben hatte, was vielleicht höchstens eine Minute gedauert hatte.

Ich drückte auf den Knopf, um die Kaffeemaschine zu starten, und drehte mich zu Tristan um, wobei ich meine Hände auf dem Tresen verschränkte. Es ärgerte mich, dass mich seine Bemerkung störte. Normalerweise war ich genauso gut im Austeilen, wie ich im Einstecken war, vor allem, wenn es um Frauenwitze ging. Ich hatte es geschafft, meinen Puls dazu zu bringen, nicht mehr wie wild zu rasen, also betrachtete ich das als einen Sieg. Ich begegnete Tristans Blick und wusste sofort, dass er ganz genau wusste, dass Zoe mich beschäftigte. Scheiß drauf. Wenn ich jemandem vertraute, dann war es Tristan.

„Vielleicht tue ich das", sagte ich achselzuckend, unfähig, dem Drang zu widerstehen, so zu klingen, als sei es nichts.

Tristan drehte müßig einen Salzstreuer in seiner Hand, während er mich musterte. Ich würde sagen, er sah nachdenklich aus, aber er sah immer nachdenklich aus, weil er einer der vernünftigsten und nachdenklichsten Männer war, die ich kannte.

„Es ist nichts Schlechtes, eine Frau wie sie zu mögen", sagte er. „Allerdings glaube ich nicht, dass Zoe Lawson auf deine Spielchen hereinfallen würde. Du müsstest sie ernst nehmen."

Oh, er hatte keine Ahnung, wie ernst ich Zoe nahm. Ich hatte schon vieles im Leben gespürt, aber Unsicherheit gehörte nicht dazu. Ich ignorierte sie, denn es gab nichts anderes, was man gegen ein solches Gefühl tun konnte. Zumindest nicht, dass ich wüsste.

„Natürlich", antwortete ich und stieß mit dem Absatz gegen den Schrank hinter mir. Ich holte tief Luft und warf Tristan einen Blick zu, wobei ich mich auf das Ich berief, das ich so gut kannte und das sich von keiner Frau aus der Ruhe bringen ließ. „Vielleicht muss sie aufhören, das Leben so ernst zu nehmen?"

Tristan stellte den Salzstreuer ab und schob sich von seinem Hocker. „Vielleicht. Oder vielleicht brauchst du auch mal eine kleine Veränderung."

Das ließ mich sprachlos und verunsichert zurück. Als ich nicht antwortete, ging er auf das Badezimmer zu. „Ich gehe unter die Dusche. Mein Arm hat heute beim Training einen Schlag abbekommen, und ich könnte mehr Dampf gebrauchen", rief er über seine Schulter.

Ich sah ihm hinterher und war genervt von meiner

Verärgerung über ihn und davon, wie sehr mich seine letzte Bemerkung verunsichert hatte. Sobald er aus meinem Blickfeld verschwunden war, erinnerte ich mich an Zoes gerötete Wangen und das Gefühl ihrer seidigen Haut unter meinen Fingerspitzen. Diese eine Berührung - ein Streifen meiner Finger über ihre Wange und ihren Hals - und allein der Gedanke daran verpasste mir einen Steifen. Scheiß drauf. Ich hatte einen guten Grund, sie aufzusuchen, also würde ich es tun. Ich stellte den Kaffee ab und rief Tristan zu, dass ich noch mal los musste.

Kapitel Vier

ZOE

„Das kann nicht Ihr Ernst sein", sagte ich.

„Zoe, ich meine es ernst", sagte Ted Duncan. „Lassen Sie mich mit meinem Klienten reden und ..."

„Ted, das ist totaler Schwachsinn und das wissen Sie auch. Es gibt ungefähr dreißig Zeugen, die aussagen, dass Ihr Klient meinen Klienten zuerst geschlagen hat", konterte ich und war stinksauer, dass ich diesen Anruf überhaupt entgegennehmen musste.

Ted Duncan war die unausstehlichste Art von Anwalt, die man finden konnte. Sein Gesicht prangte auf Plakatwänden in ganz Seattle. Er war prozessfreudig und versprach seinen leichtgläubigen Klienten Dollarzeichen, die er nur selten einbrachte. Jetzt hatte er mir gerade mitgeteilt, dass sein Klient, der betrunkene Idiot, der sich mit seinem Freund prügeln wollte und stattdessen Ethan geschlagen hatte, Ethan wegen seiner blutigen Nase verklagen wollte. Irgendwie war die Nase zwischen gestern Abend und heute Nachmittag angeblich gebrochen worden. Ich hatte keine Zeit für diesen Blödsinn.

„Zoe, ich werde mir die Polizeiberichte ansehen,

aber mein Mandant hat eine andere Version der Ereignisse, und er ist besorgt, dass Mr. Walsh zusätzlich zu den angeblichen Zeugen auch von der Polizei bevorzugt behandelt wird. Wir dürfen auch nicht vergessen, dass dies in einer Bar geschah. Man kann mit Fug und Recht behaupten, dass jeder Zeuge unter Alkoholeinfluss gestanden haben könnte", sagte Ted, wobei sein ruhiger, gemessener und professionell klingender Tonfall im Widerspruch zu allem stand, was er gerade tat.

Ich unterdrückte meinen Drang zu fluchen und legte auf. „Ted, ich höre von Ihnen, wenn Sie die Polizeiberichte von dem Vorfall durchgesehen haben. Falls Sie es noch nicht wussten: Der gesamte Vorfall wurde auch von den Sicherheitskameras in der Bar aufgezeichnet."

„Ach? Was Sie nicht sagen. Gut zu wissen, dass wir konkrete Informationen haben", antwortete Ted. Zum ersten Mal spürte ich ein leichtes Zögern in seiner Stimme.

Ich lächelte in mich hinein, verabschiedete mich höflich und legte den Hörer auf. Kaum hatte ich aufgelegt, klingelte das Telefon erneut. Ich starrte es an und erkannte dann, dass es Jana war, meine hervorragende Rezeptionistin, die zufällig auch eine meiner besten Freundinnen war. Ich tippte auf die Lautsprechertaste.

„Bitte sag mir, dass es nicht Ted Duncan ist, der zurückruft." Ich mochte mich einen Moment lang amüsiert haben, dass ich ihm einen Dämpfer verpasst hatte, aber auf ein weiteres Gespräch mit ihm war ich noch nicht gefasst.

„Es ist nicht Ted Duncan, der zurückruft", plapperte Jana fröhlich vor sich hin.

Ich streckte die Hand aus, löste den Knoten in

meinem Haar und seufzte, als ich spürte, wie sich mein Haar lockerte. Ich war müde. Ich hatte vielleicht zwei Stunden Schlaf bekommen, nachdem ich mich aus dem Bett gewälzt hatte, um Ethan auf dem Polizeirevier zu treffen. Ich hätte eine Tasse Kaffee und ein langes, heißes Bad gut gebrauchen können.

„Wenn er es nicht ist, wer ist es dann?", fragte ich.

Ich hörte Schritte, die mich wissen ließen, dass Jana sich vom Empfangsschalter entfernte. Das bedeutete, dass sie den kleinen Raum hinter ihrem Schreibtisch betrat, den sie als ihren streng geheimen Tratschplatz bezeichnete. Dorthin ging sie, wenn sie etwas Privates mitteilen wollte.

„Mr. Sexy ist hier, um dich zu sehen", flüsterte sie in ihr Headset.

Mein Unterleib krampfte sich zusammen. „Mr. Sexy?"

„Spiel nicht die Schüchterne. Ethan Walsh ist hier. Er ist so heiß, dass ich ihn auf der Stelle vernaschen könnte."

Sie hielt inne. Ich wusste, dass sie grinste, und ich wusste, dass sie abwartete, ob ich ihren Köder schlucken würde. Ich wollte ihr diese Genugtuung nicht geben. Ich hatte keine Ahnung wie, aber sie hatte herausgefunden, dass ich vielleicht etwas für Ethan übrig hatte. Jana war wahnsinnig scharfsinnig. Ethan hatte Alex einmal zu einem Treffen hier in meinem Büro begleitet. Sie hatte schnell gemerkt, dass ich ein bisschen zerstreut war. Ich hatte auch den Fehler gemacht, ihr von dem zufälligen Kuss zu erzählen. Sie konnte kaum den Mund halten, bis ich ihr sagte, dass sie ihre Zeit verschwendete. Ich wusste, dass ich jetzt, da er in der Nähe war, auf der Hut sein musste.

Ich überlegte immer noch, wie ich mit der Tatsache umgehen sollte, dass wir uns geküsst hatten und er nun mein Mandant war. Das Komische war, dass wir Anwälte für uns selbst die lockersten Regeln hatten. Während viele von uns gerne Ärzte verklagten, die ihre Patienten vögelten, hatten wir diesbezüglich eine recht lockere Regelung. Sie war so locker, dass man sich glücklich schätzen konnte, solange die „Beziehung" begann, bevor die betreffende Person zum Mandanten wurde. Es sei denn, es war nicht einvernehmlich, aber das war etwas ganz anderes. Ich fand es amüsant, dass die Tatsache, dass Ethan mich bereits geküsst hatte, vielleicht das kleine Detail war, das mich auf der sicheren Seite der Ethik schweben ließ. Das änderte aber nichts an der Tatsache, dass es sich völlig falsch und unanständig anfühlte. Mein Verstand war leicht entsetzt über die Tatsache, dass mein Körper dadurch nur noch heißer und erregter wurde.

„Nun, er gehört dir", konterte ich und versuchte erfolglos, den kleinen Anflug von Eifersucht zu unterdrücken. Jana käme nicht einmal auf die Idee, sich an einen Kerl heranzumachen, von dem sie glaubte, dass ich ihn mochte, aber ich versuchte verzweifelt, Ethan *nicht* zu wollen. Ich musste an das Feuer denken, das seine Fingerspitzen gestern Abend auf meiner Haut hinterlassen hatten. Oder heute Morgen, dachte ich.

Wenn ich nur an diese winzige, kurze Berührung dachte, wurde mir ganz heiß.

„Oh, Schatz, ich weiß einen sexy Mann zu schätzen, aber ich will ihn nicht persönlich verschlingen. Ich möchte, dass du es tust", sagte Jana.

Ich konnte das schelmische Grinsen in ihrem Gesicht regelrecht sehen. In letzter Zeit drängte sie mich ständig dazu, meine Jungfräulichkeit loszuwerden. Sie hatte erklärt, ich sei ihr Projekt. Ich hatte gemischte Gefühle dabei. Es ärgerte mich irgendwie, dass ich noch Jungfrau war. Nicht, weil ich prüde war oder mich aufheben wollte. Nein, es war so dumm, weil ich mich zu sehr auf andere Dinge konzentrierte, nämlich auf meine Karriere. Es half nicht, dass ich in der Highschool und fast das ganze College über eine rothaarige Bohnenstange gewesen war. Ich war das, was die Leute einen Spätzünder nannten. Meine Kurven bekam ich erst später. Zu diesem Zeitpunkt war ich schon ein bisschen verlegen, weil ich bis in meine Zwanziger hinein wegen meiner Größe gehänselt wurde.

„Hey Zoe, bist du noch da?", fragte Jana.

„Ja, ich bin hier. Kannst du Ethan sagen, dass ich beschäftigt bin?"

Jana seufzte dramatisch in mein Ohr. „Nein, ich lüge nicht, was deine Termine angeht. Ich sage ihm, dass du in fünf Minuten zur Verfügung stehst. Oh, und falls du gehofft hast, mich auf die falsche Fährte zu locken, wie sehr du ihn vögeln willst, dann bestätigt der Versuch, ihn zu meiden, nur meine Vermutung."

„Jana, leck mich. Okay?"

Jana gluckste leise. „Das hättest du wohl gerne."

Ich hörte ihre Schritte und wollte gerade auflegen, als ich sie wieder sprechen hörte. Sie hätte den Lautsprecher stumm schalten können, aber ich wusste, dass sie wollte, dass ich sie hörte. Verdammt noch mal. Ich wollte Ethan hören.

„Mr. Walsh, würden Sie bitte fünf Minuten warten?"

„Mit Vergnügen", antwortete Ethan.

Ich konnte seinen neckischen Tonfall sogar in diesen zwei kleinen Worten hören, und allein der Klang davon ließ meinen Bauch kribbeln.

Ich war am Arsch. Ich war scharf auf meinen Mandanten. Oder besser gesagt auf seinen Arsch.

Ich stand abrupt auf und rannte quer durch mein
Büro zu dem dekorativen Spiegel zwischen den Fenstern. Oh, verdammt. Ich hatte vorübergehend vergessen, dass ich mein Haar offen trug. Jetzt war es ein
zerzaustes Durcheinander, und ich hatte keine Zeit, es
zu richten. Ich fuhr mir mit den Fingern durch die
Haare und versuchte, sie irgendwie ordentlich
aussehen zu lassen. Ich trug es fast immer zu einem
Knoten hochgesteckt, weil mein Haar wild war. Es war
dick und gewellt, wenn ich es offen trug. Nichts schien
es zu bändigen, also sorgte ich dafür, dass es nicht im
Weg war. Dazu kam, dass es ein tiefes Rotbraun war
und mein Haar offen viel zu viel Aufmerksamkeit auf
sich zog. Niemand hatte mich damals ernst genommen. Sie starrten nur auf meine Haare. Nachdem ich
als Kind so oft deswegen gehänselt worden war, fiel es
mir schwer, nicht verlegen zu sein, obwohl ich intellektuell wusste, dass es albern war.

Es klopfte an meiner Tür, und ich sprang vom
Spiegel weg. Ich konnte nicht glauben, dass ich mir
Gedanken über mein Aussehen machte, nur weil ein
Mandant unerwartet auftauchte. Nun ja, nicht
irgendein Mandant - der obszön heiße, dessen Kuss
mich heiß, feucht und erregt gemacht und seitdem
nächtelang in meinen Fantasien beschäftigt hatte.

*Warum eigentlich nicht? Ethan ist verdammt heiß. Wenn
du deine Jungfräulichkeit loswerden willst, sollte es sich auch
lohnen.*

Meine unanständige Stimme war heute in vollem
Gange. Man konnte mit Sicherheit sagen, dass ich von
dieser Stimme noch nicht viel gehört hatte. Nur sehr
wenige Männer erregten meine Aufmerksamkeit. Und
wenn, dann bemerkten sie mich selten, oder zumindest nicht so, dass ich es merkte. Ethan hatte mich
mit seinem zufälligen Kuss vor Monaten und seinem

unverhohlenen Flirt mit mir gestern Abend innerlich aufgewühlt.

Ein weiteres Klopfen an meiner Tür. Richtig, ich zerbrach mir den Kopf darüber, wie ich aussah, während Ethan darauf wartete, sich mit mir zu treffen.

Ich wollte gerade zur Tür gehen, als sie sich öffnete und Jana hereinschlüpfte und die Tür schnell hinter sich schloss.

„Was machst du da?", fragte sie mit einer Stimme, die nur knapp über einem Flüsterton lag.

Meine Wangen wurden heiß, und nicht zum ersten Mal verfluchte ich im Stillen meine helle Haut.

„Nichts", antwortete ich und bemühte mich, meine Stimme ruhig und gelangweilt klingen zu lassen.

Janas aufmerksamer Blick glitt über mich hinweg. „Richtig. Nichts. Nun, du siehst umwerfend aus. Gut, dass du dein Haar offen trägst", sagte sie mit einem verschmitzten Grinsen.

Meine Wangen wurden noch heißer. „Ich trage mein Haar *nicht* für Ethan offen. Ich bin müde, und ich habe meinen Zopf schon vorher gelöst. Glaub mir, ich wollte sie gerade wieder hochstecken, aber ..."

Jana schüttelte den Kopf. „Lass es. Ich würde einen Arm oder ein Bein für dein Haar geben."

Ich verdrehte die Augen. „Wie auch immer. Schick Ethan rein, ja? Ich will das hinter mich bringen", erwiderte ich und ärgerte mich ein wenig über meinen schnippischen Ton.

Jana sah mich einen Moment lang an und schüttelte den Kopf. „Entspann dich einfach, okay? Es ist okay, wenn man einen Typen heiß findet. Du weißt doch, dass ich dich nur ein wenig aufziehe, oder?"

„Ich weiß", murmelte ich. Ich holte tief Luft und straffte meine Schultern. „Und es ist nicht in Ordnung, einen meiner Mandanten heiß zu finden, also wird das hier nichts werden."

Dies war mein erstes stillschweigendes Eingeständnis, dass Jana recht hatte. Ihre Augen begannen zu glänzen.

„Ich denke, das macht es noch lustiger. Was gibt es Schöneres, als seine Jungfräulichkeit an einen total heißen Fußballstar zu verlieren, der zufällig dein Mandant ist?"

„Das ist es nicht wert, meine Karriere zu gefährden", sagte ich schlicht und einfach.

Jana legte eine Hand auf ihre Hüfte. „Ach, reiß dich zusammen. Du hast ihn schon geküsst, als er noch nicht dein Mandant war, also hast du noch etwas Spielraum." Mit einem verschmitzten Grinsen fragte sie: „Bereit für Mr. Sexy?"

Ich funkelte sie an und ging zurück zu meinem Schreibtisch. Ich setzte mich schnell hin, denn ich brauchte die Barriere, um bei Verstand zu bleiben, wenn Ethan hereinkam. Ich hörte Jana sprechen, und dann trat Ethan durch die Tür, die hinter ihm zugezogen wurde.

In der Sekunde, in der ich zu ihm aufblickte, machte mein Bauch einen Purzelbaum, mein Puls schoss wie eine Rakete in die Höhe, und Hitze breitete sich wie ein Lauffeuer in meinen Adern aus. Heilige Hölle. Er war zu viel. Sein goldenes Haar war zerzaust, und seine grünen Augen waren dunkel, als er seinen Blick über mich schweifen ließ. Er strahlte pure Männlichkeit aus und hatte den Körper, der dazu passte. Er trug nichts Bemerkenswertes - nur ein marineblaues T-Shirt und Jeans -, aber irgendwie brachten seine Klamotten seinen obszön durchtrainierten Körper zur Geltung. Mir lief das Wasser im Munde zusammen, als ich ihn nur ansah - seine muskulösen

Arme, seine breiten Schultern und die Art und Weise, wie seine Jeans tief auf den Hüften saß und mir einen Blick auf seine gebräunte Haut und seine Bauchmuskeln gewährte – gerade genug, um mein Höschen feucht werden zu lassen.

O. Mein. Gott. Ich musste mich zusammenreißen.

Kapitel Fünf

ETHAN

Die Tür schloss sich mit einem Klicken hinter mir. Ich hatte vor, etwas Kokettes zu sagen, gerade frech genug, um Zoe unter die Haut zu gehen und sie zum Erröten zu bringen. Aber dann sah ich sie. Ihr üppiges kastanienbraunes Haar war offen, und ihr Anblick machte mich sprachlos. Da ich sie bisher nur gesehen hatte, wenn sie ihr Haar zu einem ordentlichen Knoten hochgesteckt hatte, hatte ich keine verdammte Ahnung, wie wild ihr Haar war. Es fiel ihr in üppigen Wellen um die Schultern. Goldene Strähnen zogen sich durch das tiefe Rotbraun, und die Haarspitzen wirbelten knapp unter ihren Brüsten. Ich wusste, dass ich sie nackt auf mir reiten sehen wollte, mit diesem fantastischen Haar, das mir erlaubte, mit ihren Brüsten Kuckuck zu spielen.

Natürlich hatte ich sie noch nie anders als vollständig bekleidet gesehen, jeder Zentimeter ihres köstlichen Körpers war bedeckt. Ich hatte jedoch eine ausgezeichnete Vorstellungskraft und konnte die Lücken sehr gut füllen. Das Problem war, dass mein Schwanz zuckte. Verdammte Scheiße. Ich konnte hier nicht mit einem Ständer vor ihr stehen - und schon gar nicht gelassen. Ich zwang meine Aufmerksamkeit auf ihr Gesicht. Das half nicht. Ihre Wangen waren gerötet und ihre Augen leuchteten. Sie blieb genau dort, wo sie war, hinter ihrem Schreibtisch. Trotz des Blutes, das mir direkt in die Leistengegend schoss, schenkte ich ihr ein Grinsen. Alte Gewohnheiten lassen sich eben nur schwer ablegen.

„Hallo Zoe, Liebes. Wie geht es dir heute Nachmittag?", sagte ich, als ich mich auf den Stuhl gegenüber von ihr setzte.

Ihre Augen blitzten auf und ihre Lippen spitzten sich. Perfekt. Verdammt perfekt. Ich musste sie nur genug erschüttern, um wieder auf die Beine zu kommen. Es war wie beim Sparring, und ich liebte es.

Sie trommelte mit den Fingerspitzen auf dem Schreibtisch und schlug die Beine übereinander und löste sie wieder. Ich bezweifelte, dass sie jemals über die Vorteile ihres modernen Schreibtisches nachgedacht hatte. Er hatte eine glatte schokobraune Oberfläche mit nichts als einem Einschub für eine Tastatur. Nichts versperrte mir die Sicht auf ihre fantastischen Beine darunter. Wirklich, es war ein Tisch mit einer Tastaturablage und das war's. Ich liebte es verdammt noch mal. Sogar ihre Beine waren gerötet. Okay, vielleicht war es besser, nicht auf ihre Beine zu starren, denn jetzt musste ich meinen Schwanz wieder runterkriegen.

Plötzlich fiel mir ein, dass sie mir noch gar nicht geantwortet hatte. „Hast du vergessen, wie man Hallo sagt?", fragte ich.

Ich bin der Erste, der zugibt, dass mein Ruf als Spieler und Flirter zur Hälfte daher rührte, dass ich immer dann, wenn ich nicht weiß, was ich tun soll, darauf zurückgreife, jemanden zu piesacken.

Zoes Wangen erröteten noch mehr. Sie löste ihre überkreuzten Beine und schlug sie direkt wieder übereinander.

„Sollen wir spazieren gehen?"

„Wie bitte?", entgegnete sie, ihre Stimme ein wenig schnippisch.

Oh, das war perfekt. Ich liebte es, sie zu ärgern. Sie ließ nicht viel durchblicken, aber ihre Wangen waren rosa und ihre Augen fixierten mich mit einem hochmütigen Blick.

„Nun, du scheinst etwas unruhig zu sein. Ich dachte, ein Spaziergang könnte dir vielleicht helfen", sagte ich in meinem höflichsten, sachlichsten Ton.

Zoes Lippen spitzten sich, was meine Aufmerksamkeit auf ihren perfekten Mund lenkte. Verdammte Scheiße. Ihre Lippen waren prall, weich und rosa. Ich war hin- und hergerissen zwischen der Erinnerung daran, wie es sich anfühlte, sie zu küssen, und der Vorstellung, wie es sich anfühlen würde, wenn sich diese perfekten Lippen um meinen Schwanz legten. Ups. Es war keine gute Idee, mich auf solche Gedanken einzulassen. Das lenkte viel zu sehr ab.

Zoe schlug ihre Beine wieder auseinander, und ich hätte schwören können, dass ich einen Hauch von schwarzer Seide zwischen ihren Schenkeln sah. Wahnsinn. Wenn sie auch nur die leiseste Ahnung von meinem Ausblick gehabt hätte, hätte sie sicher sofort ihren Schreibtisch ausgetauscht. Ich konnte mir nur vorstellen, wie viele Männer hier gesessen und den Blick auf ihre Beine genossen hatten und versuchten, einen Blick auf ihr Höschen zu erhaschen. Sie trug wieder einen taillierten Rock. Die schienen ihr zu gefallen. Ich blickte auf und sah, dass sie mich immer noch anstarrte.

„Wir brauchen nicht spazieren zu gehen. Vielleicht

kannst du mir einfach sagen, warum du hier bist",
sagte sie ganz züchtig und korrekt.

„Der Coach erwähnte, dass du heute noch einmal
mit der Polizei sprechen wolltest, also dachte ich, ich
komme mal vorbei, um darüber zu reden."

Sie drehte sich in ihrem Stuhl und blickte schräg
auf den Computerbildschirm auf ihrem Schreibtisch.
„Natürlich, lass mich nachsehen, ob der leitende
Beamte schon auf meine E-Mail geantwortet hat."

Ich wartete schweigend und beobachtete sie,
während sie auf dem Bildschirm etwas anklickte und
überflog. Nach einem Moment drehte sie sich zurück
und sah mich an. Eindeutig schwarze Seide. Meine
Augen verselbstständigten sich, und ich konnte nicht
anders, als noch einmal hinzuschauen.

„Okay, das ist unser Stand der Dinge. Wir lassen
sie versuchen, den Kerl, der dich anklagt, zur Vernunft
zu bringen. Das Problem, das sie haben, ist, dass es
schlecht aussieht, wenn sie dich nicht anklagen,
obwohl es Zeugen gab, die gesehen haben, wie du ihn
geschlagen hast. Sie empfehlen dir, sie dabei zu unter-
stützen, indem du ihn anzeigst."

„Aber das ist doch lächerlich! Ich glaube nicht,
dass der Idiot mich schlagen wollte. Er wollte seinem
Kumpel eine reinhauen. Ich bin ihm nur in die Quere
gekommen. Warum kann er mich nicht einfach in
Ruhe lassen?"

Zoe war jetzt ganz bei der Sache und wieder in
ihrem Element. Sie strahlte eine große Zuversicht aus.
„Weil Menschen manchmal töricht und dumm sind."

„Der Coach macht sich Sorgen, dass der Typ
denkt, er hätte ein Druckmittel und ich hätte Geld,
dem er nachjagen könnte."

Zoe zuckte mit den Schultern. „Das mag sein, aber
ich glaube nicht, dass wir uns darüber Sorgen machen

müssen. Wenn er dir lästig werden will, kann er das tun. Ich kümmere mich darum. Der gesamte Vorfall wurde von den Überwachungskameras aufgezeichnet, also denke ich, dass du auf keinen Fall Probleme bekommen wirst."

Ich nickte und dachte darüber nach, dass das Letzte, womit ich mich befassen wollte, eine beschissene Rechtsangelegenheit war, aber egal. Ich liebte meinen Job. Ich meine, um Himmels willen, ich spielte Fußball für Geld. Ich würde es auf mich nehmen, wenn ich es müsste. Es war nur verdammt dumm, dass ich dem Kerl in die Faust gelaufen war. Wäre ich nicht besoffen gewesen, hätte ich wohl kaum reflexartig nach ihm geschlagen. Aber es war, wie es war. Ich hatte volles Vertrauen in Zoe. Außerdem wollte ich ihr ihr schwarzes Seidenhöschen abstreifen.

Ich befahl mir selbst, mich zu benehmen. Wenigstens noch ein paar Minuten lang. „Also gut. Wenn du das sagst, dann glaube ich dir."

Es klopfte an ihrer Bürotür. Zoe stand auf und ging, um sie zu öffnen. Ich drehte mich in meinem Stuhl um und verschlang den Anblick ihres Körpers. Ihr Rock reichte ihr bis knapp über die Knie. Er war anständig genug, aber sie hatte einen üppigen Po, der ihn perfekt ausfüllte. Ihr prachtvolles Haar schwang mit jedem ihrer Schritte. Verdammt noch mal. Ich wollte meine Hand darum wickeln und sie besinnungslos küssen.

Sie öffnete die Tür, und ich hörte, wie ihre freundliche Rezeptionistin etwas sagte. Sie sprachen leise, sodass ich nicht hören konnte, worum es ging. Ich bemerkte nicht, dass ich aufstand und auf sie zuging, als sie die Tür schloss, bis ich fast da war. Verdammte Scheiße. Diese Frau war wie mein eigener persönlicher Magnet. Mein Körper machte einfach sein Ding. Ich war es gewöhnt, bei Frauen kalkulierter vorzugehen. Was dann passierte, konnte ich nicht berechnen, aber es war verdammt perfekt.

Zoe drehte sich um. Sie war ganz in ihrem Geschäftsmodus und bewegte sich schnell. Sie sah nicht einmal auf, und sie ging so schnell, dass ich keine Chance hatte, zu reagieren. Nach zwei Schritten stieß sie mit mir zusammen.

„Oh! Ich …"

Ihr Atem ging stoßweise, und ihre Augen weiteten sich. Sie stand direkt vor mir, und mein Körper hatte etwas dazu zu sagen. Verdammt, mein Schwanz stand auf Halbmast, seit ich sie heute erblickt hatte. Das Gefühl ihrer vollen Brüste an mir, die Wärme ihres Körpers und die Röte auf ihren Wangen – all das ließ mich innerhalb von einer Sekunde steinhart werden. Ich wusste, dass sie meinen Schwanz an sich spüren konnte, denn er war unmöglich zu übersehen.

Im Moment war es mir egal, ob ich es sanft angehen lassen wollte. Es fühlte sich zu gut an, sie so nah bei mir zu haben. Ich war überrascht, dass sie nicht zurücksprang, aber sie tat es nicht. Ich hob eine Hand und fuhr ihr mit der anderen durch die Haarspitzen. Allein ihr Haar war eine unheilige Versuchung. Es war weich und seidig. Meine Finger strichen über ihre Bluse, und ich spürte, wie ihre Brustwarze durch die dünne Baumwolle hervorstach.

Lust durchbohrte mich sofort. Ich wollte Zoe. Ich wollte sie wie verrückt. Ich schaute zu ihr. Ihre Wangen waren gerötet, und über ihren Nasenrücken und ihre Wangen waren winzige Sommersprossen verstreut. Ich hatte mir nie Gedanken über Sommersprossen gemacht. Verdammt, ich hatte sie noch nie an jemandem bemerkt. An ihr waren sie eine weitere Sache, in die ich plötzlich verliebt war. Ich wollte ihr die Kleider vom Leib reißen und jede einzelne Sommersprosse auf ihrem Körper finden, am liebsten mit meinen Lippen.

Ich konnte spüren, wie ihr Atem in flachen Zügen kam. Ihr Puls flatterte an ihrem Hals. Ich hatte schon darauf gewartet, sie wieder zu küssen. Jetzt schien der perfekte Zeitpunkt zu sein.

„Zoe."

Ihre Augen blitzten auf, ein Wirbel aus Grün und Gold, der von Sekunde zu Sekunde dunkler wurde.

„Ja?", fragte sie mit gehauchtem Flüstern.

Oh, das war's. Ich hatte vor, etwas Witziges zu sagen, sie ein wenig zu necken. Aber alles, was ich wollte, war sie zu küssen.

Ich schob meine Hand unter ihr Haar und umfasste ihren Nacken, darauf gefasst, dass sie mich jeden Moment wegstoßen würde. Das tat sie aber nicht. Ich wartete einen Moment. Vermutlich war ich ein wahrer Masochist, denn ich rechnete fest damit, dass sie mir jeden Moment in die Eier treten würde. Ich liebte es, wie groß sie war. Sie passte perfekt zu mir. Ich musste meinen Kopf kaum neigen, um sie zu küssen. Ich wollte es langsam angehen. Was ich vorhatte und was ich tat, wenn es um Zoe ging, war nie dasselbe, so schien es zumindest.

In dem Moment, in dem ich meine Lippen auf ihre legte, verkrampfte sie sich. Ich dankte jedem Gott, den ich kannte, dass sie mich nicht wegstieß.

„Ethan?"

Irgendwie schaffte sie es, meinen Namen gegen meine Lippen zu sagen. Das ließ meinen Schwanz natürlich noch steifer werden.

„Mm ... was ...?" Sie hielt inne und wich allmählich zurück.

Nun, das würde jetzt nicht mehr funktionieren.

Ihre Augen fixierten meine, suchend. Etwas blitzte in den Tiefen auf, aber es kam und ging so schnell, dass ich es nicht deuten konnte.

„Was tust du da?"

Ihre Stimme war heiser und kaum mehr als ein Hauch, und brachte mich dazu, sie herumzudrehen, sie über den Schreibtisch zu beugen und ihren Rock hochschieben zu wollen.

Tritt auf die Bremse, Kumpel. Zoe ist nicht so eine.

Ich wollte sie so sehr, dass ich kaum klar denken konnte. Ich starrte in die Schichten ihrer Augen - grün, mit Gold bestäubt und braun gesprenkelt. Mit ihrem wilden Haar, das ihr über die Schultern fiel, ihren rosigen Wangen und ihren vollen Lippen war es ein verdammtes Wunder, dass ich mich beherrschen konnte.

„Dich küssen", antwortete ich verspätet.

Ich erwartete immer wieder, dass sie mich wegstoßen würde, aber das tat sie nicht. Sie bewegte sich von einem Fuß auf den anderen, ihre Augen suchten mein Gesicht ab. Sie biss sich auf die Lippe, ihre Zähne verbeulten das köstliche Kissen.

„Ich glaube nicht, dass das eine gute Idee ist", sagte sie schließlich.

Das sagte sie zwar, aber sie bewegte sich keinen verdammten Zentimeter und jede Kurve ihrer Vorderseite drückte sich an mich, während sich mein Schwanz in die Wiege ihrer Hüften schmiegte.

„Und warum nicht?", konterte ich.

„Weil du mein Mandant bist, und ..."

„Wenn ich es nicht für ein Problem halte, wieso ist es dann eins?", fragte ich, wobei ich einen Hauch von Überheblichkeit in meinen Tonfall legte.

Ihre Augen verengten sich. Scheiß drauf. Ich hatte keine Lust, mit ihr darüber zu diskutieren. Ich neigte meinen Kopf und presste meinen Mund auf ihren. Ich wusste nicht, dass sie den Mund öffnen würde, um etwas zu sagen. Perfekt. Ich schob meine Zunge hinein, verhedderte meine Hand in ihrem Haar und verschlang ihren Mund. Falls sie wirklich dachte, dass es ein Problem war, mich zu küssen, schien sie das sofort vergessen zu haben. Ihre Zunge kämpfte mit meiner.

Als ich meine Hand über ihren Rücken gleiten ließ und ihren Po umfasste, um sie fest an mich zu ziehen, stöhnte sie in meinen Mund. Das war's, ich konnte mich nicht zurückhalten. Ich hielt sie fest an mich gedrückt und ging ein paar Schritte, bis sie mit dem Rücken gegen die Tür stieß. Mit der flachen Handfläche lehnte ich mich zurück, nahm ihre Unterlippe zwischen die Zähne und fuhr mit der Zunge über die weiche Haut ihres Halses. Sie schmeckte so verdammt gut - ein wenig süß, ein wenig würzig. Ich brauchte mehr. Ich riss an ihrer Bluse und stellte fest, dass Zoe eine Vorliebe für unanständige Dessous hatte. Ihre vollen Brüste waren in durchscheinende schwarze Seide gehüllt, ihre rosafarbenen Nippel waren hart und flehten mich an, sie zu kosten. Also tat ich es. Ich ließ meine Zunge über den Stoff gleiten und grinste, als sie stöhnte.

Kapitel Sechs

ZOE

Ethans Mund schloss sich um meine Brustwarze, und ich schmolz fast dahin. Heilige Hölle. Ihn einfach nur zu küssen, ließ mich in den Wahnsinn taumeln, doch das hier war mehr als gut. Der heiße, feuchte Sog seines Mundes und das Knabbern seiner Zähne, während er meine andere Brustwarze zwischen seinen Fingern zwirbelte, ließen mich fast auf der Stelle kommen. Heiße Schauer liefen über meine Haut und mein Puls raste wie wild. Ich konnte kaum noch atmen, mein Atem kam stoßweise als Keuchen und Schnaufen.

Ich hätte mich schämen sollen. Mein Gott! Ich knutschte in meinem Büro mit einem meiner Mandanten. Und zwar nicht mit irgendeinem, sondern mit einem hochkarätigen Sportstar. Wenn das jemand herausfand, konnte das meinen durchaus respektablen Ruf ernsthaft beschädigen.

Anwälte sollten ihre Mandanten nicht ficken.

Das Problem war, dass der Gedanke daran, dass ich das nicht tun sollte, mich nur noch heißer machte. Ich spürte die feuchte Seide zwischen meinen Schenkeln

und bewegte meine Beine, alles, um das dringende
Bedürfnis zu stillen.

Ethan zog sich zurück und erwischte dabei leicht
meine Brustwarze mit seinen Zähnen, was mir einen
heißen Lustschauer über den Rücken jagte. Er hob
den Kopf, sein grüner Blick traf auf meinen. Ich erwartete, dass er mich necken würde, aber er tat es nicht.
Er sah mich einfach nur an, die Luft um uns herum
war schwer.

Mein Herz pochte gegen meine Rippen. Je länger
sein Blick meinen festhielt, desto heißer wurde es in
mir. Ich war so feucht, dass ich die Feuchtigkeit an
den Innenseiten meiner Schenkel spüren konnte. Ich
spürte seinen Schwanz heiß und hart an mir, und
weckte das Bedürfnis, ihn in mir spüren zu wollen. Ich
wünschte mir zum tausendsten Mal, dass ich nicht
mehr als Jungfrau unterwegs wäre. Wenn Ethan das
wüsste, würde er wahrscheinlich so schnell aus
meinem Büro stürmen, dass er Reifenspuren hinterlassen würde.

Er kniff in meine Brustwarze, und ein kleines
Stöhnen entwich ihm. Ich war bereits so rot, dass ich
bezweifelte, dass er bemerkte, wie ich noch mehr errötete. Sein Mund verzog sich zu einem teuflischen
Grinsen. Ich hätte mich darüber ärgern sollen. Stattdessen spannte sich mein Körper, ganz der Verräter,
der er war, in Erwartung nur noch mehr an.

Ein letztes Mal neckte er meine Brustwarze und
seine Hand glitt über meinen Bauch. Erst jetzt fiel mir
auf, dass er meine Bluse aufgeknöpft hatte und dass
mein Rock über meine Oberschenkel gerutscht war.
Seine Hand wanderte weiter, über die Kurve meiner
Hüfte und an meinem Oberschenkel entlang. Meine
Beine waren nackt, und das Gefühl seiner schwieligen
Handfläche auf meiner Haut machte mich so

verrückt, dass ich meine Beine wieder verschränkte. O. Mein. Gott. Ich war so erregt, dass ich fast gekommen wäre, nur weil ich meine Beine bewegt hatte.

„Bevor ich gehe, muss ich noch eine Sache wissen", sagte er mit tiefer und fester Stimme.

Ich war so außer mir, dass alles, was er tat, mich noch mehr nach ihm lechzen ließ. Mein Bauch krampfte sich bei dem Klang seiner Stimme zusammen.

„Und das wäre?", fragte ich mit rauer Stimme, und das Verlangen durchzuckte mich so stark und schnell, dass ich kaum atmen konnte.

Er schob meinen Rock hoch und fuhr mit seinen Fingern an der Innenseite meines Oberschenkels entlang. „Ich will wissen, ob du so feucht bist, wie ich steif bin."

Ich schluckte und wurde wieder ganz rot. Ich hätte ihn nicht aufhalten können, und ich wollte es auch nicht. Er strich leicht mit einem Finger über die Seide meines Höschens und wandte dabei nicht ein einziges Mal den Blick von mir ab. Sein halbes Grinsen verschwand und seine Augen wurden dunkel.

Er fuhr mit dem Finger noch einmal über den Stoff, bevor er sich abrupt zurückzog. In diesem Moment klopfte es heftig an meine Tür. Niemand außer Jana klopfte an meine Tür, aber das Letzte, was ich brauchte, war, dass sie sie öffnete und mich so vorfand - meine Bluse aufgeknöpft, mein BH feucht, meine Brustwarzen so angespannt, dass sie schmerzten, und mein Rock bis zur Taille hochgezogen.

Erschrocken drückte ich mich mit dem Rücken gegen die Tür. Ethan legte wieder ein neckisches Grinsen auf, seine Augen huschten von mir zum Türknauf.

„Ich bin in ein paar Minuten da, Jana", rief ich und
bemühte mich, einen normalen Tonfall beizubehalten.

„Okay, dein Vier-Uhr-Termin ist da", sagte sie mit
gedämpfter Stimme durch die Tür.

Als sich ihre Schritte entfernten, blickte ich Ethan
an. „Das ist nicht lustig."

Ich stieß mich von der Tür ab und riss meinen
Rock herunter. Bevor ich meine Bluse zuknöpfen
konnte, stand er schon wieder vor mir. Ohne ein Wort
knöpfte er sie zu, hielt zwischen meinen Brüsten inne
und ließ seine Augen zu meinen hinaufschnellen.

„Ich hätte dich nicht für ein schwarzes Seidenmäd-
chen gehalten", sagte er mit einem weiteren Halb-
grinsen.

Lieber Gott. Er war dabei, mich um den Verstand
zu bringen. Alles, was er tun musste, war, mir eines
dieser verheerenden Grinsen zuzuwerfen, und ich
würde dahinschmelzen.

Ich konnte nicht einmal eine Antwort formulieren,
weil mein Herz wie wild klopfte, mein Bauch einen
Purzelbaum schlug und meine Muschi vor Verlangen
pochte. Er kniff mir in eine der Brustwarzen, bevor er
den Rest meiner Bluse zuknöpfte.

Er hielt still, und ich spürte, wie sich sein harter
Schaft wieder an mich schmiegte. Ich wollte nicht,
dass er ging. So weit war ich schon. Ein anderer
Mandant wartete auf mich, und wenn Ethan auch nur
ein bisschen gedrängt hätte, hätte mich nichts davon
abgehalten, mich endlich von meiner Jungfräulichkeit
zu verabschieden. Genau hier in meinem Büro.

Er streckte die Hand aus und strich mir die Haare
aus dem Gesicht. „Du solltest dein Haar nicht offen
tragen, wenn du arbeitest", sagte er schroff.

„Hm?", war meine brillante Antwort.

„Du bist so schon verdammt schön, aber mit

offenem Haar bist du geradezu gefährlich. Kein Mann kann dich ansehen und dich nicht wollen", sagte er unverblümt. „Ich habe gesagt, dass ich dich will, und das werde ich auch, aber ich habe nicht vor dich zu teilen."

Sein Blick war finster geworden, und ich konnte ihn nur noch anstarren. Ich war so gefangen in dem wilden Rhythmus meines Verlangens nach ihm, dass ich kaum denken konnte. Machte er sich Sorgen um mein Haar?

„Teilen?", fragte ich dümmlich.

Er zuckte mit den Schultern, und die Unbekümmertheit, die er so gut beherrschte, trat in den Vordergrund. „Genau. Ich will nicht, dass dein Vier-Uhr-Termin reinkommt und sich an deinem Anblick ergötzt."

Ich hatte keine Ahnung, was ich sagen sollte. Mein Mund öffnete und schloss sich. Schließlich schüttelte ich den Kopf und versuchte, mich zu konzentrieren. Ein bisschen schwierig, wenn sein Schwanz so heiß und hart war und sich an mich schmiegte. Verflucht, alles an ihm war hart. Sein Körper war wie ein leibhaftiges Beispiel für das perfekte männliche Exemplar – nichts als geschliffene Muskeln und Sehnen. Wieder schüttelte ich den Kopf und schaffte es endlich, Worte zu formulieren.

„Ethan, Männer bemerken meine Haare nicht. Sie bemerken mich nicht. Das kannst du mir glauben."

Er zog eine Braue hoch. „Doch, das tun sie, Liebes. Du schenkst ihnen keine Beachtung. Du bist zu sehr damit beschäftigt, anständig zu sein. Das kannst du mir glauben."

Ein Lachen entwich mir, als ich ihn anstarrte. Er trat zurück, streckte seine Hände aus und fuhr mir durch die Haare. Nach einer Sekunde wurde mir klar, dass er tatsächlich versuchte, mein Haar hochzustecken.

Diesmal lachte ich wirklich und schlug nach seinen Händen. „Ach, hör auf. Ich mache das schon. Normalerweise lasse ich sie hochgesteckt, aber ich wusste nicht, dass du kommst, und ich habe letzte Nacht kaum geschlafen", sagte ich, während ich meine Haare schnell zu einem Knoten zusammenband.

Ich ging zum Spiegel und strich es von meiner Stirn zurück. So wild mein Haar auch sein mochte, es war lang genug, um es leicht zu einem Knoten zu binden. Ich ging zu meinem Schreibtisch und holte zwei Haarklammern aus dem Büroklammerhalter, bevor ich zum Spiegel zurückkehrte, um den Knoten festzustecken.

Ich dachte nicht wirklich nach. Es war alles zu viel und zu verrückt, was ich gerade mit Ethan hatte geschehen lassen. Mein Körper kribbelte vor Verlangen. Ich drehte mich um und sah ihn neben meinem Schreibtisch stehen, seine Augen beobachteten mich.

„Geh mit mir essen", sagte er unvermittelt.

Ein Blick in seine Augen, und ich wäre fast auf der Stelle geschmolzen. Aber ich konnte das nicht tun. Das war Wahnsinn. Ich konnte nicht mit einem Mandanten ausgehen. Und wenn Ethan wüsste, dass ich noch Jungfrau war, würde er mich nicht einmal in Betracht ziehen. Er war ein Aufreißer, und das wusste ich. Guter Gott, der Mann war ständig in den Klatschspalten, vor allem bekannt für seinen gesunden Appetit auf Frauen und dafür, dass er einfach verdammt gut aussah.

Ich begann meinen Kopf zu schütteln, und er schüttelte seinen. „Sag nicht Nein. Ich weiß, dass du mich willst."

Auch wenn seine Worte eingebildet klangen, war sein Tonfall ernsthaft.

„Ethan, das ist es nicht, und es ist nicht nur, weil du mein Mandant bist. Das ist eine Sache, aber ich bin nicht gerade die Art von Mädchen, auf die du stehst."

Seine Augen verengten sich, und er zog eine Braue in die Höhe. „Ich denke, es ist ziemlich offensichtlich, dass du das bist", sagte er in einem drolligen Ton.

Und dann erwiderte ich das Dümmste, was ich je gesagt habe. „Ich glaube wirklich nicht, dass du auf Jungfrauen stehst."

In der Sekunde, in der die Worte aus meinem Mund purzelten, wollte ich sterben. Auf der Stelle. Mein Gesicht wurde heiß. Ich kämpfte gegen den Drang an, sofort aus meinem Büro zu rennen, denn das hätte nur bedeutet, Jana und meinem nächsten Mandanten direkt in die Arme zu laufen.

Ethans Augen weiteten sich. Er öffnete den Mund und klappte ihn wieder zu. Er starrte mich ein paar Sekunden lang an, dann richtete er sich auf und stellte sich direkt vor mich.

„Nein, Liebes. Das ist kein Problem."

Kapitel Sieben

ETHAN

Ich blieb auf dem Spielfeld zurück und beobachtete das Ganze. Liam hatte, wie immer, unsere Offensive wunderbar vorbereitet. Er hatte gerade einen Ball ins Tor geschossen und war schon dabei, den Ball wieder aufs Feld zu bringen. Ich war mir nicht sicher, was mit der gegnerischen Mannschaft heute Abend los war, denn das letzte Mal, als wir gegen sie gespielt hatten, hatten sie unsere Verteidigung bis zur Erschöpfung strapaziert. Heute Abend musste ich mich anstrengen, aber es war ein leichtes Spiel für die Verteidigung. Wenig später ging ich mit Alex Gordon an meiner Seite vom Platz. Alex war einer der besten Torhüter der Welt im Profifußball. Wenn man mich fragt, jedenfalls. Das Schöne war, dass so ziemlich jeder, der etwas über Profifußball wusste, zustimmte.

Ich blickte zu ihm. Alex war immer ernst. Er hatte gerade die gegnerische Mannschaft komplett ausgebremst und schien es nicht einmal zu bemerken. Er strich sich mit dem Ärmel über das Gesicht und schaute mich an, wobei seine braunen Augen meine trafen. „Gutes Spiel, was?"

„Es war ein verdammt leichter Sieg."

Er grinste, aber kaum merklich. „Das war es." Er wollte noch etwas sagen, als wir den Stadiongang betraten, der zu den Umkleideräumen führte, aber er blieb stehen und ein Grinsen breitete sich langsam auf seinem Gesicht aus. Dieses Grinsen konnte nur eines bedeuten. Seine Freundin Harper war hier. Ich warf einen Blick nach vorne und sah, wie sie sich durch die Spieler vor uns schlängelte. Sie erreichte Alex, und er zog sie an sich heran, um sie zu küssen.

Der ernste Alex war nicht so ernst, wenn es um Harper Jacobs ging. Er hatte sich so schnell in sie verliebt, wie ein Stein auf den Grund des Ozeans sinkt. Gott sei Dank hielt sie seinen Kopf danach über Wasser. Nachdem er sie wieder losließ, blickte sie zu mir.

„Hey Ethan, wieder ein Sieg", sagte sie lächelnd. „Ihr seid kaum ins Schwitzen gekommen."

„Nun, dein Junge hier hat es den anderen verdammt schwer gemacht zu punkten. Das hat meinen Job noch leichter gemacht."

Harper schlang ihren Arm um Alex' Taille, als er sie an seine Seite zog, und ging weiter zur Umkleidekabine. Mit ihrem glänzenden braunen Haar und den strahlend blauen Augen war Harper wunderschön. Das konnte ich objektiv feststellen, aber ich fühlte mich nicht im Geringsten zu ihr hingezogen. Auf dem Weg zur Umkleidekabine unterhielten wir uns zwanglos. Alex neigte seinen Kopf für einen Kuss, bevor er sich von Harper entfernte. Ich hatte meinen Kumpels und ihren Liebschaften nie viel Aufmerksamkeit geschenkt, aber jetzt konnte ich nicht umhin, Alex und Harper zu bemerken. Ihr gegenseitiges Verlangen war ganz offensichtlich, ebenso wie die Zärtlichkeit in Alex' Augen. Er war wahnsinnig besorgt um sie, aber

Harper war eine starke Frau, die sich behaupten konnte.

Ich schüttelte den Kopf. Warum zum Teufel starrte ich sie an? Es war nicht so, dass mich ihre ständige Zurschaustellung ihrer Gefühle kümmerte, aber ich konnte nur daran denken, wie es wohl wäre, so etwas mit Zoe zu haben. Ich schüttelte noch einmal heftig den Kopf und machte mich auf den Weg in die Umkleidekabine. Eine brühend heiße Dusche würde mich von Zoe ablenken. Das Problem war, dass ich, seit sie neulich ihre kleine Bombe geworfen hatte, kaum aufhören konnte, an sie zu denken.

Der Lärm in der Umkleidekabine verstummte, als ich in die Gemeinschaftsdusche trat und mich in die hinterste Ecke begab. Während das Wasser auf mich prasselte, konnte ich nur daran denken, wie es sich anfühlte, sie zu küssen. Eine Art verrückter, wahnsinniger Himmel. Sie war so verdammt scharf, und sie ahnte es nicht einmal. Ihr Mund war eine unheilige Verlockung. Und ihr Körper? Heilige Scheiße. Es kostete mich alles, ihr nicht die Kleider vom Leib zu reißen und sie auf der Stelle zu ficken, zumindest, bevor ich wusste, dass sie noch Jungfrau war. Ich erinnerte mich an ihre straffen Brustwarzen unter der schwarzen Seide.

Kumpel, du kannst hier nicht über Zoe fantasieren, es sei denn, du willst einen Ständer, den jeder sehen kann.

Ich verdrängte meine Gedanken von ihren Brustwarzen, aber sie wanderten direkt zu der Erinnerung, wie sie sich anfühlte. Sie war groß und hatte Beine, die endlos lang waren. Ihre Haut war wie Seide. Ihr Höschen war durchnässt. Ich hatte sie necken wollen, aber ich hatte nicht geahnt, was das mit mir machen würde. Ich hatte mich kaum noch unter Kontrolle. So ein Problem hatte ich noch nie gehabt. Ich liebte es,

Dinge in die Länge zu ziehen, eine Frau zu necken, bis sie wild wurde. Wieder einmal war das, was ich vorhatte, und das, was mit Zoe geschah, keineswegs dasselbe.

Verdammt, ich war in ihr Büro gegangen, in der festen Absicht, eine Gelegenheit zu finden, sie zu küssen. Ich hatte gedacht, ich würde sie necken, ein bisschen Spaß haben und sie heiß und unruhig machen. Ich hatte es verdammt noch mal geschafft, sie heiß und unruhig zu machen. Das Problem war, dass ich ihr Büro mit einem solchen Ständer verließ, dass ich zurück in meine Wohnung gehen musste, um die Dinge selbst in die Hand zu nehmen. Buchstäblich. Ich war mir verdammt sicher, dass mir das seit meiner Schulzeit nicht mehr passiert war. Ein Profifußballer zu sein, hatte viele Vorteile. Damals in London war man praktisch ein Adeliger. Zum Teufel, so ziemlich überall auf der Welt. Amerika war mit der Heldenverehrung von Fußballspielern etwas im Rückstand, aber wir hatten überall, wo wir hinkamen, eine große Auswahl an Frauen. Seit ich die Universität verlassen hatte, musste ich mich nicht mehr bemühen, ein Mädchen zu finden.

Normalerweise würde ich mir, wenn ich einen rasenden Ständer hatte, eine mehr als willige Frau suchen. Im Moment reizte mich keine andere Frau als Zoe. Allein der Gedanke, mir eine zu suchen, langweilte mich fast zu Tode. Die Warnung unseres Coaches, dass ich mich von Kneipen fernhalten sollte, stellte kein Problem dar. Das Problem war nur, Zoe dazu bringen, diese ganze Mandantensache nicht mehr so verkrampft zu sehen. Und war ich verrückt genug, einer Jungfrau hinterherzujagen?

Ich grübelte über diese Frage nach, während ich mich abtrocknete und meine Kleidung anzog. Aus

Gewohnheit gingen Tristan und ich gemeinsam nach Hause. An manchen Abenden ließ ich ihn zurück, um mich zu amüsieren. Heute Abend schätzte ich seine typische Ruhe. Ich dachte darüber nach, wie zum Teufel es sein konnte, dass Zoe noch Jungfrau war. Ich meine, ich wusste mit absoluter Sicherheit, dass sie nicht durchs Leben gegangen war, ohne Köpfe zu verdrehen. Sie war verdammt attraktiv. Oh, sie verströmte diese zugeknöpfte, korrekte Ausstrahlung, ganz sicher. Ich grinste, als ich daran dachte, wie ordentlich sie aussah, als ich ging. Ihre Bluse saß perfekt an ihrem Platz und ihr Rock war auf seine angemessene Länge zurückgezogen. Ich musste daran denken, wie sie vorher ausgesehen hatte, mit ihren Brüsten, die fast aus ihrem schwarzen Seiden-BH hervorlugten, mit aufgerichteten Brustwarzen und einem Rock, der um ihre Taille gerutscht war.

Verdammte Scheiße. Ich konnte doch nicht die ganze Zeit mit einem Ständer herumlaufen.

Nach ein paar Minuten folgte ich Tristan in unsere Wohnung und steuerte direkt auf den Kühlschrank zu. Ein Blick hinein erinnerte mich daran, dass ich diese Woche mit Einkaufen dran war.

„Ach verdammt. Ich habe vergessen, mich um die Einkäufe zu kümmern", sagte ich, richtete mich auf und ließ die Kühlschranktür zufallen.

Tristan grinste und zuckte mit den Schultern. „Kein Problem, Kumpel."

„O doch. Es ist ein Problem. Ich habe einen Bärenhunger. Pizza?"

Auf Tristans Nicken hin kramte ich mein Handy aus der Tasche und rief prompt unseren bevorzugten Lieferdienst an.

Wenig später lümmelten wir auf dem Sofa, die Pizza stand auf dem Couchtisch. Ich aß ein Stück und sah Tristan an. Ich hatte eine Frage, und zwar eine, die ich nicht vielen meiner Kumpels stellen würde. Wahrscheinlich sogar nur Tristan, weil ich ihm vollkommen vertraute. Das Problem war, dass ich nicht glauben konnte, worüber ich nachdachte.

Ich hatte noch nie Sex mit einer Jungfrau gehabt. Ich wusste, dass einige Jungs das für eine tolle Sache hielten, aber das war nie etwas gewesen, dem ich nachgejagt war. Als Zoe diese kleine Bombe platzen ließ, hätte ich normalerweise die entgegengesetzte Richtung eingeschlagen. Stattdessen schien das Gegenteil der Fall zu sein. Alles, woran ich denken konnte, war sie. Schlimmer noch, ich machte mir Sorgen darüber. Um ehrlich zu sein, war ich ein Aufreißer, und das wusste ich verdammt gut. Ich mochte es, Spaß zu haben und die Dinge leicht und locker zu halten. Ich sorgte dafür, dass die Frauen zufrieden waren, und dachte, es sei alles nur Spaß. Aber ... eine Jungfrau? Ich hatte Albträume, dass es irgendwie schrecklich werden würde. Ich hatte vier Schwestern, die ich fragen konnte, aber das wollte ich nicht. Wir standen uns nahe, aber ich wollte auf keinen Fall etwas über ihre jeweiligen ersten Erfahrungen erfahren, und ich wollte auch nicht hören, was sie dazu sagen würden, wenn ich sie etwas in dieser Richtung fragen würde.

Tristan hatte seine eigenen Schwestern, und ich hielt ihn für einen der sensibleren Leute, die ich kannte. Also gut. Ich würde ihn einfach fragen.

Was ich als Frage gemeint hatte, kam nicht ganz so raus. „Zoe ist Jungfrau."

„Was zum Teufel, Mann? Verrätst du jetzt einfach irgendwelche Fakten über die Frauen in deinem Leben?", fragte Tristan, während er sich an seinem Bier verschluckte.

Der lustige Moment beruhigte mich. Ich reichte

ihm eine Serviette vom Couchtisch. Nachdem er sich das Kinn abgewischt hatte, sah er mich einen langen Moment lang an, sein viel zu scharfsinniger Blick bohrte sich in mich.

„Aus welchem Grund erzählst du mir das?", fragte er schließlich.

Ich schnappte mir ein weiteres Stück Pizza und biss hinein. Ich brauchte etwas zu tun, um mich nicht in meinem Sitz zu winden. Nach ein paar weiteren Bissen hatte ich das arme Pizzastück praktisch inhaliert. Ich sah Tristan an und zuckte mit den Schultern. „Äh, keine Ahnung, warum ich dir das erzähle", sagte ich schließlich.

Er nahm einen Schluck Wasser und schaute zu mir zurück. „Richtig. Du weißt es nicht. Vielleicht, weil du etwas für sie übrig hast und keinen blassen Schimmer, was du dagegen tun kannst?"

Ich verschluckte mich fast an dem Bissen Pizza, den ich gerade genommen hatte. Ich hätte es besser wissen müssen, als zu versuchen, Tristan irgendetwas zu fragen. Er war zu scharfsinnig. Das und die Tatsache, dass er im Gegensatz zu mir kein Aufreißer war. Vielmehr betrachtete er Frauen als eine Unterbrechung für die tieferen Beschäftigungen seines Gehirns. Neben dem Ballspielen war seine einzige Leidenschaft die Medizin. Zumindest, soweit ich das beurteilen konnte. Er ging Frauen nicht aus dem Weg. Tatsächlich waren die wenigen, mit denen ich ihn zusammen gesehen hatte, absolut verrückt nach ihm. In London hatte er eine längere Affäre mit einem Mädchen gehabt, mit dem er auf der Universität gewesen war. Es war rein geschäftlich gewesen. Sie war genauso kühl und zurückhaltend wie er selbst. Sie hatten Sex, sie hielten es zwanglos, und es gab definitiv keine verworrenen Gefühle, die sein Leben verkomplizierten.

Du hast ihn aus einem verdammt guten Grund gefragt, und er hat recht. Du hast es auf Zoe abgesehen und weißt nicht, was du tun sollst.

Das wäre alles so viel einfacher, wenn sie keine Jungfrau wäre. Ich wünschte mir sehnlichst, dass ich diese Information nicht hätte.

„Ich wüsste nicht, warum das ein Problem sein sollte. Wenn du sie magst, dann tu etwas dafür. Obwohl ich wetten würde, dass sie nicht die Art von Frau ist, der du normalerweise hinterherjagst. Wie ich schon sagte", sagte Tristan und unterbrach meinen Gedankengang.

Verärgerung durchzuckte mich. „Warum sagst du das jetzt?"

Ich hatte nicht mitbekommen, dass Alex schon einmal etwas Ähnliches gesagt hatte. Ich mochte vielleicht ein bisschen Spaß haben, aber ich war kein Arschloch. Und ein Idiot war ich auch nicht.

„Weil die Frau alles hat, Mann. Sie ist offensichtlich eine verdammt gute Anwältin, brillant, wenn man ihrem Ruf Glauben schenken darf. Sie ist auch wunderschön. Aber sie ist nicht die Art von Frau, die sich von einem Profisportler bezirzen lässt. Du wirst sie nicht in Kneipen oder dergleichen antreffen. Aber man kann nie wissen. Vielleicht will sie ja das Gleiche wie du, nämlich etwas Zwangloses. Die Arbeit scheint bei ihr Priorität zu haben", antwortete Tristan.

Ich starrte ihn an. Die Seite von mir, die ich so gut kannte - die lässige Draufgängerseite - dachte, dass das vielleicht ideal wäre. Ich würde Zoe zeigen, was sie all die Jahre verpasst hatte, und dann weiterziehen. Das Seltsame war nur, dass diese andere Seite von mir - eine, mit der ich nicht allzu vertraut war - das nicht so gerne sah. Zoe hatte mehr verdient als ein wenig Spaß zwischen den Laken. Verdammte Scheiße. Ich hatte alles vermasselt, und dabei hatte ich noch nicht einmal angefangen.

Mein Schweigen dauerte wohl ein bisschen zu lange. Tristan schüttelte langsam den Kopf. „Mann, ich weiß, dass es dir schlecht geht, wenn du nichts zu sagen hast. Ich wette, du wolltest mich um Rat fragen. Nicht, dass er besonders viel wert wäre, aber du wirst ihn bekommen. Zoe ist erste Sahne. Behandle sie, wie sie behandelt werden sollte. Das mit der Jungfrau würde ich mir nicht so sehr zu Herzen nehmen. Solange du sie auf ihrem Niveau triffst, wird das keine Rolle spielen."

Ich war es nicht gewohnt, dass jemand behauptete, ich könne eine Frau, die ich wollte, nicht bekommen, und war beleidigt. Es half auch nicht, dass ich mich unsicher fühlte, das war ein Gefühl, das ich bei Frauen noch nie hatte. Alles, was ich zustande brachte, war ein gemurmelter Fluch über Tristan. „Ach, leck mich doch. Wenn ich Zoe will, dann kriege ich sie auch."

Er grinste. „Na gut. Lass mich wissen, wie es läuft."

Kapitel Acht

ZOE

„O mein Gott, du machst dich lächerlich", sagte Jana und schüttelte den Kopf.

Ich verdrehte die Augen. „Tue ich nicht. Ethan ist eine Nummer zu groß für mich."

Jana schluckte den Bissen Omelett, den sie gerade genommen hatte, herunter und strich sich die Haare von der Schulter - ihr Haar war von Natur aus braun mit violetten und burgunderroten Strähnen. Mit ihren typisch auffälligen Haarfarben, ihren großen blauen Augen, ihrer Porzellanhaut und ihrer Sanduhrfigur zog sie die Aufmerksamkeit auf sich, egal wo wir waren. Im Moment frühstückten wir in einem unscheinbaren Restaurant, bevor wir uns auf den Weg ins Büro machten. Der Mann, der uns gegenüber saß, hatte die letzte halbe Stunde damit verbracht, Jana anzustarren, während sie ihn gar nicht bemerkte. Das besagte Restaurant trug den treffenden Namen West Coast Diner. Der schlichte Name passte zu seinem einfachen Standort in einem quadratischen Gebäude mit silbernen Blinklichtern und einer Leuchtreklame. Es war nicht besonders schick, aber das Essen war hervorragend. Wir trafen uns hier ein- oder zweimal pro Woche, bevor wir ins Büro gingen.

Jana legte ihre Gabel ab und stützte ihre Ellbogen auf den Tisch, ihre Augen verengten sich, als sie mich betrachtete. „Glaub mir, Ethan Walsh ist scharf auf dich. Er konnte kaum aufhören, dich anzustarren, als ich hereinkam, weil du deinen nächsten Termin zu lange warten ließest, und es war nicht zu übersehen, dass ihr beide aussaht, als hättet ihr geknutscht", sagte sie mit einem verschmitzten Grinsen.

Meine Wangen flammten auf. Ich verschaffte mir etwas Zeit, indem ich einen Schluck Kaffee nahm und unserer Kellnerin zuwinkte, damit sie mir nach-schenkte. Als Ethan neulich mein Büro verlassen hatte, war ich völlig aus dem Häuschen gewesen. Das war jetzt ganze vier Tage her, und seitdem war keine Stunde vergangen, in der ich nicht an diese hitzigen Momente zurückdachte. Gerade jetzt musste ich wieder an das neckische Gefühl seiner Finger denken, die über die feuchte Seide meines Höschens strichen. Oh, verdammt. Allein der Gedanke daran löste ein pochendes Bedürfnis zwischen meinen Schenkeln aus. Ich hatte es zuvor geschafft, Janas neugierigen Fragen auszuweichen, weil ein ungeduldiger Mandant auf mich wartete. Ich hatte den Termin in die Länge gezo-gen, weil ich wusste, dass sie zu ihrem Sportkurs aufbrechen musste. Als ich endlich aus meinem Büro kam, war sie schon weg.

Ich hatte seit Tagen darauf gewartet, dass sie etwas sagte, und hatte mir fast, nicht ganz, aber doch fast, eingeredet, dass sie nicht bemerkt hatte, dass ich meine Kleidung hastig wieder zurechtgerückt hatte und mein Haar nicht so ordentlich war wie sonst. Ich hätte wissen müssen, dass sie mich nicht einfach in

Ruhe lassen würde und nur darauf wartete, über mich herzufallen.

Ich seufzte und starrte sie an. „Ich weiß nicht, was du meinst", sagte ich schließlich abwehrend.

Jana warf mir einen bösen Blick zurück. „Schatz, ich habe viel mehr Erfahrung mit Männern als du. Ich weiß, wie ich aussehe, wenn ich mit jemandem im Büro rummache."

„Du machst mit Männern im Büro rum? Wann hast du denn dafür Zeit?"

Das brachte mir ein langsames Augenrollen ein. „Nicht seit ich für dich arbeite, aber du weißt doch noch, warum ich meinen letzten Job aufgegeben habe, oder?"

„Ach ja. Das hatte ich vergessen."

Jana hatte eine heiße und intensive Beziehung mit ihrem ehemaligen Chef, der ihr das winzige Detail, dass er verheiratet war, verschwiegen hatte. Als sie die Wahrheit herausfand, kündigte sie sofort, aber nicht bevor ihr Ruf Schaden genommen hatte. Sie war Anwaltsgehilfin in einer großen Anwaltskanzlei in Seattle gewesen. Sie hätte Anwältin werden sollen, aber sie schaffte nur die Hälfte des Studiums, als ihre jüngere Schwester an Brustkrebs erkrankte und starb. In Verbindung mit den schmutzigen Details, die über ihre angebliche Affäre durchsickerten, war es eine Untertreibung zu sagen, dass ihre Karriere ins Stocken geraten war. Wir hatten uns während des Jurastudiums angefreundet, und ich hatte ihr einen Job angeboten. Seitdem waren wir von flüchtigen Bekannten zu den besten Freunden geworden.

Schließlich sah ich zu ihr hinüber und seufzte. „Gut. Also gut. Vielleicht hat er mich geküsst." In der Sekunde, in der ich es sagte, wollte ich es zurücknehmen. Jana war auf einer dummen Mission, mich dazu zu bringen, mich von meiner Jungfräulichkeit zu verabschieden. Ich sagte ihr immer wieder, ich sei zu beschäftigt.

Oberflächlich betrachtet, stimmte das auch. Ich arbeitete die ganze Zeit. Ich wusste schon zu Beginn meiner juristischen Laufbahn, dass ich nicht in einer großen Kanzlei arbeiten wollte. Frauen hatten es doppelt so schwer wie Männer, wenn nicht noch schwerer, wenn sie versuchten, die Karriereleiter von Prestige und Anerkennung zu erklimmen. Ich hatte mein Ziel erreicht und meine eigene Kanzlei gegründet, was bedeutete, dass ich mir den Arsch aufreißen musste, wenn ich anständig bezahlt werden und Mandanten haben wollte. Es war nicht schwer für mich, mich auf die Arbeit zu konzentrieren. Ich konzentrierte mich hauptsächlich auf Verteidigungsfälle, aber ich machte ein bisschen von allem. Ich hatte ein paar Glücksfälle mit hochkarätigen Mandanten, die mich weiterempfahlen. Der ungeduldige Mandant, der sich mit mir traf, nachdem ich mit Ethan in meinem Büro geknutscht hatte, war der knallharte Vater eines Sohnes, der sich eines Nachts ordentlich betrunken hatte und das Glück hatte, von einem Polizisten angehalten zu werden, bevor er den Parkplatz einer Bar verlassen konnte. Sein Sohn war freundlich und hatte ein typisch schlechtes Urteilsvermögen für einen kaum volljährigen Studenten. Jedenfalls gab er meinen Namen an die Seattle Stars weiter, als sie vor einem Jahr einen Anwalt für einen Spieler suchten. Seitdem rief mich die Mannschaft jedes Mal an, wenn sie einen Spieler hatten, der Hilfe brauchte.

Um auf Janas Mission zurückzukommen - nun, ich wusste nicht, wann ich Zeit für Sex finden würde. Ethan hatte sich schnell erholt und war so lächerlich charmant, dass er es schaffte, mich zu necken, aber ich hatte den Schock in seinen Augen gesehen, als ich damit herausplatzte, dass ich noch Jungfrau war. Ich wusste, dass ich mit meinen neunundzwanzig Jahren mit dieser zufälligen Leistung an der Grenze zur Antiquität stand. Zu meiner Verteidigung: Ich hatte Verabredungen auf dem College. Ich war nicht prüde, und ich habe mich bestimmt nicht aufgehoben. Aber wenn ich Zeit für Verabredungen gefunden hatte, waren die meisten Jungs einfach nicht das Richtige für mich. Ich hatte mich zu sämtlichen Stationen vorgearbeitet, außer zur letzten. Ich seufzte innerlich. In meinem Alter war diese Situation ein Ärgernis.

Es ärgerte mich zu Tode, dass ein Teil von mir hoffte, dass meine unbedachte Bekanntgabe meines jungfräulichen Zustands an Ethan ihn verjagen würde, während ein anderer Teil von mir enttäuscht war, dass dies wahrscheinlich der Fall sein würde. Ach.

Jana räusperte sich. Ich hatte gar nicht bemerkt, dass ich auf den Tisch starrte, während ich darüber nachdachte, wie lächerlich ich mich benommen hatte. Ich blickte wieder zu ihr auf und sah ihre stechenden blauen Augen auf mich gerichtet.

„Oh, Schatz, Ethan ist einer von diesen Männern, die die meisten Frauen aus der Ruhe bringen. Du brauchst dich deswegen nicht zu ärgern. Er ist der perfekte Kandidat für dein kleines Projekt", sagte sie mit einem Anflug von Grinsen.

„Es ist nicht mein Projekt", brummte ich. „Es ist deins und es ist dumm."

Unsere Kellnerin eilte vorbei und füllte unsere Kaffeetassen auf, bevor sie davonrauschte. Jana nahm einen Schluck von ihrem und lehnte sich zurück. „Okay, gut. Ich gebe zu, das ist nicht gerade dein Ding. Aber ich bin nur auf einer Mission, weil du auf eine ernsthafte Jungfernschaft zusteuerst, wenn du nicht darüber hinwegkommst und deine Jungfräulichkeit endlich verlierst. Das wird langsam zu einer ernsten Sache. Du bist umwerfend und brillant, und du musst dich entspannen und Spaß haben. Mindestens die Hälfte der Frauen in Seattle sind hinter Ethan her, und er mag dich. Hab Spaß und dann brauchst du dir keine Sorgen mehr um deine Jungfräulichkeit zu machen."

„Oje, Jana. Du tust so, als ob ich mir darüber Sorgen machen würde. Das tue ich nicht ..."

Sie schaltete sich sofort ein. „Klar, du denkst nicht oft an Sex, aber nur, weil du immer sagst, dass es dir im Weg wär."

Ich starrte sie an und wünschte mir, dass ich vielleicht lieber nicht so ehrlich zu ihr gewesen wäre. Ich stützte mein Kinn auf meine Hand und seufzte. „Na schön. Ja, es kommt mir in die Quere, aber ich habe wirklich keine Zeit für Verabredungen." Abgesehen davon, dass mir mein karriereorientiertes Leben in die Quere kam, hatte ich von genug Männern gehört, dass ich zu einschüchternd sei. Ich wusste, dass es nicht half, so groß zu sein wie die meisten Männer, und sich nicht darum zu scheren, ihr Ego zu streicheln. In der Welt der Anwälte gab es viele Männer, die mit stolzgeschwellter Brust herumliefen. Ich genoss es, sie in ihrem eigenen Spiel zu schlagen, was mir anscheinend einen Ruf als knallharte Kämpferin eingebracht hatte.

„Es klingt nicht so, als bräuchtest du Zeit, wenn du mit Ethan im Büro rummachst", sagte Jana mit einem Augenzwinkern.

„Ich kann nicht glauben, dass du Sex im Büro unterstützt", murmelte ich.

„Hey, es hat Spaß gemacht, bis ich herausfand, dass er verheiratet ist. Mach Bürosex nicht schlecht, Schatz, es ist total heiß."

Ich wurde vor weiterer Demütigung bewahrt, als

unsere Kellnerin vorbeirannte und unsere Rechnung aus ihrer Hand auf den Tisch flatterte. Janas Telefon klingelte praktischerweise zur gleichen Zeit.

„Ich muss da rangehen, es ist meine Mutter", sagte sie schnell, bevor sie abnahm.

Ich kümmerte mich um die Rechnung, und wir gingen zum Büro, das ein paar Straßen weiter lag. Jana unterhielt sich am Telefon mit ihrer Mutter, während ich mich fragte, wann ich Ethan wiedersehen würde, und völlig unfähig war, meine unanständigen Gedanken zu unterdrücken.

Kapitel Neun

ETHAN

Ich joggte die Treppe zu Zoes Bürogebäude hinauf. Sie hatte Coach Bernie eine Nachricht über ein Update hinterlassen. Ich war sauer, dass sie mich nicht direkt angerufen hatte, aber ich konnte mir schon denken, warum. Es war eine ganze Woche her, dass ich sie das letzte Mal gesehen und besinnungslos geküsst hatte. Oder vielleicht hat sie mich besinnungslos geküsst. Es war mir völlig egal. Ich hatte meinen Kopf wieder gerade gerückt und war nicht mehr verwirrt wegen ihr. Ich fand, es war perfekt. Sie hatte noch nie Sex gehabt, also wäre es ideal, wenn ich das für sie übernehmen würde. Tristan hatte wahrscheinlich recht. Die Arbeit war ihr Ding, also brauchte ich keine Angst zu haben, dass sie zu viel in die Sache mit mir hineininterpretieren würde.

Entschlossen stürmte ich durch die Tür in den Empfangsbereich ihres Büros, wo ihre Rezeptionistin gerade ein Gespräch beendete. Unter normalen Umständen würde ich denken, dass ihre Rezeptionistin heiß war. Sie hatte dunkles Haar, das mit hellen Farben durchzogen war, und einen Körper mit üppigen Kurven. Das Seltsame war, dass ich sie nur abstrakt bewundern konnte. Eine kleine Sorge beschlich mich in meinem Hinterkopf. Es kam selten vor, dass ich mich bei einer Frau wie ihr nicht einschmeicheln wollte und sie verdammt noch mal bewundern konnte. Die Tatsache, dass ich das nicht tat, erinnerte mich daran, dass ich keine Frau mehr so angesehen hatte, seit Zoe mitten in der Nacht aufgetaucht war, um mir bei meinem lästigen Rechtsproblem zu helfen.

Ich schob diese Sorge beiseite und wartete, während die Empfangsdame ihr Gespräch beendete. Alles, woran ich denken konnte, war, wann ich mich endlich durch die Tür zu Zoes Büro schleichen und sie wieder küssen könnte. Als sie fertig war, schaute sie mit einem breiten Lächeln zu mir auf, ihre blauen Augen leuchteten auf ihrer hellen Haut. Sie schien über irgendetwas amüsiert zu sein, aber ich war zu sehr darauf konzentriert, Zoe zu sehen, um mich zu fragen, was es war.

„Hallo, Mr. Walsh. Ich glaube, Sie stehen nicht in Zoes Terminkalender. Soll ich nachsehen, ob sie verfügbar ist?", fragte sie.

Das sagte mir, dass Zoe verfügbar war, sonst hätte sie mich wissen lassen, dass Zoe mit einem Mandanten beschäftigt war. „Ja, das wäre schön. Danke schön."

Sie tippte etwas in ihre Tastatur und schaute dann wieder zu mir. „Ich glaube, ich hatte noch keine Gelegenheit, mich vorzustellen. Ich bin Jana. Ich bin Zoes Rezeptionistin und Anwaltsgehilfin. Wenn sie nicht verfügbar ist, können Sie mir gerne mitteilen, wenn ich Ihnen bei irgendetwas helfen kann."

„Freut mich. Wir können uns gerne duzen, Jana. Ich werde einfach so lange warten, wie es nötig ist."

Weil ich das verdammt noch mal tun würde. Ich würde nicht gehen, ohne Zoe gesehen zu haben.

Jana zog eine Augenbraue hoch und ein subtiles Funkeln trat in ihre Augen. „Also gut."

Ihr Blick huschte von mir zu ihrem Computerbildschirm. Sie stand schnell auf und hielt einen Finger hoch. „Nur eine Minute."

Sie trat hinter dem geschwungenen Schreibtisch hervor und ging um die Ecke, wo sich die Tür zu Zoes Büro befand. Sobald ich hörte, wie sich die Tür öffnete und schloss, beugte ich mich über den Schreibtisch und sah auf ihren Computerbildschirm. Ich vermutete, dass sie Zoe eine Nachricht geschickt hatte und dass Zoe sie hinhalten wollte. Der Austausch, den ich auf dem Bildschirm las, den Jana praktischerweise offen gelassen hatte, setzte sie prompt auf die Liste meiner Lieblingsmenschen.

Jana: Mr. Sexy ist hier, um dich zu sehen!

Zoe: Ich bin beschäftigt.

Jana: Nein, bist du nicht. Du hast in den nächsten zwei Stunden keine Termine. Ich arbeite an dem Entwurf der Verfügung für den SA-Fall. Alles andere ist nicht eilig. Hol dir den Mann in dein Büro und treibe es mit ihm. Und zwar sofort!

Zoe: OMG. Ich werde es mit niemandem in meinem Büro ‚treiben'.

Oh, das war zu perfekt. Sie würde es mit mir in ihrem Büro treiben. Wenn nicht heute, dann bald.

Jana: Hör auf, so verklemmt zu sein. Du musst dich in mehr als einer Hinsicht locker machen.

Zoe: Sag ihm, ich bin beschäftigt.

Jana: Auf keinen Fall. Selbst wenn ich es täte, würde er nicht gehen. Das kann ich dir sagen.

Zoe: Jana, wie oft muss ich dir noch sagen, dass dich meine Jungfräulichkeit nichts angeht?

Jana: Doch, das tut sie. Du bist launisch und du musst es mit jemandem treiben.

Mit mir. Sie würde es mit mir treiben. Dieser kleine Austausch verdeutlichte nur, wie ideal es war, dass ich zufällig in der Nähe war.

Die Bürotür öffnete sich und ich trat schnell einen Schritt zurück. Jana brauchte mich nicht dabei zu ertappen, wie ich meinen Hals neugierig verrenkte. Ich konnte nicht fassen, dass ich das gerade getan hatte. Man konnte mit Sicherheit sagen, dass ich noch nie zuvor in Erwägung gezogen hatte, zu schnüffeln, um etwas über eine Frau herauszufinden. So sehr wollte ich Zoe. Ich scheute mich, darüber nachzudenken, was das bedeutete. Ich wusste nur, dass ich Zoe wollte, und ich würde sie bekommen.

Jana kam um die Ecke und winkte mir zu. „Zoe hatte eine Terminabsage. Sie kann dich jetzt empfangen."

Ich weiß nicht, was Jana, meine heutige Lieblingsperson, zu ihr gesagt hatte, aber offensichtlich hatte sie Zoe überredet, mich zu empfangen. Ich war zufällig mit Zoe einer Meinung, dass es wahrscheinlich nicht die beste Idee war, sie in ihrem Büro zu vögeln. Sobald wir uns um ihre lästige Jungfräulichkeit gekümmert hätten, wäre ich voll dabei. Allerdings würde ich heute nicht ohne einen weiteren Kuss gehen, und vielleicht noch mehr.

Die Tür schloss sich mit einem Klicken hinter mir. Kurz überlegte ich, ob ich die Tür abschließen sollte, aber ich wusste, dass ich zwei Stunden Zeit hatte, und ich wusste, dass Jana mich nicht unterbrechen würde. Nicht nachdem ich gesehen hatte, was sie gerade geschrieben hatte.

Ich sah zu Zoe hinüber, die an den Fenstern stand. Von ihrem Büro aus konnte man die Innenstadt von

Seattle überblicken und den Puget Sound hinter der Skyline der Gebäude sehen. Sie stand mit dem Rücken zu mir, und ich konnte die Anspannung in ihrer Wirbelsäule sehen. Sie stand gerade und hatte die Arme verschränkt. Sie trug einen taillierten schwarzen Rock, der ihr bis knapp über die Knie reichte, und eine weitere, kurz geschnittene Jacke. Das war eine Variation dessen, was sie jedes Mal getragen hatte, wenn ich sie gesehen hatte. Immer professionell, immer sittsam, und auf jeden Fall angemessen. Ich konnte es kaum erwarten, den Rock wieder hochzuschieben. Ich musste sofort daran denken, wie sie beim letzten Mal ausgesehen hatte, mit ihren üppigen Brüsten, die aus der Bluse hervorlugten, und ihren dunkelrosa Brustwarzen, die steif und feucht waren.

Verdammt noch mal. In dem Moment, in dem ich mich daran erinnerte, schoss das Blut direkt in meine Leistengegend. Ich schüttelte den Kopf und stellte mich neben sie.

„Hallo, Liebes. Wolltest du mich noch länger ignorieren?"

Ihre Wangen färbten sich rosa, und sie biss sich auf die Lippe. Oh, verdammt. Ich musste mich unter Kontrolle haben, wenn ich das hier richtig angehen wollte. Als ich sah, wie ihre weißen Zähne ihre pralle Unterlippe eindellten, wollte ich dieses Vorhaben sofort vergessen.

Ihr Atem war hörbar. Er kam in einem röchelnden Seufzer heraus. Ich konnte sehen, wie wild ihr Puls in ihrem Nacken pochte und wollte meinen Kopf senken und mit meiner Zunge über die weiche Haut dort fahren.

Sie drehte sich zu mir um, die Arme immer noch fest verschränkt. Was sie nicht wusste, war, dass dies nur dazu diente, die prallen Rundungen ihrer Brüste nach oben zu drücken. Unter ihrer Jacke trug sie ein eng anliegendes Hemdchen. Lieber Gott. Glaubte sie wirklich, die Männer würden sie nicht bemerken? Sie lief die ganze Zeit so gekleidet herum, und es war eine höllische Versuchung, denn sie sah irgendwie ordentlich und wahnsinnig sexy zugleich aus.

„Ich habe dich nicht ignoriert. Ich habe nur den Anblick genossen", sagte sie verärgert.

„Meinen?" Ich konnte mir eine Stichelei nicht verkneifen, denn sie machte es mir fast unmöglich.

Ihre Wangen erröteten noch stärker. Ihr Mund öffnete und schloss sich, und dann starrte sie mich an.

„Nein, Ethan. Ich habe deinen Anblick nicht genossen", sagte sie mit Nachdruck, ihre Stimme sorgfältig kontrolliert.

Ich grinste. Ich liebte es, ihre Gelassenheit zu erschüttern. Es hielt mich davon ab, mich über die Wirkung, die sie auf mich hatte, zu ärgern.

Ich hatte vorgehabt, hierherzukommen und sie zuerst nach einem Update zu fragen, da sie eines für Coach Bernie hatte. Ich hatte auch vor, die Dinge bei ihr langsam anzugehen. Ich mochte ein Aufreißer sein, und ich mochte einen guten Fick so sehr wie jeder andere, aber ich war fest entschlossen, dafür zu sorgen, dass sie den besten Sex ihres Lebens hatte, da sie noch Jungfrau war. Wie immer bei Zoe stimmte das, was ich vorhatte und was ich tat, nicht überein.

Ich schaute zu ihr hinüber - mit ihren Haaren, die sie wieder zu einem ordentlichen Knoten zusammengebunden hatte, ohne dass auch nur eine einzige Locke ihres wilden, prächtigen kastanienbraunen Haares herausfiel, mit ihren ordentlichen Kleidern und mit ihrem Mund, der für die Sünde geschaffen war - und machte einen Schritt auf sie zu, wobei ich ihren Körper berührte. Ich erschreckte sie, und ihre Arme fielen an ihre Seite, als sie nach Luft schnappte. Ich hatte nicht nachgedacht. Überhaupt nicht. Ich ließ eine Handfläche über ihren Rücken und in ihr Haar gleiten, zog prompt die Nadeln heraus und stöhnte fast, als sich ihr Haar löste. Lange, wilde Wellen aus sattem Rotbraun fielen ihr um die Schultern.

„Ethan, was machst du da?"

Ihre Stimme klang rau. Ungefähr jetzt kam mir der Gedanke, dass sie mich wegstoßen könnte. Aber sie tat es nicht. Sie verkrampfte sich, aber sie blieb genau dort stehen. Langsam bekam ich den Eindruck, dass sie nicht zurückwich, weil sie sich behaupten wollte. Ich hatte sie in Aktion gesehen, wenn sie in ihrem Arbeitselement war - voller Selbstvertrauen und ohne nachzugeben. Ich dachte mir, dass ich das jetzt zu meinem Vorteil nutzen konnte. Ich konnte ihren Herzschlag an meiner Brust spüren und ihre schnelle Atmung.

Ich wusste nicht, was zum Teufel ich tat, aber ich wusste eines - ich würde sie bekommen. Alles von ihr. Vielleicht nicht heute, aber bald.

„Das", war meine Antwort, bevor ich meinen Mund auf ihren presste.

Sie verkrampfte sich gegen mich, aber als ich mit meiner Zunge in ihren Mund fuhr, stöhnte sie auf und entspannte sich. Sie zu küssen war wie eine verdammte Droge. Ich konnte nicht genug bekommen. Sobald sie mich losließ, küsste sie mich mit Hingabe. Ihre Zunge verwickelte sich mit meiner, während ihre Hände meinen Körper abtasteten. Mein Schwanz war steinhart, und ich konnte nicht genug von ihr bekommen. Ich steckte tagelange Frustration in unseren Kuss - stundenlange Wiederholungen davon, wie es sich anfühlte, sie zu küssen, waren nichts im Vergleich dazu, sie tatsächlich zu küssen. Sie

schmiegte sich an mich und wölbte sich, während ich
ihren Hals küsste, leckte und an ihm knabberte.

Lust strömte durch meine Adern. Ich schob ihre
Jacke beiseite, wodurch ein Knopf gegen das Fenster
prallte, bevor er auf den Boden fiel. Ich konnte nicht
sagen, ob ihr Oberteil besser oder schlechter war als
ihre nackte Haut. Als ich meine Lippen von ihrer
Haut löste – einer Haut, die süß und würzig zugleich
schmeckte – und nach unten blickte, um ihre Brustwarzen zu sehen, die sich gegen die Seide drückten,
stöhnte ich auf. Ich ließ meinen Blick zu ihrem
Gesicht hinaufschweifen. Ihre Wangen waren gerötet,
ihre haselnussbraunen Augen dunkel vor Verlangen,
und ihre Lippen öffneten sich, als ihr Atem in diesen
sexy kleinen Stößen kam.

So viel zur Kontrolle. Ich klammerte mich an den
dünnsten Faden. Meine Augen auf sie gerichtet, löste
ich meine Hand dort, wo sie sich in ihren Haaren
verheddert hatte, und fuhr mit meinem Finger an
ihrem Hals entlang, zeichnete ihr Schlüsselbein nach
und tauchte hinab, um eine ihrer Brustwarzen zu
umkreisen – sie war nun eine stramme kleine Perle, die
darum bettelte, berührt zu werden.

Ihr Atem ging stoßweise und ein Keuchen entwich
ihr. Mein Schwanz, der schon so steif war, dass ich
hätte kommen können, wenn ich nur dagestanden
hätte, schwoll noch ein bisschen mehr an. Ich musste
sie schmecken. Ich fuhr an den fadenscheinigen
Seidenträgern ihres Hemdchens entlang, streifte sie
von ihren Schultern und schob ihr Oberteil nach
unten, bis ihre Brüste darüber hingen. Wieder einmal
wurde mir klar, dass Zoe eine ernsthafte Schwäche für
Seide hatte. Ihr BH war aus der reinsten Seide, die
man sich vorstellen kann, und ihre zartrosa Brustwarzen waren gut zu sehen.

Ich neigte meinen Kopf und umkreiste erst die eine und dann die andere mit meiner Zunge. Sie verschränkte ihre Hände in meinem Haar und murmelte meinen Namen. Hatte ich schon erwähnt, dass ich es langsam angehen wollte? Meine Vorsätze waren erbärmlich schwach, wenn es um Zoe ging. In dem Moment, als sie sich mir entgegenwölbte, vergaß ich, was ich eigentlich tun wollte. Alles verschwamm in der Lust, die durch meinen Körper schoss, und in dem Gefühl, sie an mir zu spüren.

Ich zog mich zurück und strich mit dem Daumen unter den Verschluss zwischen ihren Brüsten. Die dünne Seide gab nach und ihre Brüste purzelten heraus. Winzige Sommersprossen waren überall auf ihrer Haut verstreut. Ich wollte verfolgen, wohin sie mich führten. Ich streichelte ihre Brüste und ließ meine Lippen dorthin wandern, wo sie hinwollten.

Mit ihrem heruntergezogenen Hemdchen und dem Rock, der sich nach oben schob, als sie sich um mich schlang, umfasste ich ihren Hintern und zog sie an mich, während ich wieder einen Nippel zwischen meine Zähne nahm. Die Geräusche, die sie von sich gab, machten mich wahnsinnig. Keuchende Atemzüge wechselten sich mit heiserem Stöhnen ab. Das alles war nicht genug. Ich musste mehr von ihr schmecken. Ohne meine Lippen von ihrer Haut zu lösen, während ich mit ihren Brustwarzen spielte, manövrierte ich uns von den Fenstern weg zu ihrem Schreibtisch. Ihre Hüften stießen dagegen, als ich mit meiner Zunge an ihrem Hals entlangfuhr. Sie keuchte.

„Ethan, was ... O mein Gott. Was machen wir denn jetzt? Du musst ...“

Ihre Worte gingen in einem Stöhnen unter, als ich eine Brustwarze zwischen meinen Fingern zwirbelte und ihr Ohrläppchen mit meinen Zähnen erwischte.

Ich wich zurück. Verdammt, das ließ es so aussehen, als wäre ich ein Gentleman. War ich aber nicht.
Ganz und gar nicht. Ich musste jeden Zentimeter von
ihr sehen, mehr als ich atmen musste. Genauso stark
war das Bedürfnis, sicher zu sein, dass sie es genauso
wollte wie ich.

Sie war atemberaubend. Mit ihrem Haar -
verdammt, allein schon ihr Haar verpasste mir einen
Ständer -, das in einem wilden Wirrwarr um ihre
Schultern fiel, ihrer Haut, die überall, wo ich sie sehen
konnte, rosa errötete, ihren geschwollenen Lippen und
ihren vor Verlangen dunklen Augen, zwang sie mich
fast in die Knie.

„Ja, Liebes?"

Ihre Augen trafen auf meine. Nach einem kurzen
Moment schüttelte sie den Kopf. In der Zwischenzeit
fuhr ich mit dem Fingerrücken über die üppige
Wölbung ihrer Brust und genoss das Zischen ihres
Atems, als ich über ihre feuchte, gespannte Brustwarze
strich. Ich unterdrückte den Drang zur Eile und fuhr
weiter über die weiche Wölbung ihres Bauches. Ihr
hochgezogener Rock offenbarte ihre Schenkel – diese
herrlichen Schenkel – für mich. Ihre Haut war wie
Seide. Ich schob meine Hand unter ihren Hintern, den
sie sehr gut verbarg. Ihre Röcke waren so unauffällig,
dass man nicht bemerkte, dass sie einen vollen,
üppigen Hintern hatte. Ich konnte meine Hände darin
versenken und tat genau das, als ich sie hochhob und
auf den Schreibtisch schob.

In diesem Moment fiel mir auf, wie ordentlich sie
war. Außer ihrem Computer und ihrem Telefon in
einer Ecke und ein paar Papieren auf einem kleinen
Tisch daneben, befand sich nichts auf ihrem Schreibtisch. Sie stieß einen Schrei aus, als ich zwischen ihre
Schenkel trat und mich an sie presste. Ich konnte ihre

feuchte Hitze durch die Seide und den Jeansstoff hindurch spüren. Sie hatte mir noch keine Antwort gegeben.

„Liebes, was wolltest du mir sagen, was ich tun soll?"

Oh, perfekt. Ihre herrlichen haselnussbraunen Augen blitzten auf. „Wir können nicht ..."

Ein weiteres leises Stöhnen von ihr, als ich mich ihr erneut entgegenwölbte

„Was können wir nicht?"

„Das hier, ich habe es dir doch erklärt. Du bist mein Mandant, und ich kann nicht ..." Sie unterdrückte ein Stöhnen, als ich mich wieder gegen sie stemmte. Ich konnte so nicht weitermachen, sonst würde ich das bisschen Kontrolle verlieren, das ich noch hatte.

„Ich bin dein Mandant, und es ist mir egal, also ist das ein nutzloses Argument. Darf ich darauf hinweisen, dass es ganz offensichtlich ist, dass du dich amüsierst?"

Ihre Augen blitzten wieder auf. Falls sie noch etwas sagen wollte, entschied sie sich dagegen. Sie hielt meinem Blick stand. Der Moment ging innerhalb einer Sekunde von neckisch zu intensiv über. Ich konnte kaum atmen und wollte sie so sehr, dass es ein verdammtes Wunder war, dass ich noch nicht weiter gegangen war. Ich hatte jegliches Zeitgefühl verloren und hatte keine Ahnung, wie lange es her war, dass ich ihr Büro betreten hatte.

Sie biss sich auf die Lippe. Oh, verdammt. Ich konnte mich kaum noch auf den Beinen halten, und sie musste so etwas tun. Sie schüttelte den Kopf und schockierte mich mit einem halben Lächeln. „Ich würde wohl dumm dastehen, wenn ich sagen würde, dass ich es nicht täte", sagte sie schließlich. „Ich denke nur ... Ach. Ich mache so etwas nicht, und ich bin mir nicht sicher, ob es eine gute Idee ist, denn ich weiß, dass ich nicht die Art von Frau bin, an der du normalerweise, nun ja, normalerweise interessiert bist. Ich habe dir bereits gesagt, dass ich noch Jungfrau bin, und ich bin mir ziemlich sicher, dass das ein Ausschlusskriterium ist, es sei denn, du hast deinen Verstand verloren."

Ich konnte sehen, dass sie sich zwang, meinem Blick standzuhalten. Ihr Kinn hob sich, und ihre Wangen erröteten in einem tieferen Rosaton. Wenn wir uns nicht gerade ineinander verloren, begann sie zu grübeln. Das schien nicht gut zu sein. Ich mochte die Unsicherheit nicht, die in ihrem Blick aufflackerte.

Verärgerung machte sich breit. Es ärgerte mich, dass Zoe keine Ahnung hatte, wie toll sie war. Abgesehen davon, dass sie einfach umwerfend war, war sie obendrein auch noch brillant. Dass sie versuchte, sich mit anderen zu vergleichen, und dachte, dass sie dabei zu kurz käme, nun, das ärgerte mich. Es ärgerte mich auch, weil ich wusste, worauf sie hinauswollte. Ich mochte die Aufmerksamkeit der Medien, die mit meiner Tätigkeit verbunden war, nicht besonders, aber ich ignorierte sie im Allgemeinen. Andernfalls würde es mich in den Wahnsinn treiben. Aber ich kannte meinen angeblichen Ruf als Aufreißer und hatte mich nie daran gestört. Ich mochte Frauen, ich mochte Spaß, und ich mochte es, wenn er nicht an Bedingungen geknüpft war. Zoe entsprach nicht der Art von Frau, mit der ich normalerweise zusammen war. Trotzdem wollte ich sie mehr als alle anderen, und ich wollte nicht, dass sie das in Frage stellte.

„Ich denke, es ist verdammt offensichtlich, dass du die Art von Frau *bist*, an der ich interessiert bin. Was das andere angeht, habe ich bereits klargestellt, dass das kein Hindernis ist."

Meine letzte Bemerkung war als Scherz gemeint, aber sie kam sehr heftig rüber. Zoes Augen weiteten sich, und sie schnappte scharf nach Luft. Sie war stumm, die Stille wurde nur durch ihren flachen Atem und den Schlag meines Herzens unterbrochen, der durch meinen Körper hallte.

„Oh."

Ihr Wort ging in der Stille unter. Ich starrte sie an, hob eine Hand und strich ihr durchs Haar, wobei mir auffiel, wie stark sich ihr leuchtendes Haar von ihren nackten Schultern abhob, da ihre weiche Haut dort so weiß und mit winzigen Sommersprossen übersät war. Ich konnte nicht glauben, was als Nächstes aus meinem Mund kam.

„Willst du aufhören?"

Die Luft um uns herum fühlte sich angespannt an - schwer vor Verlangen und Lust. In meinem Kopf konnte ich nicht glauben, dass ich das verdammt noch mal gefragt hatte. Doch als ich es tat, wusste ich, dass ich es tun musste. Egal, wie sehr ich sie wollte, und ich war fast verrückt vor Verlangen, ich war kein Arschloch, und ich würde sie nicht über die Grenzen treiben, die sie nicht überschreiten wollte. Sie starrte mich an, ihre Augen suchten meine. Nach ein paar Sekunden schüttelte sie den Kopf und schockierte mich damit zu Tode.

Vielleicht zum ersten Mal überhaupt fehlten mir die Worte. Ich starrte sie an und bemühte mich, einen klaren Gedanken zu fassen – und das war verdammt schwer, wenn mein Schwanz steinhart war und sich direkt an ihre feuchte Hitze schmiegte.

Kapitel Zehn

ZOE

Mit dem wilden Rhythmus meines Herzens, dem flüssigen Verlangen, das durch meine Adern floss, und der Hitze von Ethans steifem Schwanz an mir, konnte ich schwerlich behaupten, dass ich die Fähigkeit besaß, klar zu denken. Alles, was ich wusste, war, was ich wollte. *Ihn. Mehr. Jetzt.*

Ich sollte ein paar der Zweifel in Betracht ziehen, die versuchten, sich ihren Weg in mein Bewusstsein zu schreien. Aber anscheinend hatte ich den Verstand verloren, denn das Verlangen, das sich in meinem Bauch festkrallte, überlagerte alles. Mein Verstand wurde von dem Gefühl, das mich umgarnte, in den Hintergrund gedrängt.

Als ich den Kopf schüttelte, weiteten sich Ethans Augen. Er hielt still, sein dunkelgrüner Blick suchte meinen. So in seinem Blick gefangen, fühlte ich mich entblößt. Die Zweifel, die ich im Keim erstickt hatte, kehrten zurück, und ich wurde unruhig. Das war verrückt. Ich begann mich zu winden. Seine Hand ließ von der Stelle ab, an der er mit meinen Haaren gespielt hatte, umfasste meinen Po und zog mich wieder fest an seine Erregung. Lust durchströmte mich, und ich keuchte.

„Also gut. Ich werde Folgendes tun", sagte Ethan, und seine feste Stimme jagte mir Schauer über die Haut. „Ich werde dafür sorgen, dass ich dieses Büro nicht verlasse, bis du mich um mehr anflehst. Aber es wird nicht mehr geben. Nicht heute. Das heben wir uns für später auf."

Ich hätte denken sollen, dass er sich eingebildet anhörte. Ich hätte mich gedemütigt fühlen sollen. Ich hätte mich an das bisschen Verstand, das ich hatte, klammern und einen Weg finden sollen, mich von ihm zu lösen. Hätte, könnte, würde. Nichts von alledem geschah. Seine schroffe, hochmütige Stimme ließ mich in den Moment eintauchen. Ich errötete sowohl innerlich als auch äußerlich.

Als ich nichts sagte, zog er einen Mundwinkel nach oben, bevor er seinen Kopf senkte und mir in den Nacken biss. Was dann folgte, waren die intensivsten, wahnsinnigsten Momente, die ich je erlebt hatte. Er machte mich wild mit seinen Händen, Lippen, Zähnen und seiner Zunge, die sich an meinem Hals entlang, über meine Brüste, meine Brustwarzen und über die Wölbung meines Bauches hinunterbewegten. Ich war so feucht, dass mein Höschen durchnässt und meine Schenkel feucht waren.

Er schlang seine Hände um meine Hüften und zog mich an die Schreibtischkante. In einem entfernten Winkel meines Geistes fiel mir ein, dass ich meinen Rock um die Taille hochgeschoben hatte und mein Oberteil nach unten gerutscht war. Ich hatte nicht nur mit einem Mandanten geknutscht, ich saß praktisch nackt in meinem Büro auf meinem Schreibtisch, und es war mir egal. Ganz und gar egal.

Ich wusste nur, dass ich mehr brauchte als das.

Meine Muschi pochte, und ich brauchte Erlösung. Als könnte er in den verworrenen, leidenschaftsverwirrten Dunst meines Geistes sehen, fuhr Ethan mit seinen Fingern über die Seide zwischen meinen Schenkeln. Ein leiser Schrei entwich mir und ich wölbte mich seiner Berührung entgegen. Ich wollte nicht mehr geneckt werden. Tatsächlich hatte ich beschlossen, dass jetzt der ideale Zeitpunkt war, um meine lästige Jungfräulichkeit loszuwerden. Gerade als ich etwas sagen wollte, fuhr er mit den Fingern über den Rand meines Höschens und zog es herunter. Meine Hüften hoben sich wie von selbst und die schwarze Seide glitt an meinen Beinen herunter. Ich schüttelte es ab und blickte zu ihm auf.

Seine Augen waren noch dunkler geworden, und sein Gesicht war angespannt. Ich war von nichts als Gefühlen und Bedürfnissen überflutet und wurde durch die kurze Unterbrechung sofort unruhig. Bevor mein Verstand sich wieder einschalten konnte, legten sich seine Hände um meine Knöchel und glitten in einer langen, sanften, wahnsinnigen Bewegung meine Beine hinauf. Die schwielige Oberfläche seiner Handflächen entzündete ein Feuer unter meiner Haut und ließ die Lust durch mich hindurchströmen.

An der Stelle, an der sich meine Oberschenkel trafen, kam er langsam zum Stehen, und seine Augen blickten zu mir auf. Meine Hüften bewegten sich unruhig, und seine Augen wanderten wieder nach unten. Gerade als ich dachte, ich würde vor Verlangen sterben und auf dem Schreibtisch zerschmelzen, bewegte er eine Hand und strich mit seinen Fingern durch meinen Spalt. Ich war so kurz vor der Erlösung, dass ich in diesem Moment fast gekommen wäre. Ich konnte ein unkontrolliertes Stöhnen nicht unterdrücken.

Ethans Augen huschten zu meinen herauf und wanderten an meinem Körper hinunter, wobei sie Funken unter meiner Haut entzündeten. In der Zwischenzeit streichelten mich seine Finger, spielten leicht mit mir. Meine Hüften krümmten sich unter seiner Berührung, und seine Augen trafen erneut auf meine.

Die Intensität seines Blicks war zu viel, und ich schloss reflexartig meine Augen. Ich war es nicht gewohnt, so außer Kontrolle zu sein, so verloren in nichts als Gefühlen.

„Zoe."

Ich schlug die Augen auf. Gerade als ich seinem Blick begegnete, schob er einen Finger knöcheltief in meine Muschi. Ich schrie auf, wieder einmal so nah am Rande der Erlösung, dass ich in diesem Moment fast umkippte. Ich hätte wissen müssen, dass nur Ethan mich noch wilder machen konnte.

Ein weiterer Finger gesellte sich zum ersten. Meine Hüften bäumten sich gegen die Bewegungen seiner Finger auf, und ich hielt mich an der Tischkante fest, um nicht abzurutschen. Das Nächste, was ich wusste, war, dass er seinen Mund zu seinen Fingern brachte. Lieber Gott. Seine Berührung war verrucht und gefährlich gut. Genau das richtige Maß an Reiz und Druck ließ mich immer höher und höher steigen.

Meine Muschi krampfte sich um seine Finger, als er in mich eindrang, während seine Zunge mich so gründlich erforschte, dass ich dachte, ich könnte daran sterben. Ich dachte immer wieder, ich würde über die Kante stolpern, doch er drängte mich jedes Mal wieder zurück, indem er innehielt. Ich fühlte mich innerlich ganz angespannt. Meine Hüften drängten sich ihm entgegen. Unruhig und bedürftig murmelte ich seinen Namen und flehte ihn an.

Das stimmt, ich *flehte* ihn an. Als ich mit einer Hand in sein Haar griff, zeigte es Wirkung. Er wirbelte mit seiner Zunge um meine Klitoris und saugte sie in seinen Mund.

All meine Lust entlud sich mit einem Ruck und peitschte hart und schnell durch mich hindurch. Meine Muschi pochte um seine Finger herum, als sie ein letztes Mal tief in mich eindrangen. Ich spürte, wie er sich zurückzog und seinen Kopf hob. Ich hatte gar nicht bemerkt, dass ich ihm praktisch die Haare ausgerissen hatte, bis er sich bewegte. Ich lockerte meinen Griff und öffnete meine Augen.

Sein Haar war ein zerzaustes, sexy Durcheinander, dank mir. Ich war so gut wie nutzlos. Er hielt meinem Blick einen langen Moment stand und senkte seinen Kopf, um mir ein paar Küsse auf die Stelle zu geben, wo mein Hals auf meine Schulter traf, was mich prompt erschaudern ließ. Das Nachbeben der Lust hallte noch immer in mir nach.

Er richtete sich auf und zog seine Hände langsam weg. Ich vermisste seine Berührung augenblicklich. Er war ruhig und strahlte eine gewisse Intensität aus. Ich wusste nicht recht, was ich sagen sollte, als mir die Realität des Augenblicks bewusst wurde. Das Nächste, was ich wusste, war, dass er mein Höschen vom Boden aufhob und es mir über die Beine schob. Reflexartig wich ich vom Schreibtisch zurück, erschrocken darüber, wie intim es sich anfühlte, als er es mir über die Hüften zog und meinen Rock richtete.

Dann hielt er inne, seine Augen huschten hoch und wieder runter. „Ich zwinge dich nur ungern, deine schönen Brüste zu bedecken, aber ich nehme an, du hast heute Nachmittag noch einen Termin", sagte er, und seine Stimme klang rau und angespannt.

Ich weiß nicht, was ich erwartet hatte. Ich meine,

was sollte ich denn tun, nachdem ich in meinem Büro
völlig durchgedreht war? Ethan war allein verantwortlich für jede Zurückhaltung, die wir geübt hatten.
Wenn er mich direkt auf meinem Schreibtisch hätte
ficken wollen, hätte ich nicht einmal versucht, ihn
aufzuhalten. Ich war sogar etwas enttäuscht, dass er es
nicht getan hatte.

Das Klingeln des Telefons auf meinem Schreibtisch riss mich aus meinem Dämmerzustand. Ich
schaute zum Telefon und wieder zu ihm. „Lass es klingeln", sagte er leise.

Ich war nicht der Typ, der einen Anruf auf die
Mailbox gehen ließ, wenn ich durchaus in der Lage
war, ihn anzunehmen. Aber Ethan hatte mich in
seinen Bann gezogen, und ich wollte nicht, dass dieser
Moment endete. Das Telefon klingelte weiter,
während er sich entfernte und meinen BH und meine
Jacke aufsammelte, bevor er zurückkam. Das Klingeln
hörte auf, und es gab nur ein leises Rascheln, als er mir
wieder in meinen BH half, mein Hemdchen zurecht
rückte und mir die Jacke über die Schultern legte.
Langsam wurde mir klar, warum die Frauen ihm so
wild hinterherliefen.

Abgesehen von der Tatsache, dass er teuflisch gut
aussah und ein aufreizender Flirter war, war er gefährlich gut darin, mich in den Wahnsinn zu treiben, und
jetzt entdeckte ich, dass er auch eine liebenswürdige,
warme Seite hatte, die an Fürsorge grenzte. Es fühlte
sich erhaben an, und wenn ich jemand anderes als ich
wäre, hätte ich es vielleicht noch mehr auskosten
können. So aber begann ich mich unwohl dabei zu
fühlen, wie gut es sich anfühlte. Ich hatte keine
Ahnung, wie ich mit dem umgehen sollte, was gerade
passiert war. Ich war vielleicht noch Jungfrau, aber ich
war nicht unberührt. Ich hatte genug Verabredungen

gehabt, um oft genug ziemlich heftig mit jemandem rumgemacht zu haben. Um ehrlich zu sein, lag das weit in der Vergangenheit, aber ich konnte mich nicht daran erinnern, dass irgendjemand jemals solche Gefühle bei mir ausgelöst hatte, wie Ethan es gerade getan hatte - nicht einmal annähernd. Ich wusste jedoch mit Sicherheit, dass Männer nicht dazu neigten, einseitiges Vergnügen zu schätzen, es sei denn, das Vergnügen war das ihre.

Soweit ich das beurteilen konnte, hatte Ethan vor zu gehen. Er kramte sogar nach dem Knopf, der von meiner Jacke geflogen war, und reichte ihn mir.

„Du solltest dein Haar zusammenbinden."

Seine Stimme erfüllte den stillen Raum und ließ mich zusammenzucken.

„Ich sollte?", fragte ich, leicht verwirrt darüber.

Dieser dunkle Blick trat wieder in sein Gesicht. „Ja, Liebes. Das solltest du. Ich möchte glauben, dass nur ich dich so sehen darf", sagte er schroff.

Ich würde mich später damit befassen, warum mich das nicht ärgerte. Die lächerliche Tendenz der Männer, sich selbstherrlich zu verhalten, ging mir normalerweise auf die Nerven. In meinem Berufsleben hatte ich so oft damit zu tun, dass ich eine ausgeprägte Neigung hatte, mich dagegen zu wehren. Doch hier und jetzt, mit Ethan, gefiel es mir. In meinem Kopf läuteten die Alarmglocken in weiter Ferne. Als Nächstes ging er zu den Fenstern hinüber, ließ seinen Blick über den Boden schweifen und kam mit den beiden Haarklammern zurück, die mein Haar an Ort und Stelle gehalten hatten.

„Gehst du?", fragte ich, unsicher, was ich noch sagen sollte.

Es schien mir nicht ganz richtig zu sein, zu fragen, ob er erwartete, dass ich ihm einen blies. Und es war auch nicht die Art von Frage, die aus meinem Mund richtig klingen würde. Ein Blick genügte mir, um zu wissen, dass sein Schwanz immer noch steif war. Er zeichnete sich deutlich unter seiner Jeans ab.

Er beäugte mich und nickte langsam. „Das tue ich. Ich würde gerne bleiben, aber ich habe mir versprochen, dass ich dein erstes Mal perfekt gestalten werde. Auf deinem Schreibtisch wäre es nicht gerade perfekt, wenn Jana vor der Tür steht."

Mein Blick glitt hinunter zu seinem Schwanz und wieder hinauf. „Aber ..."

Er grinste. „Ich bin kein egoistischer Mann, Liebes. Das solltest du wissen. Heute ging es nur um dich. Und jetzt geh und steck dir die Haare hoch, setz dich hinter deinen Schreibtisch und erzähl mir von der Nachricht, die du Coach Hoffman hinterlassen hast."

Sein verschmitztes Grinsen ließ meinen Bauch einen langsamen Purzelbaum schlagen. Ich biss mir auf die Wangen, um nicht direkt zurückzugrinsen. Ich war so völlig aus dem Gleichgewicht. Erschrocken drehte ich mich um, fuhr mit den Händen durch mein Haar und wirbelte es zu einem Knoten zusammen. Vor dem Spiegel an der Wand hielt ich inne und steckte die Nadeln hinein. Meine Wangen waren gerötet, meine Lippen geschwollen, und meine Augen leuchteten. Ich sah so fassungslos aus, wie ich mich fühlte. Irgendwie musste ich meinen Scheiß auf die Reihe kriegen. Ethan war immer noch hier und hatte die lächerliche Erwartung, dass ich mich hinsetzen und so tun würde, als ob wir ein normales Treffen hätten.

Da ich keine bessere Idee hatte, was ich tun sollte, nahm ich an, dass ich das auch tun könnte. Ich strich meinen Rock glatt und drehte mich um, wobei mir erst jetzt auffiel, dass ich meine Schuhe ausgezogen hatte, als ich fast darüber gestolpert wäre. Ich schlüpfte in die einfachen schwarzen Ballerinas und trat hinter meinen Schreibtisch. Ethan saß auf dem Stuhl mir gegenüber. Sein Gesichtsausdruck war auffällig ausdruckslos, aber ich konnte das Glitzern in seinen Augen sehen, und das ließ mich erröten. Ich ignorierte es und lenkte meinen Blick auf meinen Computer, wo ich schnell die E-Mail des Beamten aufrief, der für die Anklage im Zusammenhang mit der dummen Schlägerei zuständig war, in die Ethan buchstäblich hineingestolpert war. Ich gebe zu, dass ich mitten in der Nacht, als ich zur Polizeiwache gegangen war, an ihm gezweifelt hatte, aber ich hatte mir die Überwachungsvideos selbst angesehen. Er war wirklich direkt in die Faust des Kerls gelaufen.

Ich schüttelte mich und drehte mich wieder zu ihm um. Sein dunkelgrüner Blick wartete auf mich. Unsere Augen trafen sich, und die Luft zwischen uns knisterte.

Kapitel Elf

ETHAN

Ich lehnte meine Handflächen an die gekachelte Wand der Dusche und seufzte. Irgendwie hatte ich es geschafft, mich davon abzuhalten, Zoe direkt auf ihrem Schreibtisch zu ficken, aber verdammt, es hatte mich jedes Quäntchen Disziplin gekostet, das ich hatte. Ich hatte es ernst gemeint, als ich ihr gesagt hatte, dass ich nicht vorhatte, ihr erstes Mal auf einem Schreibtisch zu vollziehen, aber ich war fest entschlossen, dass wir es tun würden. Ich erinnerte mich nicht mehr an viel von dem, was sie sagte, nachdem ich sie gebeten hatte, mir ihre Nachricht an den Coach mitzuteilen. Ich erinnerte mich aber an den Höhepunkt, nämlich dass die Polizei die Anklage offiziell fallen gelassen hatte. Nachdem sie Gelegenheit gehabt hatten, alle Überwachungsbänder zu sichten, hatten sie entschieden, dass entweder wir beide angeklagt wurden oder dass niemand angeklagt wurde. Zoe hatte irgendetwas davon gesagt, dass der Idiot, der versucht hatte, mich zu verklagen, es immer noch versuchen könnte, aber mein Gehirn war so vernebelt, dass ich mich an nichts anderes erinnern konnte.

Ich war hin- und hergerissen, weil ich ihr Büro nicht verlassen wollte. Jana rettete mich, als sie klopfte und ankündigte, dass Zoes nächster Termin früher eintreffen würde. Ich war praktisch nach Hause gerannt, um mich um meinen rasenden Ständer kümmern zu können. Jetzt stand ich unter der Dusche und fragte mich, wie ich aufhören sollte, von Zoe besessen zu sein. Ich ließ das kochende Wasser auf meine Schultern prasseln, bis es sich abzukühlen begann.

Als ich mich abtrocknete, wurde mir klar, dass ich es nur geschafft hatte, meine außer Kontrolle geratene Lust auf Zoe etwas zu lindern. Verdammt, Lust trifft es nicht einmal. Ich wusste ohne Zweifel, dass ein einziges Mal mit ihr mein Bedürfnis nicht stillen würde. Nicht einmal annähernd.

Ich zog mich schnell an und machte mich auf den Weg zum Stadion. Ich musste meine Unruhe abbauen. Ich verdrängte mein Unbehagen im Geiste. Ich war es nicht gewohnt, so viel an eine Frau zu denken, wie ich an Zoe dachte. Oh, ich liebte Frauen. Ich schämte mich nicht dafür, wie sehr ich Frauen liebte. Meine Schwestern hielten mir ständig vor, ich solle mich niederlassen, und sie machten sich ständig über meinen Ruf als Aufreißer lustig. Ich wusste nicht, was ich von der Tatsache halten sollte, dass ich andere Frauen im Moment nicht einmal wahrnehmen konnte. Auf meinem Weg zum Stadion versuchte ich, mit einer Frau zu flirten, die zufällig mit mir an einer Kreuzung wartete.

Es war ein totaler Reinfall. Sie war wunderschön und interessiert. Der Misserfolg lag ganz allein bei mir. Abgesehen davon, dass ich objektiv feststellte, dass sie schön war, war ich völlig desinteressiert. Aus reiner Gewohnheit versuchte ich sie anzuflirten, aber mein

Herz war nicht dabei. Dann musste ich ein Angebot, mich mit ihr zum Essen zu treffen, ausschlagen. So viel zum Thema geschmeidig.

Ich joggte den Stadiongang entlang zur Umkleidekabine, zog mir meine Trainingskleidung an und begann ein zermürbendes Training. Ich schaffte es, mich auszupowern, aber Zoe war immer noch fest in meinem Kopf verankert.

Ein paar Tage später, nach dem Training, rutschte Liam auf die Bank vor meinem Spind. „Hey Kumpel. Hast du heute Abend Lust essen zu gehen?"

Ich warf mein Handtuch in den Wäschekorb in der Ecke und zog mir ein T-Shirt über den Kopf, bevor ich ihm einen Blick zuwarf. „Ich habe immer Lust auf Essen. Wer kommt noch mit?"

„Keine Ahnung. Ich dachte, wir könnten uns vielleicht Alex und Tristan schnappen."

Ich setzte mich ihm gegenüber. „Wo ist Olivia?"

Liam war so gut wie körperlich mit Olivia verbunden, seit er sich in sie verliebt hatte. Damals in London war er immer mit mir unterwegs gewesen. Wir zogen durch die Kneipen und amüsierten uns mit den Frauen, die mitkamen. Als wir bei den Seattle Stars anheuerten, hatte er sich am Knie verletzt, und Olivia war seine Chirurgin gewesen. Und das war's. Er war immer noch einer meiner besten Kumpels, und ich freute mich verdammt für ihn, aber es war nicht mehr ganz dasselbe.

Sein durchdringender blauer Blick traf auf meinen, und er fuhr sich seufzend mit einer Hand durch sein schwarzes Haar. „Sie ist die ganze Woche auf einer Konferenz. Ich komme mir vor wie ein verdammter Idiot, weil ich es hasse, nach Hause zu gehen, wenn sie nicht da ist."

Ich konnte mir ein Lachen nicht verkneifen. Er sah

bei der ganzen Sache regelrecht verloren aus. Du hast
doch Bentley, der dir Gesellschaft leistet, oder?",
fragte ich und meinte damit ihren süßen, kleinen
braunen Hund, der während der Spiele oft im Büro
von Coach Bernie schlief.

Liam verdrehte die Augen. „Ja. Du wirst es eines
Tages schon verstehen."

Zoe schoss mir durch den Kopf. Die Wahrheit war,
dass sie sich fast immer am Rande meiner Gedanken
aufhielt.

„Also gut. Lass uns etwas essen gehen. Ich hole
Tristan. Wo treffen wir uns?"

Erleichterung machte sich auf Liams Gesicht breit,
und er stand schnell auf. „Gut. Ich werde Alex aufspü-
ren. Wir treffen uns vor der Tür."

In kürzester Zeit saß ich mit Liam, Alex und
Tristan an einem Tisch. Wir sahen uns fast täglich,
aber seit Liam und Alex sesshaft geworden waren,
verbrachten wir nur noch selten Zeit miteinander.

Der Abend nahm seinen üblichen Verlauf, bis auf
eine Sache. Obwohl es schon eine ganze Weile her war,
dass Liam mit Olivia und Alex mit Harper zusammen-
gekommen waren, fiel mir erst heute Abend auf, dass
ich der Einzige von uns war, der noch über Frauen
scherzte und Witze machte. Normalerweise. Im
Moment hatte ich keine Lust dazu, und das lag nur an
Zoe. Tristan war zwar mit niemandem liiert, aber der
Mann behandelte Sex wie eine rein mechanische
Aufgabe. Er hatte hier und da mal eine Frau, mit der er
sich traf, aber es gab keinerlei Verpflichtungen. Ich
konnte mir kaum vorstellen, dass er mit jemandem
sesshaft würde. Allerdings hätte ich das Gleiche über
Liam und Alex gesagt, allerdings aus anderen
Gründen.

Nach dem Abendessen machte sich Tristan auf

den Weg, um sich mit einer Frau zu treffen, wie ich annehme, einfach nur um zu vögeln. Er schlief nie woanders als in unserer Wohnung. Ich ging allein durch den Nieselregen nach Hause. Ich hatte mich mit Seattle angefreundet, trotz des häufigen grauen Regenwetters. Die Straßenlaternen glitzerten auf dem nassen Pflaster. Es war ganze vier Tage her, dass ich Zoe das letzte Mal gesehen hatte, und ich überlegte, wie ich sie wiedersehen konnte. Es ärgerte mich, dass ich ihr gegenüber nicht ich selbst war. Ich war nicht gerade ein schüchterner Typ. Ganz ungewohnt für mich. Wenn ich eine Frau wollte, spielte ich keine Spielchen. Ich ging die Dinge ganz direkt an. Bei Zoe schien nichts direkt zu sein. Ich konnte jederzeit wieder in ihrem Büro vorbeischauen, aber ich wollte mehr als nur eine Knutschsession in ihrem Büro.

Irgendwann schaute ich nach vorne und hätte schwören können, dass Zoe einen Block vor mir lief. Es war dunkel und regnerisch, aber die Straßenlaternen warfen genug Licht, dass ich ihren langbeinigen Gang erkennen konnte. Sie hatte einen kühnen, selbstbewussten Gang. Obwohl in meinem Kopf Zweifel aufkamen, spannte sich mein Körper aufgrund dieser Erkenntnis an. Mein Schritt beschleunigte sich, bis ich fast joggte. Je näher ich kam, desto mehr verschwanden meine Zweifel, ob es Zoe war. Ich verlangsamte meinen Schritt, kurz bevor ich sie einholte.

„Hallo Zoe", sagte ich und fiel in den gleichen Schritt wie sie.

Sie war zielstrebig gegangen und hatte sich nicht einmal umgedreht, um in meine Richtung zu schauen, als ich sie erreichte. Sie zuckte ein wenig zusammen, als ich sprach, und mir wurde plötzlich klar, dass ich sie ungewollt erschreckt hatte. Es war spät und dunkel, und sie war allein unterwegs.

„Ich bin's nur, Liebes", fügte ich hinzu, als ihr Blick auf mich fiel.

Verdammte Scheiße. Sie war so heiß. Sie hatte sich nicht einmal die Mühe gemacht, einen Regenmantel anzuziehen. Ihr Haar war feucht, und eine Locke hatte sich aus dem sonst so ordentlichen Knoten auf ihrem Kopf gelöst. Sie fiel ihr über die Wange. Regentropfen glitzerten auf ihren Wimpern.

„Oh, Ethan. Was machst du denn hier?"

„Ich bin auf dem Weg nach Hause. Was machst du denn?"

An einer Querstraße blieben wir stehen. Sie schaute nach vorne und dann wieder zu mir. „Ich gehe auch nach Hause."

„Ein bisschen spät für dich, um noch draußen zu sein, oder?" Ich konnte mir einen kleinen Scherz nicht verkneifen. Das war bei ihr so gut wie unmöglich.

Sie schürzte die Lippen, und ihre Augen blitzten auf, bevor sie einen schweren Seufzer ausstieß. „Ich komme gerade von der Arbeit. Sag mir nicht, dass du in einer Bar warst? Deine Anklage ist noch nicht offiziell fallen gelassen, bis sie vom Gericht geklärt ist, also musst du dich benehmen."

Das war perfekt. Sie hatte diese korrekte, verklemmte Art, die für mich wie Öl in einem Feuer war.

„Keine Bar, Liebes. Nur ein Abendessen mit meinen Kumpels. Warum arbeitest du so lange?"

Ein weiterer Seufzer und ein weiteres Aufblitzen in ihren Augen.

„Ich arbeite oft so lange."

„Ich wette, das tust du. Lass mich dich nach Hause bringen." Ich hatte nicht vor, das zu sagen, was ich sagte, aber in dem Moment, als ich es tat, verkrampfte sich mein ganzer Körper.

Der Verkehr rollte auf der Straße vorbei und der Nieselregen fiel leise um uns herum. Zoe biss sich auf die Lippe und sah weg. Als sie wieder zu mir sah, zuckte sie leicht mit den Schultern. „Es ist nicht weit, aber okay, wenn du willst."

Ich weiß nicht, was ihr durch den Kopf ging, aber in ihren Augen flackerte Unsicherheit auf. Ich beschloss, meine eigenen Zweifel zu ignorieren und ergriff die Chance, die sie mir bot.

„Es ist spät, es ist dunkel und es regnet. Du solltest nicht allein gehen." Ich wollte nicht herrisch klingen, aber das tat ich.

Zoe zog eine Augenbraue hoch und richtete sich auf. Ich konnte sehen, wie ihre Wirbelsäule steif wurde. Gott, ich liebte es, wie leicht es war, sie zu verärgern.

„Ich gehe ständig allein nach Hause. Weißt du? Dein selbstherrliches Verhalten ist lächerlich."

In diesem Moment schaltete die Ampel um und der Verkehr kam zum Stillstand. Sie schaute nach vorne und begann, zügig zu gehen. Ich brauchte einen Moment, holte sie dann aber ein. Als wir die andere Straßenseite erreichten, griff ich nach ihrer Hand. Da sie so schnell ging, spürte ich, dass sie mich abschütteln wollte. Ihre Hand war eiskalt, als ich meine um sie legte.

„Liebes, du bist eiskalt", sagte ich, als sie abrupt zum Stehen kam.

Mein Schwung, nachdem ich fast gejoggt war, um sie einzuholen, ließ mich direkt in sie hineinlaufen. Sie stolperte leicht, und ich griff reflexartig nach ihr, um sie aufzufangen. Ich hatte es nicht geplant, aber es war perfekt. Sie landete direkt an mir. Da spürte ich das leichte Zittern, das sie durchlief. Ihr war ganz offensichtlich kalt.

Das Letzte, was ich tun wollte, war einen Schritt zurückzutreten, aber ich hatte Anstand. Ich trat gerade so weit zurück, dass ich meine Jacke abschütteln und ihr über die Schultern legen konnte.

„Das ist nicht nötig", protestierte sie, aber sie kuschelte sich in meine Jacke.

„Oh, doch. Du bist kalt und nass."

Sie stand da, zitterte und starrte zu mir hoch. Die lose Haarsträhne klebte ihr an der Wange. Ich griff danach, strich sie weg und steckte sie hinter ihr Ohr. Ihre Wimpern glitzerten von den Regentropfen, die sich an ihnen verfingen. Im Nu war die Luft um uns herum wie elektrisiert.

Ich unterdrückte den Drang, sie zu küssen, weil sie zitterte, aber ich hatte nicht vor, diese Chance verstreichen zu lassen. „Komm, ich bring dich nach Hause." Ich ließ meine Handfläche über ihren Rücken gleiten, als könnte ich ihren Schauer irgendwie auffangen, und schlang meine Hand um ihre. „Du bist in diese Richtung gegangen, also gehen wir weiter. Sag mir, wohin ich gehen soll."

Ihre Hand war eiskalt in meiner, aber sie riss sie nicht weg. „Es sind nur noch ein paar Straßen weiter", sagte sie.

Ich sprach nicht laut aus, was ich dachte. Sie wohnte nur wenige Minuten von der Wohnung entfernt, die ich mir mit Tristan teilte. Wir gingen schweigend durch die regnerische Nacht. Nach ein paar weiteren Häuserblocks zog sie leicht an meiner Hand und blieb stehen.

„Hier." Sie neigte den Kopf in Richtung eines kleinen Eingangs an der Seite eines Haupteingangs zu einem Geschäft.

„Ich bringe dich hinauf", kündigte ich an, in der Annahme, sie würde versuchen, mich zu verscheuchen.

Sie überraschte mich mit einem Nicken. „Deine Jacke ist jetzt nass. Ich werfe sie ein paar Minuten in den Trockner, bevor du gehst."

Offensichtlich war das für mich kein Problem. Als ich ihr durch den Eingang und die Treppe hinauf in einen Flur mit hallenden Hartholzböden folgte, dachte ich daran, dass ich heute Abend nicht gehen wollte, ohne sie ganz für mich zu haben. Ich, der so sehr als fröhlicher und sorgloser Kerl bekannt war, der normalerweise nichts anderes wollte als eine gute Zeit, wurde nervös. Nicht wegen mir, nicht wegen meiner Leistung, sondern wegen dem, was es bedeutete, dass ich Zoe so sehr begehrte. Ich hätte nie behauptet, dass die Jungfräulichkeit ein K.O.-Kriterium sei, aber es hatte etwas von einem Vorzeichen. Wenn es um Frauen und Sex ging, legte ich normalerweise keinen Wert auf etwas Bedeutsames. Tatsächlich hatte ich bisher nur selten mit einer Frau geschlafen, also richtig neben ihr geschlafen. Dennoch hatte ich mir in den Kopf gesetzt, dass ich nach dieser Nacht mit Zoe aufwachen würde, und ich konnte es kaum erwarten, sie mit offenem Haar im Schlaf zu sehen.

Sie trug hohe Stiefel, die ihre langen Beine zur Geltung brachten. Wie üblich trug sie auch einen taillierten Rock - schlicht schwarz und feucht vom Regen. Zum ersten Mal dachte ich an die Entfernung zwischen ihrem Büro und dem Ort, an dem ich ihr begegnet war, und stellte fest, dass sie einen weiten Weg zurückgelegt hatte. Es war kein Wunder, dass sie vom Regen ausgekühlt war. Unsere Schritte hallten auf dem Flur wider. Wir kamen an mehreren Türen vorbei, und ich vermutete, dass sich im Obergeschoss des Geschäfts mehrere Wohnungen befanden. Wir erreichten das Ende des Flurs, als Zoe stehen blieb und meine Hand losließ, während sie in ihrer Handtasche kramte. Kaum hatte sie ihre Schlüssel herausgezogen, ließ sie sie fallen.

Aus einem Reflex heraus beugte ich mich, um sie aufzuheben und reichte sie ihr. Allein diese kleine Berührung ließ einen Stromstoß durch mich jagen. Ihre Augen fixierten meine. Eine Sekunde lang wusste ich nicht, was sie damit bezwecken wollte. Dann schüttelte sie leicht den Kopf und drehte sich um, um den Schlüssel ins Schloss zu schieben, nur um dann fast wieder ihre Schlüssel fallen zu lassen.

Ich legte meine Hand auf ihre. „Ruhig", murmelte ich.

Der Schlüssel glitt in das Schloss und drehte sich. Die Tür schwang mit einem Flüstern auf. Zoe löste sich von mir und ging durch den dunklen Raum, um eine Lampe in der Ecke anzuschalten. Ich schloss die Tür hinter mir und schaute mich um. Ihre Wohnung hatte hohe Decken und Hartholzfußböden, die ein geräumiges Gefühl vermittelten, obwohl die Wohnung eher klein war. Wir betraten das Wohnzimmer, in dem ein hellblauer Teppich in der Mitte des Bodens lag, mit einem Sofa und zwei Sesseln daneben, die vor einem an der Wand montierten Fernseher standen. Darüber hinaus war der Raum spärlich möbliert. Auf der anderen Seite war ein breiter gewölbter Eingang zu sehen, der in die Küche führte, hinter der sich ein Tresen mit Hockern befand. An der Rückseite des Wohnzimmers befand sich ein kurzer Korridor. Ich nahm an, dass dieser zu ihrem Schlafzimmer und ihrem Bad führte.

Zoe kehrte dorthin zurück, wo ich stand, und stützte sich mit einer Hand an der Wand ab, während

sie sich die Stiefel auszog. Ich machte mir nicht die
Mühe zu fragen und zog meine Schuhe aus, während
sie sich meine Jacke von den Schultern nahm und sie
ausschüttelte. Der Jeansstoff war an den Schultern
durchnässt. Wahrscheinlich war sie das schon gewesen, als ich sie ihr gegeben hatte, aber ich hatte es
nicht bemerkt. Sie blickte zu mir. Ein Blick und mein
Atem blieb mir für einen Moment in der Kehle
stecken. Die winzigen Sommersprossen, die ihre Nase
und ihre Wangen zierten, hoben sich von ihrem
cremefarbenen Teint ab. Ihr vom Regen feuchtes Haar
war von einem tiefen, satten Rot. Ihre haselnussbraunen Augen wirkten in dem gedämpften Licht fast
grün.

Ich war der Typ, dem es fast immer leichtfiel,
locker zu sein. In diesem Moment krampfte ich mich
innerlich zusammen, um ihr nicht die Kleider vom
Leib zu reißen, sie auf den Arm zu nehmen und den
nächstbesten Platz zu finden, um in ihr zu versinken.

„Ich stecke die in den Trockner", sagte sie. „Okay?"

Ich brachte ein wortloses Nicken zustande und sah
zu, wie sie durch den Raum und den kurzen Flur
hinunterging. Sie verschwand durch eine Tür und
kehrte einen Moment später mit dem Geräusch eines
Trockners im Hintergrund zurück.

Sie kam auf mich zu, und da merkte ich, dass ich
immer noch an der Tür stand. Ihre Augen fuhren über
mein Gesicht. Ich hatte keine Ahnung, was sie dachte,
aber Lust und Sehnsucht strömten durch meine Adern
und ich überlegte, was ich tun sollte.

„Willst du etwas trinken?", fragte sie.

Ich schüttelte den Kopf, irgendwie hatte ich genug
von meiner üblichen Überheblichkeit behalten, um
mir keine Sorgen mehr zu machen. „Ich will dich."

Ihr Atem ging stoßweise und ihre Wangen wurden

rosa. Ich liebte es verdammt noch mal, wenn sie rot wurde. Verdammte Scheiße. Diese Frau hatte mich in die Knie gezwungen, und sie wusste es nicht einmal.

Ich beschloss auf der Stelle, dass ich die Flucht nach vorn antreten würde. Wenn ich es nicht täte, würde sie zu viel darüber nachdenken. Ich erinnerte mich an die Sticheleien ihrer Rezeptionistin und vermutete, dass es bedeutete, dass sie ihre Jungfräulichkeit allen Arten von Spaß im Weg stehen ließ. Egal, wie es mit uns weiterging, zumindest konnte ich sie davor bewahren, dass das ein Hindernis für sie war. In meinem Kopf ertönte eine ferne Sirene. Zoe war nicht irgendeine Frau, und meine Reaktion auf sie war nicht gerade typisch für mich. Im Moment war es mir egal, auf die Warnung zu hören.

Ich verringerte den Abstand zwischen uns mit zwei Schritten und hob meine Hand, um ihr Haar zu lösen. Es fiel in nassen Strähnen herab, die Nadeln, die es hochhielten, klirrten auf dem Boden. Ich fuhr mit den Fingern hindurch und ließ es um ihre Schultern fallen. Sie war ruhig, aber ihr Atem war flach, und ich konnte das Flattern ihres Pulses in ihrem Nacken sehen. Ich versuchte nicht mehr, mich zu zügeln, sondern tat einfach, was ich wollte. Ich neigte meinen Kopf und ließ Küsse auf ihr Schlüsselbein und die weiche Haut ihres Halses fallen. Ihre Haut war kühl, und sie schmeckte nach Regen mit einem Hauch von Süße.

„Ethan?"

Der Tonfall ihrer Frage ließ mich den Kopf heben. „Ja?"

„Ich weiß nicht ..." Sie hielt inne und biss sich auf die Lippe, ihre Wangen erröteten noch stärker.

„Was weißt du nicht?"

Sie stieß einen schweren Seufzer aus und straffte

die Schultern. „Ich weiß nicht, warum du das tun willst. Ich bin nicht die Art von Frau ..."

Ich schüttelte heftig den Kopf.

Sie starrte mich an. „Warum macht dich das wütend? Ich bin kein Idiot. Wenn du in den Nachrichten bist, dann meistens mit einer Frau am Arm. Die meiste Zeit meines Lebens dreht sich um die Arbeit. Das ist der Hauptgrund, warum ich noch Jungfrau bin. Nicht, weil ich verklemmt bin oder so. Meine Karriere ist mir in die Quere gekommen, und das ist ein Ärgernis, wenn du mich fragst. Ich will damit sagen, dass ich nicht naiv oder dumm bin. Ich weiß, dass ich nicht wie die Frauen bin, mit denen du normalerweise ausgehst."

Das Gute daran, sich zu ärgern, war, dass ich vergaß, mir darüber Gedanken zu machen, was das alles zu bedeuten hatte. Ich ließ meine Handfläche über ihren Rücken gleiten, um über die Wölbung ihres Pos zu fahren und sie an mich zu ziehen. Ich war steinhart. Sie keuchte.

„Das sollte dir als Beweis genügen", murmelte ich. Einen Moment lang wartete ich, ob sie sich zurückziehen würde. Als sie das nicht tat, brachte ich meine Lippen wieder dorthin zurück, wo sie an ihrem Hals gewesen waren - ich küsste, leckte und knabberte mich zu ihrem Mund hinauf.

Kapitel Zwölf

ZOE

Ethan fuhr mit einer Hand durch mein Haar und presste seinen Mund auf meinen. Es war, als würde sich die Welt um mich drehen, als ich mich in seinen heißen Kuss stürzte. Ethan Walsh wusste, wie man küsst. Abwechselnd verschlang er meinen Mund mit tiefen Zungenbewegungen, zog sich zurück, um meine Unterlippe mit den Zähnen zu erwischen, strich mit der Zunge über meine Lippen, küsste meinen Kiefer entlang und fand dann wieder zurück. Alles in allem war es verdammt gut, dass er mich an sich drückte, denn sonst wäre ich ihm zu Füßen geschmolzen.

Er zog sich zurück, seine Lippen strichen über meinen Hals und nahmen mein Ohrläppchen zwischen die Zähne. Nur das, und heiße Schauer durchliefen mich. Mein Atem ging stoßweise. Ich hatte den ganzen Heimweg über gefroren, und jetzt ließ das Feuer, das sich in meinen Adern ausbreitete, meine Haut am ganzen Körper kribbeln. Es fühlte sich so gut an, von ihm gehalten zu werden - das allein machte schon süchtig. Er bewegte sich mit purer Kraft und Leichtigkeit, jede Berührung war sanft.

Sein Atem strich über meine Haut, als er sich seinen Weg hinunter in das V meiner Bluse bahnte. Ein rauer Schauer durchlief mich, und er hob den Kopf.

„Ist dir immer noch kalt?", fragte er, seine Augen neckten mich, und sein Mund verzog sich. Ich funkelte ihn an, was nur dazu führte, dass er leise kicherte und mir erneut ein heißer Schauer über den Rücken lief. Ethan bewegte sich schnell und hob mich in seine Arme, schwang mich so, dass meine Beine über einem seiner Unterarme hingen. Ich war es nicht gewohnt, getragen zu werden. Meine Größe führte nicht gerade dazu, dass Männer mich sozusagen von den Füßen fegen wollten. Er trug mich leichtfertig. Im Nu entdeckte ich, dass es einfach himmlisch war, an seiner muskulösen Brust gehalten zu werden.

In seinen Armen war mein Gesicht auf gleicher Höhe mit seinem. Ich blickte zu ihm, und mein Herz begann zu hämmern. Lieber Gott. Er war lächerlich gut aussehend. Mit seinem dunkelblonden Haar, den grünen Augen und den markanten Gesichtszügen war es kein Wunder, dass die Frauen ihm zu Füßen lagen. Dazu kam sein schelmisches Grinsen, mit dem er unbekümmert um sich warf, und ein Körper, für den man sterben konnte, und es war ziemlich sicher, dass ich nicht die einzige Frau war, die allein in seiner Nähe feucht wurde.

Er setzte sich in Bewegung und steuerte geradewegs auf den hinteren Flur zu.

„Wohin gehen wir?"

„Ins Schlafzimmer."

„Du weißt nicht einmal, wo es ist."

Er blickte nach unten, ein teuflisches Grinsen umspielte seine Lippen. „Das kann doch nicht so schwer zu finden sein. Es gibt nur zwei Türen hier hinten", sagte er, als er den kurzen Flur betrat.

Ich musste lachen. Ich hätte versuchen sollen, es zu verhindern, aber ich wollte nicht. Ich musste immer wieder an Janas Bemerkung denken, dass meine Jungfräulichkeit jeder Art von Verabredung im Wege stand. Neunundzwanzig war zwar nicht so alt, aber auch nicht gerade jung. Da ich mich schon fast mit Ethan ausgezogen hatte, erschien es mir sinnlos, mit mir selbst darüber zu streiten, ob ich diese Grenze mit ihm überschreiten sollte. Wenn ich mich schon von meiner lästigen Jungfräulichkeit verabschieden musste, konnte ich mir zumindest einen weiteren phänomenalen Orgasmus mit ihm sichern. Obwohl ich bezweifelte, dass er den von neulich in meinem Büro übertreffen konnte. Den hatte ich so ziemlich als den besten aller Zeiten verbucht und hielt ihn für einen Glücksgriff.

Der Trockner rumpelte hörbar im Badezimmer auf der einen Seite des Flurs, und Ethan machte sich nicht einmal die Mühe, die Tür zu überprüfen. Er schob sich durch die gegenüberliegende Schlafzimmertür und ließ mich hinunter. Ich stieß den Lichtschalter mit meinem Ellbogen an und stellte den Dimmer ein. Ich schaute mich im Zimmer um und fragte mich, wie er es sah. Mein Bett war ein einfaches, niedriges Doppelbett mit einem stoffbespannten Kopfteil. Ich liebte Kissen, und so gab es viele davon, zusammen mit einer flauschigen Daunendecke. Ich verbrachte viele Abende zwischen den Kissen mit meinem Laptop auf den Knien, während ich juristische Dokumente entwarf und Rechtsprechung studierte. Außer meinem Bett gab es nicht viel in dem Zimmer. Ich hatte einen riesigen begehbaren Kleiderschrank, der genug Platz für eine Kommode bot.

Ich hatte mich abgewandt, um das Licht einzu-
schalten, und zuckte zusammen, als ich spürte, wie
Ethans Hände an meinen Seiten hinunterglitten und
sich über meinem Rock verhakten. Für einen kurzen
Moment erstarrte ich. Ich wollte nicht aufhören, das
wollte ich wirklich nicht. Aber ich wusste nicht, was
ich von der Tatsache halten sollte, dass ich mich
anscheinend in diese Situation hineinmanövriert hatte.
Ethan war der erste Mann, den ich seit über einem
Jahr geküsst hatte.

Ich hatte hier und da versucht, Verabredungen in
mein viel zu geschäftiges Leben zu integrieren. Der
letzte Mann - ein eleganter Finanzanwalt, den ich auf
einer juristischen Veranstaltung kennengelernt hatte -
schien eine gute Wahl zu sein. Ich dachte, er könnte
meine Hingabe an meine Arbeit verstehen. Ich fand
schnell heraus, dass er sich sowohl beruflich als auch
persönlich mit seinem Charme durchgeschlagen hatte.
Er war leicht amüsiert über meine Leidenschaft für
meinen Beruf und hatte kein Problem damit zuzugeben, dass er das Finanzrecht wegen des Geldes gewählt
hatte. Er hatte auch deutlich gemacht, dass er an
nichts anderem als unverbindlichem Sex interessiert
war. Ich war zwar die Erste, die zugab, dass mein
Leben nicht viel Raum für eine ernsthafte Beziehung
ließ, aber ich war auch nicht die ganze Zeit auf der
Suche nach einem Fick. Unsere erste Verabredung
wurde jäh gestoppt, als er mir nach unserem Abendessen im Taxi seine Zunge in den Hals steckte.

Ich drehte mich zu Ethan um, als er gerade innehielt. Ich konnte sehen, dass er mein Zögern gespürt
hatte. Ohh. Ich hasste das. Genau deshalb ärgerte ich
mich darüber, dass ich mich während des Studiums so
sehr aufs Lernen konzentriert hatte. Ich hatte nicht
vorgehabt, mit neunundzwanzig als Jungfrau zu enden,

ganz sicher nicht. Es wäre viel einfacher gewesen, sie in einer betrunkenen Partynacht in der Highschool oder im College zu verlieren, wie so viele meiner Freunde. Aber so war ich nicht. Es war nicht so, dass ich diejenigen verurteilte, die sich dafür entschieden, so zu feiern, aber ich hatte Ziele und ließ mir nichts in die Quere kommen.

Ich öffnete den Mund, um zu sprechen, aber da ich nicht wusste, was ich sagen sollte, schloss ich ihn wieder. Seine Hände waren warm an meiner Taille. Er musterte mich, sein neckischer Blick verblasste.

„Wir müssen nicht weitergehen", sagte er plötzlich. „Ich mag dich wie verrückt begehren, aber es passiert nichts, was du nicht willst."

Wenn ich etwas mit Sicherheit wusste, dann das - ich wollte Ethan, ich wollte das hier, und ich wollte nicht aufhören. Diese Gedanken beflügelten mich. Ich schüttelte energisch den Kopf.

Er starrte mich an. „Du musst dich etwas deutlicher ausdrücken, Liebes. Ich weiß nicht, ob du den Kopf schüttelst, weil du das nicht willst, oder ob es etwas anderes ist."

„Ich will dich. Ich will das alles", sagte ich, und die Worte kamen heftig, rau und roh zwischen meinem rasenden Atem und dem hämmernden Puls heraus.

Sein Blick verfinsterte sich. „Also gut."

Er strich mit den Fingern über den Bund meines Rocks und schob ihn über meine Hüften. Er fiel leise um meine Füße. Während ich ihn aus dem Weg schob, machte er sich daran, die Knöpfe meiner Bluse zu öffnen.

„Lass uns zuerst diese lästigen Klamotten aus dem Weg schaffen", murmelte er, und seine Stimme jagte mir ein Kribbeln über den Rücken.

Ich war immer noch leicht unterkühlt von meinem

verregneten Spaziergang nach Hause. Als meine Bluse
geöffnet wurde und die kühle Luft gegen meine Haut
strich, fröstelte ich. Ich ahnte nicht, dass Ethan sich
daraufhin blitzschnell bewegen würde. In Windeseile
warf er meine Bluse zur Seite. Bevor ich noch einen
Gedanken fassen konnte, zog er sein Shirt aus.

Ein Blick und mir lief das Wasser im Mund zusammen. Es war ja nicht so, dass ich nicht gewusst hätte,
dass er trainiert war. Aber ... O. Mein. Gott. Er hatte
wahrscheinlich seine Berufung verfehlt und hätte
Model werden sollen. Seine Haut war wie Karamell,
und jeder Zentimeter seiner Brust und seiner Bauchmuskeln war muskulös. Auf seiner Brust befand sich
ein leichter goldener Haarschopf, der sich bis zum
Bund seiner Jeans verengte. Ich wollte *wirklich*, dass er
sie auszog. Das tat er auch innerhalb von Sekunden.
Der Rest von ihm war genau so herrlich wie seine
Brust. Es konnte kein Gramm Fett an ihm sein. Überall, wo ich hinsah, war er nur schlank und muskulös.
Sein eng anliegender schwarzer Slip konnte seine
unverhohlene Erregung nicht verbergen.

Es waren wahrscheinlich nur wenige Sekunden
vergangen, seit ich gezittert hatte, aber da Ethan fast
nackt vor mir stand, konnte ich nicht klar denken und
hatte völlig vergessen, dass mir kalt war. Aber er hatte
es nicht. Ohne Zeit zu verlieren, hatte er mich zum
Bett gezerrt und sich neben mir ausgestreckt. Er war
wie mein eigener persönlicher Ofen, und das war
einfach köstlich. Ich hätte mich in ihm vergraben und
tagelang dort bleiben können. Er war am ganzen
Körper warm, seine Haut glatt und heiß.

In Sekundenschnelle verscheuchte er mein Frös-
teln, als er begann, meinen Körper mit seinen Händen
und seinem Mund zu bearbeiten. Ich war nicht mehr
durchgefroren, feucht und müde nach einem langen

Arbeitstag, sondern so heiß und erregt, dass ich kaum denken konnte. Ich stürzte mich in den Rausch des Zusammenseins mit ihm. Feuer schoss durch meinen Körper, und flüssiges Verlangen pochte in meinem Inneren. Ich konnte ihm gar nicht nahe genug kommen und war damit beschäftigt, ihn überall, wo ich nur konnte, gierig zu berühren. Er hielt mit seinen Lippen zwischen meinen Brüsten inne und schob seinen Daumen unter den Verschluss meines BHs. Meine Brustwarzen spannten sich noch mehr an, als er die kühle Luft an ihnen spürte und die Seide wegglitt.

Er blickte auf, die Lider schwer, bevor er den Kopf senkte und seine Zunge um eine Brustwarze wirbelte. Ich stöhnte auf, als er seinen Mund darüber schloss und leicht zubiss. Er verlagerte sein Gewicht auf mich - o mein Gott, das fühlte sich gut an - und begann, mich wild zu machen. Er küsste, leckte, saugte und knabberte an meinen beiden Brüsten und pustete leicht, als er sich zurückzog. Die ganze Zeit über konnte ich jeden Zentimeter seines harten, heißen Schwanzes durch die Schichten seines Slips und meines Seidenhöschens an meinem Inneren spüren. Mit jeder subtilen Bewegung seines Körpers an meinem durchzuckte mich ein Gefühl der Lust.

Sein Gewicht verlagerte sich, als er meinen Körper hinunterwanderte, Küsse auf meinen Bauch verteilte und meine Knie auseinander drückte. Ich war mir ziemlich sicher, dass ich jetzt feststellen konnte, dass es möglich war, ohne eine einzige Berührung an meiner empfindlichsten Stelle zum Höhepunkt zu kommen. So weit war ich schon. Ich konnte die Feuchtigkeit zwischen meinen Schenkeln spüren, und meine Muschi pochte. Als er mit einem Finger über die nasse Seide strich, zuckten meine Hüften und ich kam fast.

Ich glaubte nicht, dass ich noch viel mehr aushalten würde.

„Ethan ...", murmelte ich nach einem Stöhnen.

„Hmm, Liebes ...", murmelte er im Gegenzug, und seine Lippen auf der empfindlichen Haut an der Innenseite meines Oberschenkels versetzten mir einen weiteren Schock der Lust.

„Ich brauche ..."

Mir verschlug es die Sprache, als er seine Hand über den Rand meines Höschens schob und es schnell herunterzog. Bevor ich zu Atem kommen konnte, waren seine Finger in mir versunken und sein Mund auf mir. Mit seinen Fingern, die mich neckten und dehnten, und seiner Zunge, die verrucht über meinen Kitzler fuhr, dauerte es nur Sekunden, bis mich der Höhepunkt überkam. Ich kam in einem lauten Ausbruch, und die Schauer durchliefen meinen Körper mit solcher Wucht, dass ich fast erschlaffte, als sie abklangen.

Ethan zog sich langsam zurück, und ich vermisste sofort das Gefühl von ihm, als er sich vom Bett lehnte. Er zerrte an seiner Jeans. Verwirrt blickte ich auf und sah, wie er seinen Slip auszog und ein Kondom aus seiner Brieftasche zog, die mit einem dumpfen Schlag auf den Boden fiel, als er sie beiseite warf. Natürlich war sein Schwanz genauso perfekt wie der Rest von ihm. Ich hatte schon geahnt, dass er gut ausgestattet war, aber sein Anblick machte mich nervös. Diese Beklemmung wurde von der Sehnsucht, ihn in mir zu spüren, überlagert. Es spielte keine Rolle, dass ich gerade einen explosiven Orgasmus gehabt hatte, ich konnte nur daran denken, wie viel mehr ich wollte.

Er streckte sich wieder über mir aus und verlagerte sein Gewicht zur Seite. Er strich mir mein immer noch feuchtes und verfilztes Haar aus dem Gesicht, sein Blick wurde düster. „Jetzt wäre es an der Zeit, mir zu sagen, dass du aufhören willst", sagte er, seine Stimme war hart, aber klar.

Ich schüttelte den Kopf, und er verzog einen Mundwinkel. „Liebes, ich weiß nicht, was das bedeutet. Du wirst es mir sagen müssen."

Mein Herz fühlte sich eng in meiner Brust an, und ein Anflug von Unsicherheit stieg in mir auf. Ich war nicht unsicher wegen dieses Moments. Nein, es waren die Gefühle, die Ethan in mir auslöste. Ich erwartete immer, dass er unbekümmert sein würde und sich wie der Aufreißer verhielt, als der er in den Medien dargestellt wurde. Doch bei mir war er nicht so. Selbst wenn er mich ärgerte, flirtete und versuchte, mir unter die Haut zu gehen, war er nicht bösartig oder unbesonnen. Ich hätte erwartet, dass er mich als Eroberung betrachtet, aber so fühlte ich mich nicht. Ganz und gar nicht. Abgesehen von dem Hochgefühl des Vergnügens, einfach bei ihm zu sein, fühlte sich jeder Moment strahlend an - erleuchtet von einer Intimität, die um und zwischen uns schimmerte.

Er zog eine Braue hoch, und mir wurde klar, dass ich nicht geantwortet hatte. Mit wild klopfendem Herzen und Hitze, die mich durchströmte, schluckte ich und fand meine Stimme. „Ich will nicht, dass du aufhörst." Meine Stimme klang rau und kratzig. Innerlich fühlte ich mich heiß, flüssig und bedürftig. Ich wollte nur noch, dass er aufhörte zu reden und in mir versank.

„Was willst du?", murmelte er, seine Augen immer noch auf mich gerichtet.

Mein Herz machte einen Sprung und mein Bauch machte eine langsame Drehung. Er wollte, dass ich klar und deutlich sage, was ich will. „Ich will dich", sagte ich schließlich über den donnernden Schlag meines Herzens hinweg.

Er hielt meinen Blick noch einen Moment lang fest, bevor er nickte. Seine Augen tauchten nach unten, und überall, wo sie landeten, sandten sie Funken der Lust unter die Oberfläche meiner Haut. In Windeseile zog er sich ein Kondom über und verlagerte sein Gewicht auf mich. Er begegnete meinem Blick erneut. In seinem Blick blitzte etwas auf, das zwischen Besorgnis und einem Hauch von Unsicherheit lag. Ich konnte seinen Schwanz an mir spüren. Ich war glitschig nass und das Gefühl, dass er heiß und hart war, versetzte mir kleine Schocks der Lust. Ich war unruhig und wollte es nicht in die Länge ziehen. Ich fuhr mit meiner Zunge an seinem Hals entlang - er schmeckte salzig mit einem Hauch des Regens, durch den wir gelaufen waren.

Er verschränkte seine Hände in meinen und bewegte seine Hüften, bevor er innehielt. Das würde nicht genügen. Ich wollte, dass dieser Teil endlich vorbei war. Ich schlang meine Beine um seine Hüften und wölbte mich ihm entgegen. Ich hätte wissen müssen, dass er mir nicht die Führung überlassen würde. Er hielt still, obwohl sein Schwanz ein wenig weiter in mich eindrang.

„Zoe", murmelte er, seine Stimme war düster.

Ich hob meinen Kopf von der Stelle, an der ich seinen Hals hinaufgewandert war. „Hmm?"

„Lass uns das nicht schlimmer machen, als es sein muss. Seine Gesichtszüge waren angespannt, und ich spürte, dass er sich an einem seidenen Faden festhielt. Also bemühte ich mich, ihn zu zerreißen.

„Bringen wir es hinter uns." Ich stieß einen Hacken in seine Pobacke, die aus nichts als Muskeln bestand und kaum eine Delle aufwies.

Er gluckste und schob sich ein wenig weiter hinein. Erst dann begann es zu brennen. Ich wollte es unbedingt durchziehen, also wölbte ich mich ihm entgegen, als er das nächste Mal tiefer eindrang. Auf den brennenden Schmerz hin stieß er bis zum Anschlag in mich hinein und hielt still. Mein Körper hatte sich reflexartig verkrampft, und mein Atem ging zischend.

„Geht es dir gut?", fragte er mit fester Stimme.

„Mhm", brachte ich mit einem Nicken heraus. Mir ging es gut. Es war eng und er passte kaum hinein, aber der Schmerz ließ bereits nach.

Ohne ein Wort zu sagen, neigte er den Kopf und begann, Küsse auf meinem Hals und meinen Brüsten zu verteilen. Nach ein paar Augenblicken und der köstlichen Ablenkung ließ das brennende Gefühl nach und mein Körper entspannte sich wieder. Irgendwann, zwischen Küssen und Kniffen, die mir einen Schauer über den Rücken jagten, begann er sich zu bewegen und legte ein langsames, leichtes Tempo vor. Der Effekt war, dass er mich vor Verlangen nur noch wilder machte. Mit jedem Stoß krampfte sich mein Kanal um ihn zusammen. Mir war heiß und ich war gefangen in der Jagd nach einer weiteren Erlösung.

Sobald der Schmerz nachließ, fühlte sich die köstliche Ausdehnung von ihm in mir so gut an, dass es wie eine Droge war. Ich stürzte in nichts als Empfindungen, das Gleiten seines Schwanzes in mir, seine Hände, die meine festhielten, und seine Augen, die sich in mich brannten. Der Druck wurde immer stärker, bis er eine meiner Hände losließ und zwischen uns griff. Nur ein Wirbel seines Daumens auf meiner Klitoris und die Lust schoss wie ein Strahl durch mich hindurch. Mich überkam ein so heftiger Schauer, dass ich kaum atmen konnte. Ich spürte, wie er sich zusammenzog und grob aufschrie, bevor er sich entspannte.

Er verlagerte sein Gewicht auf meine Seite, was mir nicht gefiel. Ich wollte ihn ganz in mir haben und jeden Zentimeter von ihm an mir spüren.

„Warum hast du dich bewegt?", fragte ich zwischen zwei Atemzügen.

Sein leises Glucksen hallte in meinem Körper wider. „Ich will dich nicht erdrücken."

Ich öffnete die Augen und sah seinen neugierigen Blick auf mich warten. Mein Herz stolperte erneut und mein Atem stockte, aber ich behielt einen klaren Kopf. „Ich bin zu groß. Du kannst mich nicht erdrücken."

Ein weiteres Glucksen ertönte. „Ah, gutes Argument. Okay, dann nehme ich das als Erlaubnis, dich zu zerquetschen, wann immer ich will."

Meine Brust fühlte sich eng an und eine Welle von Gefühlen durchströmte mich. Ich wusste nicht, was es mit seinen Worten auf sich hatte, aber ich fühlte mich komisch und wollte Dinge, die ich bei niemandem erwartet hätte, schon gar nicht bei Ethan.

Kapitel Dreizehn

ETHAN

Ein sanftes Gleiten von seidiger Haut an meinem Bein weckte mich. Für einen Moment war ich verwirrt, mein Verstand vom Schlaf benebelt. Der warme Körper, der sich an mich schmiegte, gab mir Rätsel auf, und dann schaltete sich mein Gehirn wieder ein. Zoe war über die Hälfte meines Körpers drapiert. Ich konnte mir ein Grinsen nicht verkneifen. Eines ihrer Beine lag über meinem und ihr Fuß war zwischen meinen Waden eingeklemmt. Ihr Kopf ruhte an meiner Schulter, ihre Handfläche lag auf meiner Brust und meine Hand war unter ihr und umfasste ihren Po, sodass ich all ihre üppigen Kurven an mir spüren konnte. Das musste die beste Art sein, aufzuwachen. Niemals. Ich hatte nie darüber nachgedacht, was ich verpasste, wenn ich nach dem Sex immer abhaute. Natürlich war dies Zoe, und das machte es umso besser. Ich hatte noch nie daran gedacht, neben jemandem aufzuwachen. Nach der letzten Nacht hätte man mich nur mit körperlicher Gewalt aus ihrem Bett holen können.

Ihr Atem war ruhig und gleichmäßig, er schlug

sanft gegen meine Schulter. Ich bin mir nicht sicher, ob mein Schwanz im Schlaf steif war, aber jetzt war er es. Ich konnte mich nicht erinnern, dass ich als geiler Jugendlicher jemals mit einem Ständer aufgewacht war. Meine Gedanken drehten sich um die letzte Nacht. Meine anfängliche mentale Gymnastik darüber, dass ich dafür verantwortlich war, dass Zoe sich von ihrer Jungfräulichkeit verabschiedete, hatte sich als Verschwendung geistiger Energie erwiesen. Ich konnte allerdings nicht ahnen, wie verdammt toll es sein würde, mit ihr zusammen zu sein.

Wenn mein Körper jetzt das Sagen hätte, würde ich sie umdrehen und sofort wieder in ihr versinken. Doch das hielt ich nicht für die klügste Idee, da sie wahrscheinlich wund war. Und dann war da noch die Tatsache, dass ich keine Ahnung hatte, was ich mit meinen Gefühlen anfangen sollte. *Gefühle.* Darüber dachte ich in der Regel nicht viel nach. Oh, ich sorgte mich um Menschen. Meine Kumpels waren wie eine Familie für mich, und ich würde alles für sie tun. Ich würde für meine Schwestern und meine Eltern durchs Feuer gehen. Aber der Gedanke, sich ernsthaft mit einer Frau einzulassen, war mir nie gekommen. Ich war zu sehr damit beschäftigt, Spaß zu haben. Ich hatte zugesehen, wie Liam sich hals über Kopf in Olivia verliebt hatte, und hatte es als Zufall abgetan. Liam und ich waren uns einmal sehr viel ähnlicher gewesen, wenn es um Frauen ging. Bis Olivia auftauchte, war er ein freizügiger Playboy. Jetzt war ich hier mit Zoe, die sich an mich schmiegte, und fühlte mich, als wäre mein Herz gestolpert und auf den Hintern gefallen. Ich musste mich fragen, was hier in den Staaten im Wasser war.

Ich begann, mich unwohl zu fühlen, also versuchte ich, meinen verdammten Verstand abzuschalten. Das

Problem war, dass Zoe neben mir lag, warm und verführerisch, und ich wollte sie wie verrückt. Die letzte Nacht hatte nicht das Geringste dazu beigetragen, meine pure Lust auf sie zu dämpfen. Im Gegenteil, sie hatte das Feuer, das ohnehin schon wütete, noch weiter angefacht. Sie bewegte sich wieder im Schlaf und ihre Atmung veränderte sich. Ich spürte, dass sie wach war, aber ich wusste es spätestens, als sie ihren Kopf hob.

Das Licht, das durch die Jalousien ihres Schlafzimmers fiel, war ein leichtes Grau. Es ließ ihr kastanienbraunes Haar heller erscheinen und ihre haselnussbraunen Augen hoben sich von ihrer cremefarbenen Haut ab. Da ihr Haar vom Schlaf zerzaust war, genügte ein Blick, und das Blut schoss direkt in meinen bereits steifen Schwanz. Als sie mich anstarrte, erröteten ihre Wangen. Ich liebte es, wenn sie errötete. Das war alles, was sie tun musste, und ich war so gut wie nutzlos. Verdammte Scheiße. Wenn sie eine Ahnung hatte, welche Wirkung sie auf mich hatte, war ich verloren.

Die Luft um uns herum erhitzte sich plötzlich wie von einer Flamme entzündet. Als wir gestern Abend nach dem Duschen eingeschlafen waren, hatte ich mir gedacht, es wäre schön, mit ihr aufzuwachen, und wir würden Tee oder Kaffee trinken oder so etwas in der Art. Ich hatte nicht damit gerechnet, dass dieses feurige Bedürfnis in dem Moment, in dem wir beide wach waren, zum Leben erwachte.

Ich hatte mir vorgestellt, wie sie verschlafen aussehen würde, aber meine Vorstellung war ein völliger Reinfall. Ihr zerzaustes kastanienbraunes Haar, ihre rosigen Wangen, die Sommersprossen auf ihrer Haut und das Gefühl ihres üppigen Körpers an meinem - all das zusammen fühlte sich so verdammt gut an, dass ich kaum atmen konnte. Dazu kam das Gefühl, ihr in die Augen zu sehen - sie war atemberaubend, wenn sie so unbedacht war. Mein Herz fing an, gegen meinen Brustkorb zu pochen, als mich die Erkenntnis erreichte.

Ich spürte, wie ihr Herz gegen meine Seite schlug, und das Tempo nahm zu, als wir dort lagen. Sie biss sich auf die Lippe. Fick mich. Es machte mich das verrückt, wenn sie das tat und ihre Zähne ihre pralle Unterlippe eindellten. Auf die gute Art verrückt, aber trotzdem. Ich musste mich selbst daran erinnern, dass ich auf keinen Fall vorhatte, mich jetzt in ihr zu vergraben, egal wie sehr ich es auch wollte. Ich war kein Experte in Sachen Jungfräulichkeit, aber ich hatte ein gewisses Gespür und wusste, dass sie wund sein musste.

Sie räusperte sich, und das Geräusch durchbrach die gewichtige Stille. „Wie lange bist du schon wach?", fragte sie, ihre Stimme war heiser vom Schlaf.

Ich begann mich zu fragen, ob es irgendetwas gab, was sie tun konnte, das mich nicht noch mehr erregte. Ich zwang mich dazu, mich auf ihre Frage zu konzentrieren, die einfach zu beantworten war.

„Ein paar Minuten. Guten Morgen", antwortete ich und konnte mir ein Grinsen nicht verkneifen, als sich das Rosa auf ihren Wangen vertiefte. Ich wusste nicht, warum sie so oft rot wurde, aber ich liebte es verdammt noch mal.

Sie biss sich erneut auf die Lippe. Oh, das war's. Ich ließ meine Handfläche von ihrem Hintern gleiten - was mir übrigens schwerfiel - und fuhr ihre Wirbelsäule hinauf, um mich in ihrem Haar zu verlieren. Es war nicht viel Platz zwischen uns, und so genügte die kleinste Bewegung, um ihren Mund zu meinem zu bringen. Ich dachte nicht nach - überhaupt nicht - und in dem Moment, als sie gegen meinen Mund seufzte, schob ich meine Zunge zwischen ihre Lippen und ließ das Bedürfnis, das heiß und heftig in mir brannte, in unseren Kuss einfließen. Sie verkrampfte sich kurz gegen mich, aber als ich meine Hand wieder über ihren Rücken gleiten ließ und sie an mich drückte, entspannte sie sich. Unser Kuss wurde wild. Geistig aufgewühlt und emotional verwirrt von der Wirkung, die sie auf mich hatte, stürzte ich mich in die Hitze des körperlichen Moments zwischen uns. Ich klammerte mich an ihn, als wäre er das Einzige, was mir Halt geben könnte. Inzwischen war ich wie ein Zug, der vom Gleis abgekommen war und kaum noch einen Hauch von Kontrolle besaß.

Das Gefühl ihrer vollen Brüste, die sich an mich pressten, und ihrer feuchten Schamlippen, die über meinen Schwanz glitten - denn so perfekt war es, als sie ihre Knie seitlich meiner Hüften spreizte -, ließ mich fast mein Versprechen vergessen, mich nicht sofort wieder in ihr zu vergraben. Als meine diffusen Gedanken dazu übergingen, mich von ihr loszureißen, um ein Kondom zu suchen, holte mich die Realität ein, und zwar so heftig, dass ich uns schnell umdrehte.

Das machte die Sache nicht besser. Ganz und gar nicht. Jetzt schmiegte sich mein Schwanz an ihre feuchte Mitte, und ich wollte nur noch meine Hüften bewegen und in sie eindringen. Kondom hin oder her, ich musste mich aus der Gefahrenzone bringen. Ich glitt an ihrem Körper hinunter, wahrscheinlich etwas rauer, als ich es mit meinen Lippen, Zähnen und meiner Zunge hätte tun sollen, während ich mich nach unten bewegte. Aber verdammt noch mal, sie machte es mir nicht leichter mit ihrem heiseren Stöhnen und ihren Händen überall auf mir. In dem Moment, in dem ich einen ihrer Nippel in den Mund nahm, gelang es mir, mich davon abzulenken, wie es sich anfühlen würde, wieder in ihr zu sein. Verdammt! Sie schmeckte so gut, und als sie ihre Hände in meinem Haar vergrub und sich mir entgegenstreckte, versenkte ich meine Zähne in ihr, bevor ich mich zurückzog und sie ansah.

Ihre Haare fielen über die Kissen und hoben sich stark und leuchtend von dem Weiß ab. Ihre haselnussbraunen Augen waren ein dunkler Strudel aus Gold, Grün und Braun, und ihre Lippen waren rot und geschwollen. Ihre Brustwarzen waren feucht und angespannt von meinen Aufmerksamkeiten. Ihr Atem ging stoßweise, sie wölbte sich mir entgegen und begann, ihre langen Beine um mich zu schlingen. Oje. Ich musste mich weiter bewegen. Ich riss meinen Blick von ihr los und bahnte mir meinen Weg an ihrem Körper hinunter, küsste, leckte und knabberte mich über die weiche Wölbung ihres Bauches.

Ich schob ihre Knie auseinander und stöhnte fast bei ihrem Anblick. Ihre Schamlippen waren rosa und geschwollen. Ich wollte sie fragen, ob es ihr gut geht, aber sie vergrub ihre Hände in meinem Haar. Da ihr Innerstes nur wenige Zentimeter von mir entfernt war, verlor ich die Überlegung im Handumdrehen. Ich neigte meinen Kopf und fuhr mit meiner Zunge an ihrer Spalte entlang. Ihr salziger Geruch war eine unheilige Versuchung, und ich verlor mich darin, jeden Zentimeter zu erforschen. Ich versenkte einen Finger in ihr und spürte, wie sie sich um mich herum zusammenzog und anspannte. Endlich, verdammt noch mal endlich, schrie mein Verstand über die rohe Lust, die mich durchströmte.

Ich zog mich zurück, und mein Atem blieb mir für einen Moment in der Kehle stecken. Sie war herrlich. Ihre Haut war am ganzen Körper gerötet, die Sommersprossen, die mich verrückt machten, waren wie Sternbilder über ihren Körper verstreut, und ihr Haar war ein einziges Durcheinander, und es war verdammt gut, dass ich nicht stand, sonst hätte sie mich nicht nur im übertragenen Sinne in die Knie gezwungen. So aber musste ich den Kopf schütteln, um mich daran zu erinnern, dass sie sich verkrampft hatte. Mein Finger steckte noch immer knöcheltief in ihr drin.

„Geht es dir gut?", schaffte ich zu fragen, meine Stimme war angespannt von dem Verlangen, das durch mich hindurchdonnerte.

Ihre Augen weiteten sich, und sie wölbte ihre Hüften meiner Berührung entgegen und nickte vehement. Wenn überhaupt, dann sah sie mich verärgert an, als wäre ich ein Idiot, weil ich überhaupt gefragt hatte. Ich konnte mir ein Grinsen nicht verkneifen, denn das war es, was passierte, wenn sie sich über mich ärgerte. „Ich wollte mich nur vergewissern, Liebes", antwortete ich, bevor ich mich wieder an die Arbeit machte.

Mit ihren Beinen, die sich um meine Schultern schlangen, und ihren Hüften, die sich meinem Mund entgegenstemmten, fickte ich sie mit meinen Fingern und meiner Zunge viel kürzer als ich wollte. Innerhalb weniger Augenblicke spannte sie sich an und murmelte meinen Namen in einem lauten Ausbruch, während ihre Muschi sich zusammenzog und pochte.

In kürzester Zeit stellte ich fest, dass Zoe sehr ausdrucksstark war, wenn es um Sex ging, und sich überhaupt nicht zurückhielt. Ich löste mich von ihr und begann, mich wieder an ihrem Körper nach oben zu küssen, aber sie ließ mich nicht gewähren. Sie war groß genug, um mich abzuschütteln, und das tat sie auch und saß prompt wieder rittlings auf mir. Einfach so entglitt mir die ganze Kontrolle, an die ich mich mit meinen Fingerspitzen klammerte. Sie ließ mir nicht viel Zeit zum Nachdenken, und ehe ich mich versah, küsste sie sich über meine Brust und meinen Unterleib und legte eine Handfläche um meinen Schwanz.

Ich weiß nicht, was ich erwartet hatte, aber ich hatte sicher nicht erwartet, den besten Blowjob meines Lebens von einer Frau zu bekommen, die vor weniger als zwölf Stunden noch Jungfrau gewesen war. Aber leider passierte genau das. Sie hatte einen verruchten Mund und eine verruchte Zunge, und brachte mich dazu, mich an den Laken festzuhalten, als ob mein Leben davon abhinge. Und in dem Moment, in dem sie mich ganz in ihren Mund zog, war ich fast so weit. Mit ihrer wirbelnden Zunge und dem heißen, feuchten Sog um meinen Schwanz herum, traf mich meine Erlösung mit einem Brüllen und ich verausgabte mich in ihrem Mund.

Fassungslos ließ ich mich in die Kissen zurückfallen, als sie sich langsam zurückzog und mit dem Handrücken über ihren köstlichen Mund strich, der mir gerade die Höhepunkte seiner Ungezogenheit gezeigt hatte. Sie richtete sich neben mir auf und ließ sich in die Kissen fallen, halb über mich drapiert. Die ganze Zeit über fragte ich mich, ob ich jemals genug von ihr bekommen könnte. Ich hätte erschöpft sein sollen, stattdessen dachte ich nur daran, was als Nächstes kam.

Kapitel Vierzehn

ZOE

Ich sah Jana über meinen Schreibtisch hinweg an und musste mir ein Lachen verkneifen. Wir befanden uns in einer Telefonkonferenz mit einer anderen Anwaltskanzlei, genau genommen mit derselben Kanzlei, die den Idioten vertrat, der Ethan geschlagen hatte, und Jana schnitt Grimassen am Telefon. Ich beugte mich vor und tippte auf die Stummtaste.

„Hör auf damit! Du bringst uns noch beide zum Lachen", zischte ich.

Jana verdrehte die Augen und strich sich eine lila Haarsträhne aus den Augen. „Warum flüsterst du? Du hast den Lautsprecher stummgeschaltet."

Ich schüttelte den Kopf und gab dem Drang zu lachen nach. „Stimmt. Mein Gott, Ted liebt es, sich selbst reden zu hören. Ich schwöre, er redet schon seit zehn Minuten lang über denselben Punkt."

Jana verdrehte am Telefon wieder die Augen. „Das ist sein Ding. Gähn. Er geht mir auf die Nerven. Warum beauftragen ihn so viele Leute?"

„Weil er weiß, wie man sich vermarktet", sagte ich

achselzuckend. „Wir könnten wahrscheinlich noch das
eine oder andere von ihm lernen."

Jetzt sah Jana mich böse an. „Nein. Wir werden
nicht überall Plakate mit deinem Bild aufhängen. Das
ist so kitschig." Sie hielt inne, zwirbelte eine Haarsträhne um ihren Finger und musterte mich nachdenklich. „Wenn ich es mir recht überlege, sollten wir das
vielleicht doch tun. Du bist total heiß. Ich wette, wir
würden auf diese Weise eine Menge neuer Klienten
bekommen."

Ich warf mit einer Büroklammer nach ihr, die sie
geschickt auffing und sofort wieder auf meinen
Schreibtisch legte. „Ich habe genug zu tun. Ich
brauche sowieso nicht mehr zu arbeiten. Du machst
mir immer Vorwürfe, dass ich zu viel arbeite."

Sie grinste. „Stimmt. Aber wenn wir mehr
Mandanten hätten, könntest du mehr Anwaltsgehilfen
einstellen, damit ich nicht länger deine einsame
Anwaltsgehilfin bzw. Rezeptionistin bin. Wenn wir ein
paar gute finden würden, könnten sie die ganze Routi-
nearbeit übernehmen und du könntest weniger arbeiten. Außerdem kannst du mir nicht mehr erzählen,
dass du nicht heiß bist. Ethan Walsh, praktisch der
heißeste Typ der Stadt, hat es auf dich abgesehen."

Gerade als ich ihr antworten wollte, nannte Ted
meinen Namen, und zwar so laut, dass mir klar wurde,
dass wir das Gespräch wahrscheinlich nicht mehr
verfolgt hatten. Zum Glück konnten wir das bei Ted
ziemlich leicht überspielen. Ich drückte auf den
Knopf, um die Stummschaltung des Telefons aufzuheben, und wechselte zurück in den juristischen Modus.

Später an diesem Tag, nach einer Reihe von
Besprechungen, kam Jana in mein Büro und ließ sich
auf dem Stuhl gegenüber von mir nieder. Tagelang
dachte ich jedes Mal, wenn ich eine Minute Zeit zum

Nachdenken hatte, direkt an Ethan. Gerade jetzt blickte ich über meinen Schreibtisch und erinnerte mich daran, dass er mich mit seinem verruchten Mund und seinen Fingern direkt auf meinem Schreibtisch zum Höhepunkt gebracht hatte. Ich schüttelte ein wenig den Kopf und konzentrierte mich auf Jana.

„Was gibt's?", fragte ich, als ich eine E-Mail abschickte und zu ihr hinübersah.

„Es ist das erste Mal seit drei Tagen, dass wir Zeit zum Reden haben. Gestern war ich nicht da und heute war es verrückt. Gib's zu. Was ist mit Ethan passiert? Versuch nicht, nichts zu sagen, denn ich habe gesehen, wie du aussahst, nachdem er letzte Woche hier rauskam, und ich habe vielleicht eine Nachricht von ihm vorhin auf deinem Handy gesehen."

Meine Wangen wurden heiß. Ich wollte mich über sie ärgern, aber es war ziemlich halbherzig. Ich stürzte mich auf die Sache mit dem Telefon, weil es ein leichtes Ziel war. „Seit wann schnüffelst du in meinem Telefon herum?"

„Seit du es direkt vor mir liegen gelassen hast, während wir uns durch Teds Monolog gequält haben", erwiderte sie. „Ich habe nicht gesehen, was drin stand, nur seinen Namen. Was wollte er denn?"

Ethan hatte angefangen, mir wie verrückt Nachrichten zu schicken. Ich wusste nicht, was ich davon halten sollte, aber insgeheim gefiel es mir. Und zwar sehr. Er fragte abwechselnd nach meinem Tag, wollte wissen, wie es mir ging, und flirtete so unverschämt, dass mir schon beim Lesen einer Nachricht ganz heiß wurde. Es war nicht so, dass zuvor nie Verabredungen gehabt hätte. Es war nur schon eine Weile her, und es war nie besonders toll gewesen. Ich hatte gedacht, meine Jungfräulichkeit zu verlieren, wäre eher so, als würde ich endlich eine Aufgabe erledigen, die ich immer vor mir hergeschoben hatte. Ich war völlig unvorbereitet auf die brennend heiße Intimität, die ich mit ihm erlebt hatte, und die Tatsache, dass sie sich so tief in meinen Körper, mein Herz und meinen Verstand eingebrannt hatte, dass winzige Erinnerungen an ihn mich wieder in Wallung brachten. Ich nahm meinen Mut zusammen, schob meine Verlegenheit beiseite und sah zu Jana hinüber.

Sie hatte private und öffentliche Demütigungen wegen ihrer ihr selbst unbewussten Affäre über sich ergehen lassen müssen, und sie hatte es geschafft, die Reste ihrer Würde aufzusammeln und genauso mutig weiterzumachen wie zuvor. Ich konnte damit umgehen, dass es mir ein wenig peinlich war, dass ich keine Ahnung hatte, was ich mit Ethan machen sollte.

„Wir hatten Sex. Ich habe keine Ahnung, was ich tun soll, und er schreibt mir ständig Nachrichten und sagt mir, dass er mit mir essen gehen will", platzte ich in einem fortlaufenden Satz heraus, ohne einen einzigen Atemzug zwischen den Worten zu nehmen.

Janas Augen weiteten sich. Sie sah mich einen Moment lang an, bevor sich ihre Überraschung in Besorgnis auflöste. „Hey, guck nicht so besorgt. Es ist perfekt. Du hast endlich deine Jungfräulichkeit verloren, und er mag dich. Ich hätte es schon als Sieg angesehen, wenn du es einmal mit ihm getrieben hättest, aber es klingt, als wolle er mehr als das. Zeig mir mal die Nachrichten", sagte sie und wedelte mit den Fingern. „Ich nehme an, du brauchst eine Interpretation."

Erleichtert händigte ich ihr mein Handy aus. Sie kannte meine PIN, so wie ich ihre kannte, und tippte sie prompt ein. Nachdem sie eine Minute lang durch meine Nachrichten gescrollt hatte, schaute sie auf.

Ihre blauen Augen waren groß und ihr Mund stand offen.

„Was? Warum guckst du so? Ich weiß nicht, was ich tun soll, und er schreibt mir ständig und ...“

Jana erholte sich und ließ ein Jauchzen hören. „Zoe. Er mag dich. Er mag dich *wirklich*. Das ist so fantastisch.“ Ihr kamen tatsächlich die Tränen, als sie zu mir herübersah.

„O mein Gott. Warum wirst du so emotional? Du weißt doch gar nicht, ob ...“ Meine Worte gerieten ins Stocken, als ein Gefühl von verwirrter Panik durch mich hindurchhuschte. Ich fühlte mich von meinen Emotionen überrollt, die wie ein Blatt, das sich im Wind dreht, durch die Luft flogen. Ich war es gewohnt, mich ruhig und kontrolliert zu fühlen, und bei Ethan konnte ich mich nicht beherrschen.

Sie warf mir einen bösen Blick zu. „Ich war vielleicht dumm genug, eine Affäre zu haben, von der ich nicht wusste, dass ich sie hatte, aber abgesehen von diesem Fiasko kann man sagen, dass ich mehr Erfahrung mit Männern habe als du. Glaub mir, Männer schicken solche Nachrichten nicht, wenn sie dich nicht mögen. Er schreibt dir mindestens vier oder fünf Mal am Tag, erzählt dir langweiligen Scheiß über seinen Tag und fragt dich alles über deinen. Er flirtet und lädt dich ständig zum Essen ein. Warum zur Hölle gehst du nicht einfach mit ihm essen, anstatt all diese Ausreden zu erfinden?“

Ich öffnete den Mund, um zu antworten, aber sie hob ihre Hand. „Warte mal. Der Grund, warum ich so emotional werde, ist, dass du verdammt fantastisch bist. Du bist eine der nettesten und klügsten Frauen, die ich kenne. Ich respektiere dich beruflich sehr, und zwar schon lange bevor du mich eingestellt hast. Du bist eine der wenigen aus dem Jurastudium, die nicht die Nase gerümpft haben, weil ich keine Ahnung von dem hatte, was passiert ist. Ob du es willst oder nicht, du verdienst einen Mann, der dich so schätzt, wie du bist. Als Ethan das erste Mal zu dir kam, wusste ich, dass er etwas für dich übrig hatte. Vielleicht hat er einen Ruf als Aufreißer, aber so behandelt er dich nicht. Deshalb bin ich so emotional. Du verdienst noch etwas anderes als eine große Karriere. Ich weiß nicht, was mit Ethan passieren wird, aber es fängt schon mal gut an."

Sie schob mir mein Handy wieder über den Schreibtisch. Wenn ich es nicht aufgefangen hätte, wäre es auf den Boden gefallen. „Schick ihm sofort eine Nachricht und sag ihm für Freitag zu."

Meine Kinnlade klappte herunter, als ich sie anstarrte. Mein Bauch krampfte sich zusammen und mein Puls schoss wieder in die Höhe. Angst zog meine Brust zusammen, und ich wusste nicht, was ich tun sollte. Ein Teil von mir freute sich über alles, was Jana sagte, aber ich hatte auch Angst. Ich mochte es nicht, mich innerlich so hin- und hergerissen zu fühlen, und nichts schien zu helfen. Mein langweiliges Leben schien so verlockend im Vergleich zu dieser emotionalen Achterbahnfahrt. Ich schüttelte mich.

„Jana, diese Einladung für Freitag ist eine richtige *Sache*. Ich kann nicht mit ihm zu einer Sache mit seinen Freunden gehen", protestierte ich.

„Warum nicht? Das ist weniger anstrengend als ein Einzelgespräch."

Ich starrte sie an und mein Magen machte kleine Sprünge, als ich daran dachte, Ethan wiederzusehen. Ich wollte Ja sagen. Verdammt, es war ein Wunder, dass ich nicht jedes Mal Ja gesagt hatte, wenn er mich gefragt hatte. Es war vier Tage her, dass ich neben ihm aufgewacht war, und seitdem hatte er mich zuverlässig jeden Tag gebeten, ihn in irgendeiner Form zu sehen. Auch wenn es mich nervös machte, hatte Jana nicht ganz unrecht. Ihn in einer Gruppe zu treffen, würde vielleicht etwas weniger nervenaufreibend sein.

Sie hatte ihre großen blauen Augen immer noch mit einer hochgezogenen Braue auf mich geheftet. Ich konnte die stille Aufforderung spüren.

„Gut. Ich sage für Freitag zu." Ich schnappte mir mein Handy und öffnete die Textnachrichten.

„Warum warten? Triff dich heute Abend mit ihm, dann kannst du ihm noch einmal das Hirn rausvögeln. So bist du viel entspannter", warf Jana mit einem verschmitzten Grinsen ein.

Ich musste zugeben, dass es verlockend war. Unendlich verlockend. Aber ich wusste nicht, wie viel von Ethan ich ertragen konnte, vor allem, wenn ich mich danach sehnte, ihn wiederzusehen, und schon beim Gedanken daran feucht wurde.

Ich funkelte sie an. „Freitag. Ich bleibe bei Freitag."

„Nein, du treibst es mit Ethan."

Ich warf eine weitere Büroklammer nach ihr und schrieb Ethan eine Nachricht, während Janas Lachen ihr aus meinem Büro folgte.

Ethans Antwort kam schnell.

Perfekt. Wir treffen uns um 18 Uhr bei dir. Wie wäre es mit heute Abend?

Ich habe zu tun.

Ich war noch nie gut darin gewesen, Ausreden zu erfinden. Ich konnte immer beschäftigt sein, weil es abends immer etwas zu tun gab: Rechtsprechung studieren und juristische Dokumente vorbereiten. Meine Antwort stimmte also, obwohl sie die Tatsache außer Acht ließ, dass mein Geist in einer Endlosschleife von Gedanken an Ethan feststeckte, wenn ich nicht gerade mit etwas anderem beschäftigt war.

Wenn du mir nicht gerade gesagt hättest, dass du morgen mit mir essen gehst, würde ich denken, dass du mir aus dem Weg gehst.

Oh, er wusste, wie er mir unter die Haut gehen konnte.

Ich gehe dir nicht aus dem Weg!

Perfekt. Dann macht es dir sicher nichts aus, wenn ich gleich in deinem Büro vorbeischaue. Ich bin gerade auf dem Weg nach oben. ;)

O Gott! Ich warf mein Handy weg und erstarrte. Was zum Teufel war mit mir los? Ich widerstand dem Drang, loszulaufen und mein Aussehen im Spiegel zu überprüfen. Ich hatte einen langen Tag hinter mir, und ich wusste, dass ich wahrscheinlich ein wenig mitgenommen aussah. Aber ich würde mich *nicht* wegen eines Mannes wie ein Idiot aufführen. Während ich ein ernstes Gespräch mit mir selbst führte, krampfte sich mein Bauch zusammen und ich wurde rot, weil ich wusste, dass ich Ethan jeden Moment sehen würde.

Mein Handy surrte und ich tippte auf den Lautsprecher. Vielleicht war er es nicht, also musste ich mich normal verhalten.

„Ja?"

„Ethan Walsh ist hier, um dich zu sehen", antwortete Jana fröhlich.

Ich konnte die verschmitzte Freude in ihrer Stimme spüren. Ich zwang mich, ruhig zu bleiben, denn ich wusste, dass er mich wahrscheinlich hören konnte. „Danke schön. Ich habe ein paar Minuten Zeit", sagte ich, ohne meine Stimme zu verstellen.

Der Lautsprecher schaltete sich ab, und ich stand auf und ging zum Fenster, unruhig und kurz davor, aus der Haut zu fahren. Ich hörte, wie sich die Tür öffnete und mit einem Klicken schloss, aber ich zwang mich, weiter aus dem Fenster zu schauen. Ich wusste nicht recht, was ich mit der Wirkung, die Ethan auf mich hatte, anfangen sollte. Es war mehr als lächerlich, und ich kam mir langsam mehr als nur ein bisschen dumm vor. Ich war es gewohnt, Männer nicht zu bemerken, was für mich viel einfacher war. So wie ich ihn kannte, wusste ich, dass er daran gewöhnt war, dass Frauen sich ihm an den Hals warfen. Ich wollte nicht so sehr von meinem Verlangen nach ihm verzehrt werden, wie ich es tat.

Seine Schritte wurden von dem Teppich gedämpft, und ich spürte, wie er hinter mir auftauchte. Mein Körper wurde wie ein Magnet von ihm angezogen - ich konnte seine Hitze spüren, bevor er mich erreichte. Ich zuckte zusammen, als seine Hände über meine Hüften glitten und er seinen Kopf senkte, um Küsse auf meinem Nacken zu verteilen. Seine Berührung war wie ein Feuerblitz, der mich durchzuckte.

„Du gehst mir also nicht aus dem Weg, Liebes?"

O. Mein. Gott. Wie zum Teufel sollte ich auch nur denken, dass ich mich beherrschen konnte, wenn er mich so begrüßte? Seine Frage war ein Gemurmel in meinem Nacken, und die subtile Bewegung seiner Lippen auf meiner Haut jagte mir ein Kribbeln über den Rücken.

Ich schluckte und rang mächtig darum, die Kontrolle über meinen Körper zu erlangen. Es war sinnlos. Ich schmolz an ihm dahin, als seine Arme um meine Taille glitten und eine Handfläche knapp über dem Scheitelpunkt meiner Oberschenkel zum Liegen kam. Ich konnte die Nässe zwischen meinen Schenkeln bereits spüren. Alles, was ich wollte, war, ihn wieder in mir zu spüren.

„Ich muss deine Antwort verpasst haben", murmelte er, bevor er an meinem Ohr knabberte, was mir einen Schauer über den Rücken jagte.

Verdammte Scheiße. Ich hätte genauso gut auf der Stelle aufgeben können. Ich wollte Ethan so sehr, dass es mich verrückt machte. Ich klammerte mich an das bisschen Kontrolle, das mir blieb, und räusperte mich.

„Ich gehe dir nicht aus dem Weg. Ich habe nur ..." Meine Stimme brach ab, als er eine Hand nach oben gleiten ließ und eine Brust betastete, wobei er seinen Daumen träge über meine Brustwarze hin und her bewegte, die sich straffte und geradezu darum bettelte, berührt zu werden. „Beschäftigt", brachte ich schließlich mit einem Keuchen heraus.

Ich bemühte mich noch immer, die Kontrolle über meinen Körper zu behalten, aber dann ließ er seine andere Handfläche nach unten gleiten, um meinen Schamhügel zu umschließen und übte einen sanften Druck auf meine Klitoris aus. Ein leichtes Stöhnen entwich mir, und ich hätte nichts tun können, um es zu verhindern. „Ethan, du kannst nicht ..."

Meine Worte gerieten wieder ins Stocken. Wirklich, was sollte ich tun? Mit seinen heißen Lippen auf meinem Hals, seinen Händen, die mich bis zum Wahnsinn reizten, und seinem harten, heißen Schwanz, der sich an meinen Po schmiegte, war ich so ziemlich seine Sklavin, ob er es nun wusste oder nicht.

Er hob den Kopf. „Was kann ich nicht?"

Bevor ich Worte für eine Antwort formulieren konnte - denn das war gar nicht so einfach, wenn mein Gehirn nur noch aus Brei bestand -, griff er nach oben und entfernte geschickt die Haarnadeln, die mein Haar hochhielten.

„Du solltest dein Haar öfter offen tragen", sagte er

mit rauer Stimme, während er mit den Fingern durch das Haar fuhr und mich in seine Arme nahm.

Ich begegnete seinem dunkelgrünen Blick, und mein Herz krampfte sich zusammen, während mein Bauch eine langsame Drehung vollführte. Irgendwie schaffte ich es, ihm über das Verlangen, das in meinem Körper tobte, hinweg zu antworten.

„Ich dachte, du hättest gesagt, ich solle nicht zulassen, dass jemand anderes es sieht."

Sein Mund verzog sich zu einem verheerenden Grinsen, das mich regelrecht durchbohrte. „Das habe ich auch. Ich habe es mir anders überlegt. Ich würde es gerne öfter sehen, also habe ich nichts dagegen, es zu teilen."

Ein Lachen sprudelte aus mir heraus. Ich hätte beleidigt sein sollen, aber ich war es nicht. Nicht einmal ein bisschen. In mir stieg eine heitere Freude auf, dass er mir so viel Beachtung schenkte.

Sein Grinsen dehnte sich bis zum anderen Mundwinkel aus, sein Grübchen hatte einen seiner Auftritte und ließ meinen Bauch erneut zucken. Sein Grinsen verblasste, als sich sein Blick senkte und er mit den Spitzen meiner Haare spielte.

„Ich habe nur ein paar Minuten Zeit. Wir haben heute Abend ein Spiel. Ich habe vielleicht einen kleinen Umweg gemacht, um dich zu sehen."

„Ach ja? Das hättest du nicht tun müssen."

Sein Blick wanderte wieder zu mir. „Ich wollte dich sehen, deshalb habe ich es getan."

Ich wusste nicht recht, was ich sagen sollte, also blieb ich beim Konkreten. „Wenn du ein Spiel hast, wann wollten wir dann zu Abend essen?"

Wieder ein halbes Grinsen von ihm. „Ah. Du bist eine Frau der Details. Die Wahrheit ist, ich wollte dir nachlaufen und dich belästigen, bis du Ja sagst. Ich habe den Überblick verloren, welcher Tag war."

Diese neckische Art, die ihm so leicht über die Lippen kam. Er gab völlig ungeniert zu, dass er hinter mir her war. Da er ein Mann war, der sich wahrscheinlich jede Frau aussuchen konnte, wusste ich nicht, was ich davon halten sollte. Es verursachte ein komisches Gefühl in meinem Inneren und machte mich ganz heiß.

„Oh. Nun, dann ist morgen wohl besser", brachte ich über den pochenden Puls in meinen Ohren heraus.

„Es sei denn, du willst zum Spiel kommen", sagte er.

Ich weiß nicht, warum, aber das erschreckte mich. Seine Augen waren hoffnungsvoll, und ich ertappte mich dabei, wie ich nickte. „Okay. Ich war noch nie bei einem Footballspiel. Um wie viel Uhr soll ich da sein?"

Meine Antwort schien ihn genauso zu überraschen wie mich. Seine Augen weiteten sich und verengten sich dann. „Es heißt Fußball, Liebes."

Er schien so beleidigt zu sein, dass ich lachte, aber dann ließ er eine Handfläche über meinen Rücken gleiten, die über meinen Po strich und mich an ihn presste. Die Hitze seines steifen Schwanzes war nicht zu leugnen. Er machte weiter, als ob wir ein lockeres Gespräch führen würden, während ich dachte, ich würde auf der Stelle dahinschmelzen.

„Ich lasse es dir durchgehen, weil du Amerikanerin bist. Wie auch immer, das Spiel ist um sechs. Wenn du gegen fünf kommst, kann ich dich Olivia vorstellen. Sie ist Liams Frau. Sie wird dich mit in die Loge nehmen. Ansonsten könnte es etwas dauern, bis du so spät ohne Ticket reinkommst."

Mein Blick wanderte zur Uhr an der Wand über

der Tür. Es war jetzt vier Uhr. Wieder einmal schien mein Körper das Sagen zu haben. Bevor ich es merkte, nickte ich.

„Okay, wo muss ich hin?"

„Bitte sag mir, dass du weißt, wo das Stadion ist", sagte er mit einem ängstlichen Blick in den Augen.

„Ich weiß, wo das ist. So viel kannst du mir schon zutrauen."

Er grinste wieder. „Also gut. Geh hinten herum zum Eingang dort. Ich sage dem Sicherheitsdienst, dass er nach dir Ausschau halten soll. Ich werde mein Bestes tun, um dich dort zu treffen, aber das hängt von ein paar Dingen ab. Ich verspreche dir, dass Olivia auf dich warten wird. Du wirst sie mögen", sagte er entschieden.

Ich wusste nur, wer Olivia war, weil ich ihr Bild hier und da in den Medien gesehen hatte, wenn sie mit Liam Reed, einem anderen Fußballstar der Mannschaft, an Veranstaltungen teilnahm. Sie war nämlich orthopädische Chirurgin, und die Medien hatten sich darüber ausgelassen, dass Liam sich in sie verliebt hatte. Ich hoffte, dass ich nicht wie ein verliebter Idiot auf sie wirkte. Vielleicht war lustvoll der bessere Weg, um es auszudrücken.

„Okay. Ich kann sie schon finden. Mach dir keine Sorgen um mich", antwortete ich.

Ethan war einen Moment lang still, seine Augen suchten meine - warum, das wusste ich nicht. „Also gut. Ich sollte jetzt gehen."

Er sagte das, aber er bewegte sich nicht. Wir standen da, aneinandergepresst, und die Luft summte um uns herum. Er murmelte etwas und dann trafen seine Lippen auf meine. Innerhalb einer Millisekunde hatte sich seine Zunge mit meiner verschlungen. Ich hatte gelernt, dass jeder Kuss mit Ethan heiß, feucht und überwältigend war. Als er sich zurückzog, war ich innerlich und äußerlich errötet und am Rande der Verzweiflung. Ich wollte nicht, dass er ging. Ganz und gar nicht. Vielmehr fragte ich mich, ob wir Zeit hatten, damit er in mir versinken konnte.

Er hatte viel mehr Kontrolle als ich und ging davon. Die rettende Gnade war das unbändige Bedürfnis in seinem Blick. „Bis später", sagte er knapp, bevor er sich umdrehte und mit schnellen Schritten mein Büro verließ.

Kapitel Fünfzehn

ETHAN

Ich fing das Handtuch auf, das mir zugeworfen wurde, und wischte mir damit über das Gesicht. Die Geräusche der Menge waren nichts als ein Rauschen in meinen Ohren. Wir hatten dieses Spiel nur knapp gewonnen, und ich war verdammt erschöpft. Die gegnerische Offensive hatte unsere Verteidigung bis auf die Knochen bearbeitet. Alex hatte es wie immer geschafft, alle Schüsse abzuwehren, aber das hieß nicht, dass wir nicht verdammt erschöpft waren. Dasselbe Team hatte uns auch in der letzten Saison fast besiegt, und es schien, als wollten sie dieses Jahr Blut sehen.

Jemand stupste mich an der Schulter an, und ich blickte auf, um Liam zu erblicken. „Gute Arbeit, Kumpel. Sie haben euch Jungs hart arbeiten lassen. Die Offensive hatte es heute Abend leicht", sagte er mit einem Zwinkern und einem Grinsen.

Er reichte mir eine Flasche Wasser, die ich sofort leerte. Ich schaute zu den Tribünen hinauf und mein Blick fiel auf die Loge, in der Zoe mit Olivia saß. Ich war froh, dass sie hier war. In London hatte ich mich daran gewöhnt, dass meine Familie mir beim Spielen zusah. Bei jedem Spiel waren eine oder alle meine Schwestern da, zusammen mit meinen Eltern. Seit ich bei den Stars unterschrieben hatte, kam es nur noch selten vor, dass jemand extra hier war, um mich spielen zu sehen. Meine Familie war ein paar Mal hergeflogen, aber es war nicht dasselbe. Wenn ich eine Sache nennen müsste, die ich vermisste, wenn ich hier spielte, dann war es das. Deshalb fühlte es sich seltsam gut an, zu wissen, dass Zoe hier war. Mein Herz zog sich zusammen und machte einen Sprung. Ich scheute mich, zu sehr darüber nachzudenken, was das bedeutete.

Seit der letzten Nacht mit Zoe war ich geradezu besessen von ihr. Man kann sagen, dass ich noch nie einer Frau hinterhergelaufen bin. Aber man kann auch sagen, dass mich keine Frau auch nur im Entferntesten so beeindruckt hatte wie Zoe. Ich hatte keine Lust, darüber nachzudenken. Ich wollte sie einfach nur sehen. Wieder und wieder und wieder.

Mit meinen Mannschaftskameraden, die sich um mich scharten, machten wir uns auf den Weg durch die Stadionhalle in Richtung Umkleideraum. Alex stupste mich an, und ehe ich mich versah, war ich mit ihm in einem Interview nach dem Spiel gefangen. Da unsere Verteidigung das Einzige war, was unser Team vor einer Niederlage bewahrt hatte, mussten wir darüber sprechen. Unsere Offensive hatte zwar ein Tor erzielt, aber ansonsten hatte die gegnerische Mannschaft das Spiel kontrolliert.

Ich verstand die Sportmedien in Amerika immer noch nicht. Sie wollten immer sofort mit einem reden, wenn man noch nicht einmal zu Atem gekommen warst. Bei großen Spielen taten sie das gerne und stellten die Spieler nach dem Duschen für längere

Befragungen auf. Alles in allem war es für ein Land, das sich nicht so sehr für den echten Fußball begeisterte wie der Rest der Welt, ziemlich verwirrend und strapazierte meine Geduld.

Es gelang mir, die zweite Runde der Interviews zu vermeiden, aber ich war genervt und hatte Angst, dass Zoe abhauen würde, bevor ich sie sehen konnte. Ich duschte schnell und zog mir etwas an, bevor ich mich auf den Weg nach draußen machte. Stimmengewirr hallte von verschiedenen Stellen im Stadionflur wider. Als ich um die Ecke zum Büro unseres Coaches kam, lächelte ich, weil ich Zoes Stimme hörte. Ich lehnte mich gegen die Tür und sah Olivia mit Bentleys Leine in der Hand, während Zoe sich hinhockte, um Bentley zu streicheln. Bentley war Olivias und Liams verwöhnter, verzogener Hund. Er war klein, ganz braun und hatte ein Ohr, das nach oben abstand. Er war so liebenswert, dass praktisch jeder, der vorbeikam, ihn mit Zuneigung überschüttete.

Zoe und Olivia bemerkten nicht, dass ich da war, also nutzte ich den Moment, um den Anblick von Zoe zu genießen. Sie hatte sich umgezogen, seit ich sie vorhin bei der Arbeit gesehen hatte. Abgesehen davon, dass ich sie nackt gesehen hatte, war es das erste Mal, dass ich sie in etwas anderem als ihrer üblichen Arbeitskleidung sah, nämlich in einem taillierten Rock und einer Bluse mit einer kurz geschnittenen Jacke. Nebenbei bemerkt, ich liebte diese Outfits verdammt. Sie sah so ordentlich und zugeknöpft aus, dass ich ihr am liebsten die Kleider vom Leib gerissen hätte. Dennoch war es schön, sie etwas ungezwungener zu sehen. Sie trug einen weiten Rock, diesmal aus weichem schwarzem Stoff, der sich um ihre Knie schlängelte. Ich hätte ihn am liebsten hochgeschoben. Sie hatte ihn mit einem Paar schwarzer Cowboystiefel und einer weißen Seidenbluse kombiniert. Verdammt noch mal. Ich war verdammt erschöpft, und mein Körper fing dennoch allein bei ihrem Anblick an zu vibrieren.

Jemand klopfte mir auf die Schulter, und ich blickte zu Liam hinüber. Ich hatte Zoe so konzentriert angestarrt, dass ich nicht einmal gehört hatte, wie er sich mir näherte. Er lehnte sich gegen die gegenüberliegende Seite der Tür und zwinkerte mir zu. „Und? Zoe", sagte er mit leiser Stimme.

Liam mochte sich Hals über Kopf in Olivia verliebt haben, aber das hatte ihn nicht von seiner Neigung andere zu ärgern geheilt. Gerade jetzt grinste er verschmitzt, und ich wusste, dass er hoffte, mir unter die Haut zu gehen. Das Komische war, dass es mich nicht wirklich interessierte.

„Genau."

Sein Grinsen verblasste, sein Blick huschte zu Olivia, Zoe und dann wieder zu mir. „Sie ist nicht dein üblicher Typ."

Das machte mich stutzig. „Warum ...?", begann ich zu fragen, doch dann sah Olivia zu mir herüber.

„Hey Jungs!", rief sie, ließ Bentleys Leine fallen und schritt durch das Büro des Coaches zu Liam.

Prompt hob er sie hoch und küsste sie wie verrückt. Genau das wollte ich auch mit Zoe machen. Aber das war nicht der Stand der Dinge bei uns. Wenn wir allein gewesen wären, hätte ich es vielleicht getan. Zur Hölle, ich hätte definitiv weit mehr als das getan. Es war nicht so, dass ich ein Problem mit intensiver Zurschaustellung von Zuneigung hatte. Ich war in der Tat sehr entspannt, was das anging. Aber alles, was ich je getan hatte, war zwanglos. Das mit Zoe fühlte sich nicht zwanglos an, und ich hatte keine Ahnung, wie sie sich fühlen würde, wenn ich sie hier vor den Augen von Liam und Olivia und allen anderen, die vorbeikommen könnten, abknutschen würde.

Sie richtete sich auf und sah zu mir herüber. In dem Moment, als ihre Augen meine trafen, war es, als würde ein Streichholz die Luft zwischen uns entzünden, eine Flamme, die sich ihren Weg durch den Raum bahnte. Ihr Haar war offen. Ein Blick auf die zerzausten kastanienbraunen Locken, die ihr um die Schultern fielen, und das Blut schoss mir direkt in die Leistengegend.

„Wollt ihr zwei euch ein Wettstarren liefern?", fragte Liam, und seine Stimme unterbrach meine verwirrten Gedanken.

Ich blickte in seine Richtung und sah, wie Olivia ihn mit ihrem Ellbogen in die Seite stieß. Sie sah zu Zoe. „Kümmere dich nicht um ihn. Er weiß nicht, wie man sich in der Öffentlichkeit benimmt."

Zoe biss sich auf die Lippe und lächelte. „Also gut." Sie straffte die Schultern, schlenderte zu uns herüber und blieb direkt vor mir stehen. „Schön, dich wiederzusehen, Liam." Ihr Blick wanderte zwischen uns hin und her. „Tolles Spiel."

„Dein Junge hier hat die meiste und härteste Arbeit geleistet", fügte Liam grinsend hinzu. „Ich hatte es heute Abend leicht."

„Wir übernehmen immer die harte Arbeit", konterte ich.

„Nicht immer, Kumpel, aber heute Abend ganz bestimmt", gab Liam augenrollend zurück.

Obwohl sich die Luft um uns herum wie elektrisiert anfühlte, als Zoe in meiner Nähe war, spürte ich eine gewisse Zurückhaltung bei ihr. Erst im Nachhinein wurde mir klar, dass sie wahrscheinlich besorgt war, weil sie nicht den Anschein von Unangemessenheit erwecken wollte. Sie ahnte nicht, dass ich sie dadurch nur noch mehr begehrte.

Ich ließ mich aus Gewohnheit ein paar Minuten lang von Liam ärgern und plauderte zwanglos mit Olivia. Ich war erleichtert, als Olivia Liam anstupste und sagte, dass sie gehen müssten. Obwohl ich am liebsten die Bürotür des Coaches zugeknallt und Zoe über den Schreibtisch gebeugt hätte, ließ ich es nicht darauf ankommen. An einem privaten Ort würde ich mehr Glück haben. Wir gingen neben Liam und Olivia durch den Stadionflur nach draußen. Da sich die Menge noch nicht ganz verflüchtigt hatte, war es unwahrscheinlich, dass jemand Zoe mit mir bemerken würde. Da ich wusste, dass sie wahrscheinlich wütend sein würde, wenn ich tat, was ich wollte - sie an mich zu zerren und sie besinnungslos zu küssen, ohne mich darum zu scheren, wer es bemerkte - behielt ich meine Hände bei mir und verhielt mich ruhig.

Inzwischen durchströmte mich die Lust. Ich hatte es ernst gemeint, als ich vorhin gesagt hatte, dass ich wollte, dass sie ihr Haar öfter offen trug, aber ich hatte nicht darüber nachgedacht, welche Wirkung das auf mich haben würde. In Verbindung mit ihrem koketten Rock übte ich mich in phänomenaler Zurückhaltung. Es war verdammt gut, dass ich von dem Spiel so erschöpft war, sonst wäre mein Geduldsfaden gerissen.

———

Wenig später stand ich vor dem Eingang von Zoes Wohnung. Ich hatte sie überredet, sich ein Taxi mit mir zu teilen. Da meine Wohnung nur ein paar Blocks entfernt war, war ich ausgestiegen und hatte den Taxifahrer bezahlt, bevor sie etwas dagegen sagen konnte. Ich merkte, dass sie protestieren wollte, und als sie den Mund aufmachte, küsste ich sie stattdessen. Das hatte sie so verwirrt, dass sie mir einen bösen Blick zuwarf, aber ruhig blieb, als ich mit ihr ausstieg.

Es war nicht regnerisch, aber die Luft war feucht und kühl. Ihr Haar glitzerte im Licht der nahen Straßenlaterne. Sie blieb am Eingang stehen, die Hand um den Türgriff gekrümmt, als ob sie sich um ihr Leben festhalten wollte. Als sie zu mir herübersah, kaute sie auf der Innenseite ihrer Wange, und ich konnte erkennen, dass sie sich über etwas Sorgen machte.

„Kein Grund zur Sorge, Liebes", sagte ich ohne nachzudenken.

Ihre Augen blitzten auf und sie neigte den Kopf zur Seite. „Wie kommst du darauf, dass ich mir Sorgen mache?"

Ich schwöre, sie wollte einfach nur widersprechen. Nun gut. Ich trat näher und fuhr mit den Fingern durch ihre Haarspitzen, die sich zufällig über ihrer Brust befanden. Ich spürte, wie sich ihre Brustwarze gegen meine Finger spannte und ließ mir Zeit, mit ihren Haaren zu spielen, nur um den Moment zu verlängern.

„Weil du diese Sache mit deinem Mund machst", erklärte ich.

Ihre Augen verengten sich, als sie mich anstarrte, aber mir entging nicht, wie ihr Puls in ihrem Nacken flatterte und wie ihr Atem in kurzen, kleinen Stößen kam. Sie schwieg lange genug, dass sich der Moment um uns herum zuspitzte und die Luft schwer wurde. Ich merkte, dass es für mich fast unmöglich war, in ihrer Nähe zu sein und sie nicht wie verrückt zu begehren. Ich war bereits erregt, und wir standen einfach nur so da.

„Bitte mich herein", sagte ich, meine Stimme war ein raues Flüstern.

Ich ließ meine Finger noch einmal durch ihr Haar
gleiten, bevor ich meine Hand hob und mit einer
Fingerspitze an ihrem Kiefer und an ihrem Hals
entlangfuhr. Ihr Blick hielt meinen für einen span-
nungsgeladenen Moment fest, bevor sie ihre Augen
losriss und ihre Schlüssel aus der Handtasche zog.
Innerhalb einer heißen Minute war meine Hand um
ihre geschlungen, während wir den Flur hinaufgingen,
wobei unsere Schritte auf dem Hartholzboden wider-
hallten. In dem Moment, als die Wohnungstür hinter
uns zufiel, drehte ich sie herum und presste meinen
Mund auf ihren.

Sie öffnete ihren Mund augenblicklich und ihre
Zunge verschmolz in einem leisen Stöhnen mit
meiner. Ich drückte sie mit dem Rücken gegen die Tür
und schmiegte mich an sie. Ich musste mich an sie
schmiegen - verdammt, ich brauchte mehr, als ich mir
vorstellen konnte, aber im Moment musste ich mich
einfach an ihr festhalten. Jede Kurve von ihr drückte
sich an mich, und das wilde Bedürfnis, das in mir
trommelte, fand ein Ventil.

Ich vergaß alles außer dem Gefühl von ihr an
meinem Körper, der feuchten Hitze zwischen ihren
Schenkeln und meinem pochenden Schwanz. Ich war
kein Freund der Eile, wenn es um Sex ging. Ich zog es
vor, mir Zeit zu lassen und die Fahrt zu genießen,
sozusagen. Man kann sagen, dass ich auf diese Weise
noch nie die Kontrolle verloren hatte. Zoe machte
mich verdammt verrückt. Jeder Gedanke verschwand,
und ich wurde von nichts anderem angetrieben als von
hungrigem Verlangen und Gefühlen.

Ich riss meine Lippen nur deshalb von ihren weg,
weil ich verzweifelt nach dem Geschmack ihrer Haut
lechzte. Ich zerrte an ihrer Bluse und registrierte
kaum, dass ich die dünne Seide zerriss, als sich ein

Knopf gegen mein Ziehen zu wehren versuchte. Wir stolperten von der Tür weg, als sie mein Shirt nach oben schob und fluchte, als es an meinem Kinn hängen blieb. Ich griff mir in den Nacken, um es auszuziehen, und ließ es dann zu Boden gleiten. Sie war bereits damit beschäftigt, meine Jeans aufzuknöpfen und ihre Handfläche in meine Unterhose zu schieben, um meinen Schwanz zu befreien.

Ich öffnete die Augen und sah, wie ihre Brüste aus dem lächerlichen BH, den sie trug, hervorlugten. Er bestand aus durchsichtiger schwarzer Seide, und ihre Brustwarzen waren straff und rosa und bettelten darum, dass ich sie leckte. Die Tatsache, dass sie immer noch ihren Rock und ihre Stiefel trug, lenkte mich ab und ich wusste genau, was ich wollte. Ich packte sie an den Hüften und drehte sie herum.

Ich wollte sie nicht zum Stolpern bringen, aber es erfüllte seinen Zweck, als sie sich an der Wand abstützte. Ich schob ihr den Rock über den Hintern, so wie ich es schon die ganze Zeit tun wollte, seit ich sie heute Abend gesehen hatte. Verdammt noch mal. Ihr üppiger, praller Po lag nackt vor mir, nur ein schmaler Streifen schwarzer Seide steckte zwischen ihren Backen. Während ich sie mit einer Hand an der Hüfte stützte, ließ ich meine Handfläche über ihren Rücken gleiten und genoss das Zischen ihres Atems, als sich ihre Wirbelsäule krümmte. Als ob sie meine Gedanken gelesen hätte, drückte sie ihre andere Handfläche gegen die Wand. Mit ihrem hochgeschobenen Rock und ihren Stiefeln wäre ich fast gekommen, als ich sie nur ansah.

Ich ließ meine Hand zwischen ihre Backen gleiten und mein Atem zischte, als ich die feuchte Seide zwischen ihren Schenkeln spürte. Ich drückte sie mit einem Knie auseinander, schob die Seide beiseite und vergrub einen Finger knöcheltief in ihr. Sie drängte sich meiner Berührung entgegen und – eine weitere Premiere für mich – ich war hin- und hergerissen, ob ich sie mit dem Finger ficken sollte, bis sie kam, oder ob ich lieber in ihrer klatschnassen Muschi versinken sollte. Ich zog meinen Finger heraus und nahm einen weiteren hinzu, dehnte und reizte ihre Muschi, bis sie stöhnte und meine Hand ritt. Ich wollte mich zurückhalten, aber wieder einmal zeigte sich, dass meine Disziplin bei ihr verdammt schwach ausgeprägt war.

Während ich sie weiter auf meinen Fingern reiten ließ, ließ ich ihre Hüfte los und kramte in meiner Tasche, holte mein Portemonnaie heraus und benutzte meine Zähne, um das darin steckende Kondom zu befreien. Ich warf mein Portemonnaie beiseite und streifte das Kondom in Rekordzeit über. Widerwillig zog ich meine Finger aus ihr heraus und schaute an ihr herunter. Sie war die sexieste Frau, die ich je gesehen hatte. Das stand außer Frage. Mit ihren endlos langen Beinen, ihrem süßen Arsch, ihren feurigen Haaren und ihrer rosafarbenen, feuchten Muschi wäre ich glücklich gestorben, wenn dieser Anblick der letzte gewesen wäre, den ich je erblickt hätte. Ich musste wohl einen Takt zu lange gewartet haben, denn sie warf einen Blick über ihre Schulter und ich bekam weiche Knie. Ihre Lippen waren rosa und geschwollen und ihre Wangen gerötet. Sie wölbte sich nach hinten und presste ihren durchnässten Spalt gegen meinen Schwanz. Der Blick in ihren Augen ließ mich fast kommen.

Ich packte meinen Schwanz und setzte ihn an ihrem Eingang an, der Kuss der feuchten Hitze war so verlockend, dass ich mich nur mit Mühe beherrschen konnte, einen Moment stillzuhalten. „Sag mir, was du willst."

Sie drückte ihre Hüften gegen meinen Schwanz, ihre Augen verengten sich und sie murmelte etwas, das ich nicht hören konnte.

„Was, Liebes?"

„Dich. Ich will dich!"

„Da musst du schon etwas genauer werden."

Sie warf ihr Haar zurück und sah über ihre Schulter. „Halt die Klappe und fick mich."

Wie könnte ich einen solchen Befehl nicht befolgen? Ich drang bis zum Anschlag in ihre feuchte, glatte Muschi ein. Ihr Kopf fiel nach vorne, bevor sie ihn wieder anhob, als ich mich zu bewegen begann. Sie war so verdammt nass und so verdammt eng, dass ich nicht wusste, wie lange ich durchhalten würde. Ihr ganzer Kanal pulsierte und krampfte sich um meinen Schwanz. Ich zwang mich, meine Stöße zu verlangsamen und jeden Zentimeter ihres pochenden Körpers zu genießen. Ich umfasste ihre Hüften und sah zu, wie sie ihren Hintern anhob und auf meinem Schwanz ritt, als wäre sie dazu geboren worden.

Das Bedürfnis, loszulassen, schoss durch mich hindurch, aber ich hielt mich zurück, griff um sie herum und fuhr mit dem Daumen über ihren Kitzler - ein heißer, feuchter kleiner Knopf. Sie schrie meinen Namen zwischen zwei Atemzügen, und ich ließ schließlich los, wobei meine Erlösung mich wie eine Schockwelle traf. Ich musste mein Gleichgewicht halten, indem ich mit einer Handfläche gegen die Wand schlug. Unser Atem kam hektisch, und wir blieben mehrere Momente lang so stehen - mit meinem Schwanz tief in ihr vergraben.

Schließlich hob sie den Kopf und blickte über ihre Schulter zu mir. Ein Blick in ihre Augen - dieser dunkle Wirbel aus Gold und Grün - und mein Schwanz zuckte. Es hätte reichen sollen, dass ich mich

gerade komplett in ihr verausgabt hatte. Aber das tat
es nicht. Mir wurde auf unangenehme Weise bewusst,
dass ich vielleicht nie genug von ihr bekommen würde.
Die Luft fühlte sich mit einer schillernden Intimität
beschwert an.

Ich wusste nicht, was ich verdammt noch mal
sagen sollte. Normalerweise fiel es mir nicht schwer,
etwas Anzügliches zu sagen, aber ich konnte kein
Wort hervorbringen. Ich starrte sie einfach an. Eine
Hand auf ihre Hüften gestützt, spürte ich, wie ihre
Haut darunter zu kribbeln begann, und stellte fest,
dass sie fror. Das genügte, um mich aus meinem
leidenschaftlichen Stumpfsinn zu reißen.

Ich ließ von ihr ab und half ihr, sich aufzurichten.
Es gefiel mir nicht, mich von ihr zu entfernen, kein
bisschen. Als Nächstes wies ich sie an, ihre Stiefel
auszuziehen, riss ihr die Kleider vom Leib, hob sie in
meine Arme und trug sie unter die Dusche. Eine
weitere Premiere. Trotz meiner Tendenzen als
Aufreißer und jemand, der viel Sex hatte, hielt ich
mich bei bestimmten Dingen an eine klare Grenze.
Ich schlief nicht in Frauenbetten, und ich duschte
schon gar nicht mit Frauen. Diese Aktivitäten hatten
den Beigeschmack einer Intimität, die ich nie gesucht
hatte. Doch bei Zoe zog ich meine üblichen Grenzen
nicht einmal in Betracht. Tatsächlich hätte ich mit der
Enttäuschung gerungen, wenn sie versucht hätte,
irgendwelche Grenzen zu ziehen.

Wir duschten, und fast hätte ich sie wieder gefickt,
als ich die Seifenblasen auf ihrer Haut sah und das
Wasser überall hinlief. Das Einzige, was mich davon
abhielt, war die verspätete Erinnerung daran, dass sie
erst zum zweiten Mal richtigen Sex gehabt hatte. Ich
war das Gegenteil eines Experten auf diesem Gebiet,

aber ich dachte mir, dass ich es vielleicht nicht über-
treiben sollte.

Nachdem wir uns abgetrocknet und angezogen
hatten, lehnte ich mich zurück in die Kissen ihrer
Couch, während ihre Beine über meine gelegt waren.
Ihre Haut war rosig von unserer Dusche, und sie sah
einfach hinreißend süß aus in ihrer weiten Baumwoll-
Jogginghose und dem lockeren T-Shirt. Während ich
darüber nachdachte, dass ich mich in diese Sache
verrannt hatte, knurrte mein Magen. Lautstark.

Zoe zog eine Augenbraue hoch. „Hungrig?"

Mein Magen gab seine hörbare Antwort, und sie
grinste. „Ich habe gar nicht daran gedacht, dass du
nach so einem Spiel wahrscheinlich hungrig bist."

„Ich bin immer hungrig nach dem Spiel. Egal, wie
hart ich spiele", erwiderte ich achselzuckend.

Sie schwang ihre Beine von meinem Schoß und
wollte aufstehen. „Ich mache ..."

Ich hielt ihre Hand fest. „Nicht."

Sie sah mich wieder an. „Was nicht?"

„Geh nicht weg. Ich bin zu müde, um dir zu folgen."

Das war ich auch. Die körperliche Erschöpfung,
die ich mit meinem Verlangen nach ihr überdeckt
hatte, traf mich jetzt mit voller Wucht.

„Du musst etwas essen", konterte sie.

„Bestell Pizza. Ich zahle", sagte ich und deutete auf
mein Portemonnaie, das noch immer auf dem Boden
lag, wo ich es vorhin neben die Tür geworfen hatte.

Mit einem amüsierten Lächeln ließ sie sich auf die
Couch zurücksinken und tat, was ich verlangte. Das
einzige Mal, dass sie von meiner Seite wich, war, um
die Tür für die Pizzalieferung zu öffnen. Das Letzte,
woran ich mich erinnerte, war, dass ich endlich keinen
Hunger mehr hatte. Dann kam ich zu mir, als ich

spürte, wie eine Decke über mich gelegt wurde. Das rüttelte mich wach. Groggy und so verdammt müde, dass ich mich kaum noch bewegen konnte, rappelte ich mich auf und murmelte, dass ich nicht allein schlafen wolle. Augenblicke später seufzte ich in ihr Haar und zog ihre weiche Gestalt an meine Seite.

Kapitel Sechzehn

ZOE

Ein paar Tage später hörte ich vage bei einer Gerichtsverhandlung zu - ein paar Tage, in denen Ethan ungefähr jede Stunde eine Nachricht schrieb. Ich konnte seinen täglichen Trainingsplan nur deshalb erahnen, weil dies die längste Zeit des Tages war, in der er sich nicht meldete. Ich dachte daran, wie es sich angefühlt hatte, ihn tief in mir zu haben, wie herrlich sich die Bewegungen seines Schwanzes angefühlt hatten, dass mir schon beim Gedanken daran ganz heiß wurde.

„Ms. Lawson", sagte der Richter.

Meine Aufmerksamkeit richtete sich wieder auf den Gerichtssaal. Ich war erleichtert über den Abstand zwischen dem Tisch, an dem ich stand, und dem Richter, denn sonst hätte er vielleicht die Röte bemerkt, die ich auf meinen Wangen spüren konnte. „Ja, Euer Ehren."

„Ich habe Sie zweimal gefragt, ob Sie mit den vom gegnerischen Anwalt vorgeschlagenen Bedingungen einverstanden sind. Dies wird Ihre letzte Chance sein."

Richter Wilson war im Allgemeinen ein geduldiger Richter, aber ich konnte die Furche zwischen seinen Brauen sehen und spürte, dass ich mich besser konzentrieren musste. Das war mir vorher noch nie passiert. Ich ließ mich vor Gericht nicht ablenken, nicht einmal bei so banalen Verwaltungsanhörungen wie dieser. Ich war immer stolz auf meine Konzentration und meine Liebe zum Detail. Ich wusste nicht, dass ich mich vorher durch nichts hatte ablenken lassen. Ethan war die Mutter aller Ablenkungen und füllte meine Gedanken Tag und Nacht aus.

„Ich bitte um Entschuldigung, Euer Ehren. Ich habe die Bedingungen des vorgeschlagenen Vergleichs geprüft und mein Mandant ist bereit, ihnen zuzustimmen", antwortete ich mit einem Nicken.

In dem Moment, in dem sich der Richter wieder dem gegnerischen Anwalt zuwandte, um etwas zu fragen, schlenderte Ethan zurück in meine Gedanken. Ich war am Arsch.

Ich überstand die Anhörung und machte mich wieder auf den Weg nach draußen. So sehr ich mich an den Fantasien über Ethan erfreute, so sehr wurde ich auch von Sorgen geplagt. Ich hatte die professionelle Barriere zwischen mir und meinen Klienten verwischt, die ich eigentlich aufrechterhalten wollte. Wenn es um Anwälte und Klienten ging, waren die ethischen Richtlinien für Beziehungen sehr vage. Die allgemeine Grenze bestand darin, ob der „sexuelle Kontakt" vor der beruflichen Beziehung begann. Ich bewegte mich genau auf dieser Linie, und ich wusste es. Ethan hatte mich geküsst, bevor ich seine Anwältin wurde, aber ich kam mir albern vor, diesen Punkt anzufechten. Unabhängig von den rechtlichen Konsequenzen meines Handelns war es definitiv verpönt, seine Mandanten zu ficken. Wie bei allem im Leben, konnten sich Männer viel mehr erlauben als Frauen. Ich wusste, wie es aussehen würde, wenn öffentlich bekannt würde, dass ich mich mit Ethan eingelassen hatte, während ich ihn vertrat.

Ich gab es nur ungern zu, aber er hatte mich im Sturm erobert, und ich war in den Strudel der Begierde geraten. Ich hatte es bequemerweise geschafft, meine Sorgen für eine Weile abzuschalten, aber jetzt waren sie wieder da. Zum Teil, weil ich nicht wusste, wie ich das, was mit uns geschah, definieren sollte. Unabhängig davon, ob ich es wollte oder nicht, wusste ich, dass er vor allem als Spieler bekannt war, und das nicht nur im Fußball. Ich bezweifelte, dass er die Absicht hatte, aus dieser Sache mit mir mehr zu machen, als sie war. Ich nahm an, dass sich die Spannung allmählich abbauen würde und er sich der nächsten heißen Frau zuwenden würde, die ihm gefiel.

Ich musste also aufhören, dumm zu sein und klar denken. Das Letzte, was ich wollte, war, den professionellen Ruf, den ich so sorgfältig kultiviert hatte, zu ruinieren. Ein kluger Schachzug wäre es, die Sache mit Ethan zu beenden. Ich hatte es geschafft, mich von meiner lästigen Jungfräulichkeit zu verabschieden, also konnte ich jetzt als neunundzwanzigjährige Frau wahrscheinlich mehr Glück mit einem normalen Liebesleben haben. Das Problem war nur, dass allein der Gedanke daran, mit jemand anderem als Ethan zusammen zu sein, mir Herzschmerzen bereitete.

Das war schlimm. Ganz, ganz schlimm. Ich konnte mich nicht in ihn verlieben.

Und warum nicht? Er ist total in dich verknallt. Du bist nicht nur eine weitere Frau für ihn.

Ja, klar. Sei nicht so dumm. Ich bin im Moment ein Novum. Es wird nachlassen, und wo bin ich dann, wenn ich mir einbilde, wir könnten mehr haben?

Diese innere Debatte wiederholte sich tagein, tagaus wie ein intensives Spiel. Ich musste sie in den Griff bekommen, und zwar schnell. Als ich schnell den Bürgersteig hinunterging, um in mein Büro zurückzukehren, vibrierte mein Handy in meiner Tasche. Ich holte es heraus und sah Ethans Namen auf dem Display aufblitzen. Ein Lächeln erblühte von innen heraus. Ich tippte darauf.

Bitte!

Er lud mich wieder zu jeder Mahlzeit des Tages ein. In der Zwischenzeit hatte ich ihn abgewimmelt, indem ich ihm sagte, ich sei beschäftigt.

Ich konnte nicht anders.

Also gut. Abendessen heute Abend.

Ja! Okay, wir sehen uns um 17:30 Uhr bei dir zu Hause.

Mein Herz machte einen kleinen Tanz und mein Magen schlug einen Purzelbaum. Ich war am Arsch, so richtig am Arsch.

Ich nahm einen Schluck Wein, während Liam am Tisch eine amüsante Geschichte über ihn und Alex als kleine Jungs erzählte. Wir saßen an einem großen runden Tisch in der hintersten Ecke eines neueren italienischen Restaurants in Seattle. Seattle war eine Feinschmeckerstadt. Es gab Restaurants in Hülle und Fülle, einige überlebten den Ansturm der Aufmerksamkeit, andere wiederum verschwanden in der Versenkung. Ich wusste nicht einmal mehr, wie dieses Lokal hieß, aber das Essen war göttlich. Die Speisekarte enthielt ziemlich klassische italienische Gerichte mit frischen Zutaten.

Ethan war pünktlich um fünf Uhr dreißig gekommen, um mich wie versprochen abzuholen. Ich hatte

gelernt, dass er ein pünktlicher Mann war. Sein
äußeres Erscheinungsbild als lässiger Aufreißer passte
nicht zu vielem, was ich über ihn herausgefunden
hatte. Er war durchweg höflich, obwohl er keine Gelegenheit ausließ, mich zu necken. Der heutige Abend
öffnete mir mehr die Augen, als ich mir hätte
vorstellen können. Beim Abendessen waren Liam und
Olivia, Tristan, der Ethans Mitbewohner und ein
weiterer Spieler der Stars war, sowie Harper Jacobs,
die ich kennengelernt hatte, als ich Alex Gordon
letztes Jahr vertrat, und Daisy Knight, eine gute
Freundin von Olivia und Harper, anwesend. Alex war
nicht hier, was mich überraschte, bis Harper mir
mitteilte, dass er über das Wochenende verreist war.

Es war ein seltsames Gefühl, mit Ethan hier zu
sein. Zunächst einmal war da die offensichtliche Tatsache, dass ich seit meinem Jurastudium keine Beziehung mehr gehabt hatte, und selbst dann war es nie
sehr weit gekommen. Abgesehen von Olivia und Liam
waren Ethan und ich die Einzigen, die man als Paar
bezeichnen konnte. Trotz meiner erneuten Sorgen
darüber, was ich meiner Karriere antun würde, wenn
ich etwas mit Ethan unternahm, hatte ich nicht einmal
daran gedacht, mich mit ihm in der Öffentlichkeit zu
zeigen, bis wir hier waren. Wenn ich nicht gerade in
ein Gespräch vertieft war, versuchte ich mir einzure-
den, dass ich es leicht erklären konnte, wenn mich
jemand hier sah, weil ich mit einer ganzen Gruppe
unterwegs war, von denen die meisten keine Begleitung hatten. Die Wahrheit war, dass ich nicht wirklich
darüber nachdenken wollte, da Ethan abwechselnd
seine Hand auf meinen Oberschenkel legte oder sie
zwischen meine Beine schob. Das Endergebnis war,
dass ich heiß, nervös und aufgeregt war und zu viel
Wein trank.

„Mann, Alex erzählt eine andere Geschichte", sagte Ethan mit einem verschmitzten Grinsen. „Ihm zufolge bist du derjenige, der in den See gefallen ist."

Liam setzte ein Grinsen auf. Es war nicht das verrückte Strahlen von Ethan, aber ich musste zugeben, dass Liam mit seinem tiefschwarzen Haar und den blauen Augen lächerlich gut aussah. Es war mehr als offensichtlich, dass er Olivia anbetete, und ich stellte mir vor, dass er viele gebrochene Herzen hinterlassen hatte. „Aber Alex ist nicht hier, um diesen Punkt zu diskutieren", konterte Liam.

Tristan, ein ruhiger Typ, zwinkerte Ethan zu. „Ich setze auf Alex, Kumpel. Er ist methodischer als du."

Ich hatte Liams Geschichte nicht mehr mitbekommen, aber ich wusste, dass es darum ging, dass einer von ihnen in einen See gefallen war. Die Konversation schlug eine andere Richtung ein. Ich hatte nichts gegen Gruppen wie diese, aber ich neigte dazu, ein stiller Teilnehmer zu sein. Meine Ohren spitzten sich, als jemand Ethans Schwestern erwähnte.

„Du hast Schwestern?", fragte ich und warf einen Blick in seine Richtung. Ich dachte nicht über meine intensive Neugier nach, aber sie war da. Ich wollte ihn *kennenlernen* und war hungrig auf jedes kleine persönliche Detail, das ich entdeckte.

„O Liebes, er hat sogar vier", warf Liam ein und antwortete für ihn. „Aus diesem Grund wende ich mich immer an ihn, wenn ich eine weibliche Perspektive brauche. Während des gesamten Studiums war er unsere erste Anlaufstelle für Ratschläge. Er rief eine seiner Schwestern an und übergab das Telefon."

Ethan gluckste und zuckte mit den Schultern. „Das habe ich ganz vergessen. Damals gab es eine Menge Fragen darüber, wie man sich nicht an Mädchen ranmacht."

„Vier Schwestern?", fragte Daisy und strich sich ihr langes blondes Haar von den Schultern zurück. Sie erinnerte mich in gewisser Weise an Jana. Sie war kühn und schön mit ihrem hellblonden Haar und den großen braunen Augen. Sie schreckte vor keinem Thema zurück. Mir war auch aufgefallen, dass ihre Aufmerksamkeit häufig auf Tristan gerichtet war. Er war der Inbegriff von groß, dunkel und geheimnisvoll. Falls er ihre Aufmerksamkeit bemerkte, ließ er es sich nicht anmerken. Zurück zu der Frage, um die es ging.

„Das ist richtig. Ganze vier Schwestern. Drei ältere und eine jüngere, und jede von ihnen kommandiert mich herum", antwortete Ethan mit einem Grinsen.

Liam fing meinen Blick auf. „Zoe, wenn du Probleme mit Ethan hast, hetze einfach eine seiner Schwestern auf ihn. Die bringen ihn mit einem einzigen Telefonat zur Vernunft."

Ethan drückte meinen Oberschenkel, während er über Liams Bemerkung lachte. „Stimmt. Ich neige dazu zu tun, was sie sagen."

Daisy ließ ein Grinsen aufblitzen. „Du bist schlauer, als du zugibst, Ethan."

Das Geplänkel ging weiter, und ich trank ein weiteres Glas Wein. Wie beschwipst ich war, merkte ich erst, als wir gingen. Ich schwankte ein wenig, und Ethan hielt mich an der Taille fest. Ich war erleichtert, dass alle, die mit uns dort waren, vor uns gingen, denn ich mochte nicht daran denken, wie das aussah. Ich lehnte mich an ihn, denn wenn es um Ethan ging, war ich wie eine Katze auf der Suche nach Zuneigung. Ich lehnte mich in jede Berührung, mein Körper pulsierte.

„Ruhig, mein Schatz. Ich glaube, du hast ein paar Gläser Wein zu viel gehabt", murmelte er, seine Stimme nahe an meinem Ohr, sein Atem strich über meinen Hals.

Ein Schauer durchlief mich. Ich blickte zu ihm auf. „Zu viel ist eine Möglichkeit, es auszudrücken", gelang es mir hervorzubringen. „Hast du etwas getrunken?"

Er schüttelte den Kopf, sein Mund verzog sich zu einem dieser gefährlichen Grinsen, und seine grünen Augen funkelten im gedämpften Licht. „Nein. Meine Anwältin hat mir gesagt, dass ich mich benehmen muss."

Das hätte mich eigentlich stören müssen. Stattdessen wollte ich ihn küssen. Gott, einem Mann sollte es nicht erlaubt sein, einen Mund wie den seinen zu haben. Er hatte großzügige, agile Lippen. Ich wusste, wie sie sich auf meinen anfühlten, und ich wollte sie dort haben. Jetzt. Stattdessen stolperte ich wieder leicht.

Ethan zog mich an seine Seite und manövrierte uns irgendwie durch die Tür. Alle außer Liam und Olivia waren schon weg. Sie warteten direkt vor dem Restaurant. Liam hob ihre Handfläche an und drückte ihr einen Kuss in die Mitte, seine Augen waren auf ihre gerichtet. Einen Moment lang fühlte ich mich einsam. Ich wollte, dass mich jemand so anschaut. Der Moment wurde jäh unterbrochen, als Olivia in unsere Richtung blickte. Mit ihrer Porzellanhaut, den dunklen Locken und den grünen Augen war sie schön, einfach schön. Ich mochte sie und konnte mir vorstellen, mit ihr befreundet zu sein. Sie war brillant und gleichzeitig auf ihre Karriere als orthopädische Chirurgin konzentriert. Ich wollte sie fragen, wie sie es schaffte, einen Mann wie Liam in ihr Leben zu integrieren und das Ganze unter einen Hut zu bringen. Aber das wäre ein Gespräch für ein anderes Mal.

„Zoe, ich bin froh, dass du heute Abend gekommen bist. Wir machen das fast jedes Wochenende, du kannst also jederzeit dazu kommen", sagte

Olivia mit einem warmen Lächeln, während Ethan mich quasi zu ihnen zog.

Wenn sie bemerkte, wie beschwipst ich war, ließ sie es sich nicht anmerken. „Ich werde sie für nächste Woche einladen", sagte Ethan.

Olivia blickte zwischen uns hin und her, bevor sie ihm einen strengen Blick zuwarf. „Zoe könnte zu gut für dich sein. Du solltest sie besser gut behandeln."

Mein Herz klopfte heftig bei diesem Satz. Ethan legte seinen Arm um meine Taille, und ich spürte einen Anflug von Abwehrhaltung in ihm. „Ich würde nie etwas anderes tun."

Liam sagte noch etwas, kurz bevor ein Taxi vorfuhr. Sie verabschiedeten sich, und dann stand ich mit Ethan auf dem Bürgersteig und fragte mich, was ich tun sollte. Ich hätte mich nicht fragen müssen. Er rief ein Taxi und verfrachtete mich hinein. Ehe ich mich versah, lief er neben mir durch den Flur zu meiner Wohnung und hob die Schlüssel auf, die ich auf den Boden fallen ließ. Als wir drinnen waren, umarmte ich ihn. Alles, was ich wollte, war ihn zu küssen. Seine Zunge glitt gegen meine, bevor er sich schnell zurückzog.

„Bett für dich", verkündete er.

Das würde nicht reichen. Ich wollte ihn. Alles von ihm.

„Nein. Ich will ..."

Ich lehnte mich zu ihm hin, um ihn erneut zu küssen, verrechnete mich aber und landete mit meinen Lippen auf seinem Kinn.

Er fing mich auf und drehte mich um. „Vertrau mir, Liebes, ich will dich. Unbedingt. Aber du bist betrunken, und das mache ich nicht."

Ich war zu betrunken, um mich zu wehren, also ließ ich zu, dass er mich in mein Schlafzimmer zog und mir aus meinen Kleidern half. Seine Augen wurden dunkel, und ich konnte die Ausbuchtung seines Schwanzes hinter der Jeans sehen, die ihn wie einen Liebhaber umarmte. Meine Knie gaben nach und ich plumpste auf das Bett, nur mit einem Hauch von Seidentanga bekleidet. Im nächsten Moment zog er sein T-Shirt aus und zog es mir über den Kopf.

„Oh, das riecht nach dir", verkündete ich.

Ich griff nach ihm. „Seit wann bist du denn so verklemmt?", murmelte ich. „Ich wette, du hattest schon viel betrunkenen Sex." Ich streckte meine Hand aus und fuhr grob über seinen Schwanz und grinste, als er zischend ausatmete.

Er war gerade dabei, sich die Schuhe auszuziehen. Sein herrlich grüner Blick glitt über mich hinweg. „Mit dir mache ich das nicht betrunken."

Ich wollte seinen Schwanz erneut streicheln, aber er griff nach meiner Hand.

Ich starrte ihn an. „Warum?"

Er schüttelte leicht den Kopf, etwas flackerte in seinem Blick. „Darum", sagte er fest.

Er fühlte sich seltsam beschützerisch an. Ich wusste nicht, was ich davon halten sollte, und ich fühlte mich komisch. Kurzerhand deckte er mich zu und kletterte neben mir ins Bett. Er zog seine Jeans aus, sodass ich die Hitze seines Schwanzes an meiner Hüfte spüren konnte.

Ich wollte etwas sagen, meinen Standpunkt darlegen - was auch immer mein Standpunkt war -, aber ich schlief ein.

Stunden später wachte ich in der Dunkelheit auf und war kurzzeitig verwirrt. Ich war es nicht gewohnt, dass jemand neben mir schlief, und so war es seltsam, aufzuwachen und eine Präsenz neben mir zu spüren. Nach einem kurzen Augenblick erinnerte ich mich, dass es Ethan war. Ich könnte mich wirklich daran gewöhnen, mit ihm zu schlafen. Ich neigte dazu, nachts zu frieren, aber nicht mit ihm an meiner Seite. Er war so warm, mein eigener persönlicher Ofen. Es gefiel mir offenbar, mich ganz über ihn auszubreiten. Ich hatte ein Bein über seins geworfen, meinen Fuß zwischen seinen Waden eingeklemmt und lag halb auf seiner Brust. Und was für eine Brust das war. Selbst im entspannten Zustand war jeder Zentimeter seiner Brust ein harter, durchtrainierter Muskel.

Ich atmete seinen Duft ein und seufzte. Sein Arm war um mich geschlungen. Seine Handfläche glitt in einer schläfrigen Liebkosung über meine Hüfte, und ich schmiegte mich enger an ihn, weil es sich so gut anfühlte.

„Mmm ... Zoe?"

„Mhmm."

„Bist du wach?", fragte er, seine Stimme war krächzend vom Schlaf.

Ich lachte gegen seine Brust. „Mhmm"

„Schlaf weiter", murmelte er und streichelte wieder schläfrig meine Seite.

Mein Herz krampfte sich zusammen, und ich war aufgewühlt. Seine Hand erstarrte nach einer weiteren Streicheleinheit und sein Atem wurde gleichmäßiger. Ich schlief ein, während er warm und stark neben mir lag.

Kapitel Siebzehn

ETHAN

Ich trank eine Flasche Wasser und zog mich aus, bevor ich schnell zu den Duschen schritt. Wir hatten heute sehr lange trainiert. Das Management hatte zwei neue Spieler unter Vertrag genommen, daher trainierte Coach Bernie härter als sonst mit uns, um sie zu integrieren. Unserem Coach ging es vor allem um Teamarbeit. In der Startaufstellung zu stehen, brachte keine Privilegien in seinem Team. Ich war mir sogar verdammt sicher, dass der Coach niemals einen Spieler bevorzugt behandeln würde. Gelegentlich murrte ich um des Murrens willen, aber eigentlich gefiel es mir. Ich spielte Fußball, seit ich ein kleiner Junge in Großbritannien war. Ich hatte in vielen verschiedenen Mannschaften gespielt. Je höher das Niveau des Wettbewerbs, desto mehr Primadonnen traf man an. In meiner Universitätsmannschaft waren auch ein paar Idioten dabei. Als wir in London anfingen, professionell zu spielen, hatte ich das Glück, mit Liam und Alex in die gleiche Mannschaft zu kommen. Dort hatten wir eine großartige Mannschaft, aber unser Trainer ließ einigen Problemspielern freie Hand, solange sie sich bei den Spielen zusammenreißen konnten.

Alex war eine Zeit lang der Ersatztorwart, bis der verdammte Arsch, der früher der Stammtorwart war, mit seinen Partys und seinem verkatertes Auftauchen zu weit ging. Die meisten meiner Kumpels, und auch ich, waren mehr als sauer darüber, wie lange sich diese Scheiße damals hinzog. Ich wollte damit sagen, dass es mir nichts ausmachte, dass unser Coach uns um des Teamgeistes willen extra laufen ließ, auch wenn ich manchmal darüber schimpfte. Ich stützte meine Handflächen auf die kühlen Kacheln und ließ das heiße Wasser über mich laufen. Gelegentliches Gerede hallte in der Dusche wider, während wir uns alle den Schweiß und Schmutz der vergangenen Stunden abwuschen.

Nachdem ich geduscht und angezogen war und mich auf den Weg durch den hallenden Flur gemacht hatte, hielt ich inne, als ich meinen Namen hörte, kurz nachdem ich an Coach Bernies Büro vorbeikam. Ich ging ein paar Schritte zurück und warf einen Blick hinein. Als er winkte, trat ich ein.

„Soll ich die Tür schließen?", fragte ich.

Der Coach nickte. „Bitte."

Unser Coach holte uns oft für kleine Gespräche herein, also dachte ich mir nicht viel dabei. Ich nahm an, er wollte mich über die neuen Spieler ausfragen. Ich schloss die Tür hinter mir, setzte mich ihm gegen-über und fing prompt den Mini-Basketball auf, den er gerade gegen einen Korb an der Wand geworfen hatte. Der Coach grinste, als ich ihn zu ihm zurückwarf.

Ein weiterer Wurf und der Ball zischte durch den Korb. Er ließ ihn über den Boden rollen und sah mich an. Er fuhr sich mit der Hand durch sein typisch zerzaustes graues Haar und musterte mich einen Moment lang mit seinem blauen Blick.

„Man munkelt, dass du mit Zoe Lawson zusammen bist", sagte er ruhig.

Mir blieb der Mund offen stehen, dann schloss ich ihn wieder. In meinem Kopf liefen verschiedene Szenarien ab. Wenn ich mir keine Sorgen darüber machen würde, was Zoe von mir erwarten würde, würde ich einfach die Wahrheit sagen.

Coach Bernie gluckste und stützte sein Kinn in die Hand. „Ah, ich verstehe."

„Du verstehst was?", gelang es mir zu fragen, in der Hoffnung, dass meine üblichen Manieren verhindern würden, dass man mir anmerkte, was ich vielleicht dachte.

„Dein Gesichtsausdruck sagt mir, dass es so ist", fügte er hinzu.

Mist. Wenn Zoe die Dinge zwischen uns geheim halten wollte, hatte ich es offensichtlich vermasselt. Ich hatte ihre anfängliche Sorge, etwas mit mir zu tun zu haben, bequemerweise verdrängt. Verdammt, ich hatte alle möglichen Dinge verdrängt, wenn es um sie ging, einschließlich der beunruhigenden Wirkung, die sie auf mich hatte - die darin bestand, dass sie sich so ziemlich in meinem Gehirn und meinem Körper eingenistet hatte. Ich begann zu vermuten, dass sie auf dem Weg war, mehr als das zu stehlen, aber ich war noch nicht bereit, das zuzugeben.

Ich öffnete und schloss meinen Mund wie ein verdammter Fisch, während ich versuchte, herauszufinden, was ich ihm antworten sollte.

Er seufzte und lehnte sich in seinem Stuhl zurück. „Ethan, es ist mir egal, ob du mit Ms. Lawson zusammen bist. Ich muss sagen, dass sie mir nicht wie dein Typ vorkommt, aber ich denke, das könnte bedeuten, dass du reifer wirst. Das Einzige, was mich interessiert, ist, dass du diese dummen Anschuldigungen aus der Welt schaffst. Wenn du *tatsächlich* mit Ms. Lawson involviert bist, halte ich es für das Beste, wenn wir mit ihr über eine alternative Vertretung für dich sprechen."

Ich schüttelte den Kopf, bevor er zu Ende gesprochen hatte. Er zog eine Braue hoch.

„Hast du ein Problem damit? Nach allem, was Ms. Lawson mir erzählt hat, ist es im Moment eine Frage der Formalitäten. Du warst zweifellos zur falschen Zeit am falschen Ort und betrunken genug, um dich in die Klemme zu bringen, aber ich glaube nicht, dass ein Anwaltswechsel ein Problem darstellt."

Mein Herz klopfte so heftig, dass ich erschrak, und in meinem Kopf drehte sich alles. Die Sache war die, dass ich Zoe vollkommen vertraute. Ich wollte nicht, dass irgendjemand anders sich um meine blöde rechtliche Situation kümmerte. Sie musste es sein und nur sie. Ich starrte zu Coach Bernie hinüber, und mein Kopf schüttelte sich wieder von selbst.

Mein Coach schwieg, bevor er ebenfalls den Kopf schüttelte. „Sieh mal, natürlich kannst du deine eigene Entscheidung treffen. Ich habe das eher Ms. Lawson zuliebe vorgeschlagen als dir zuliebe."

„Wie bitte?"

Der aufmerksame Blick meines Coaches blieb ein paar Sekunden lang an mir haften, und ich fühlte mich unwohl. Manchmal hatte er eine verrückte Menschenkenntnis, meistens sogar, soweit ich das beurteilen konnte. Ich konnte nicht sagen, dass mir das Gefühl, ausgehorcht zu werden, gefiel.

„Ich vermute, dass Ms. Lawson die Aufmerksamkeit nicht schätzt, die mit einer Beziehung zu dir einhergeht. Vor allem, wenn sie dich vertritt. Wenn die Situation für deine Anklage nicht so einfach wäre, würde ich darauf bestehen."

Ich wusste, dass er damit recht hatte. In den Jahren, in denen ich im Rampenlicht der Öffentlichkeit gestanden hatte, hatte ich die Aufmerksamkeit der Medien weitgehend ignoriert. Ich empfand sie sogar als Quelle zur Belustigung. Die Spitznamen und die Albernheit des Ganzen waren es nicht wert, dass ich mich darüber aufregte. Dennoch musste ich mir nie Sorgen über die Auswirkungen auf jemanden machen, der mir nahe stand. Ich hatte Liam und Alex dabei beobachtet, wie sie sich auf diesem heiklen Feld bewegten, als sie in das Gebiet der ernsthaften Beziehungen vorstießen, dass von den Klatschmedien bestimmt wurde. Man kann mit Fug und Recht behaupten, dass ich nie auch nur in die Nähe einer ernsthaften Beziehung gekommen war, geschweige denn eine Frau in meinem Umfeld hatte, der es etwas ausmachen könnte, wenn sie ins Visier der Öffentlichkeit geriet.

Ich wusste nicht, wie ich das, was mit Zoe geschah, definieren sollte. Ich wusste jedoch ohne jeden Zweifel, dass sie die Aufmerksamkeit der Medien *nicht* auf sich ziehen wollte, wenn bekannt würde, dass wir eine Beziehung hatten. Jedes Mal, wenn ich versuchte, mir vorzustellen, was sie für mich bedeutete, war es wie statisches Rauschen. Das Geräusch des Basketballs, der durch den Korb sauste, zeigte mir wieder, dass ich weggetreten war.

Ich sah wieder zu Coach Bernie hinüber. Weil er ein anständiger Mann war, ließ er mich in Ruhe, während sich die Räder in meinem Kopf vergeblich drehten. Er blickte in meine Richtung und zog eine Augenbraue hoch.

„Ich werde mit ihr reden", sagte ich schließlich.

Er warf den Ball noch einmal und drehte sich zu mir um. „Tu das." Er hielt inne, als ob er über seine Worte nachdachte. „Du scheinst dir bei der ganzen Sache nicht ganz sicher zu sein. Wenn ich wetten müsste, würde ich sagen, dass Ms. Lawson dir vielleicht mehr bedeutet, als du denkst. Lass dich davon nicht abschrecken."

Das Rauschen in meinem Kopf setzte wieder ein. Nach einem kurzen Moment schüttelte ich den Kopf. Unsicher, was ich sagen sollte, fiel ich auf etwas Vages zurück. „Ich werde darüber nachdenken."

Der Coach grinste nicht, aber ein Schimmern trat in seine Augen. „Na gut. Gib mir morgen Bescheid, wenn du mit ihr gesprochen hast."

Ich schaffte es, mich höflich aus seinem Büro zu entschuldigen und machte mich auf den Weg zu meiner Wohnung. Ich musste mir den Drang verkneifen, in die Seitenstraße einzubiegen, die zu Zoes Wohnung führte. Ich betrat die Wohnung, die ich mit Tristan teilte, und fragte mich, ob er zufällig zuhause war. Ich hatte Glück. Er stand vor dem Kühlschrank und starrte hinein.

„Hey Kumpel", rief er über die Schulter, als er die Kühlschranktür zufallen ließ und sich mir zuwandte. Er ging ein paar Schritte und hakte seinen Fuß auf einem Hocker an der Theke ein, während er sich setzte.

„Ich werde wohl Pizza bestellen. Willst du welche?", fragte er.

„Perfekt. Ich habe diese Woche unseren Einkauf vergessen."

Tristan zog eine Augenbraue hoch und grinste. „Ist

mir aufgefallen. Du hast in den letzten Wochen eine Menge vergessen."

Bevor ich etwas dagegen sagen konnte, tippte er auf sein Handy-Display und bestellte Pizza. Ich zog meine Schuhe aus und warf mich auf die Couch. Nachdem er aufgelegt hatte, schlenderte Tristan zu mir herüber und reichte mir eine Flasche Wasser, als er sich setzte.

Er wusste, dass ich dazu neigte, nach dem Training einiges zu verschlingen. Ich trank das Wasser schnell aus und stellte die Flasche dann auf dem Couchtisch ab, bevor ich ihn ansah. „Was zum Teufel meinst du damit, dass ich in den letzten Wochen viel vergessen habe?"

Tristan begegnete meinem Blick entschieden. „Genau das. Wenn du mich fragst, hat Zoe dich ganz schön durcheinander gebracht. Aber das ist nicht schlimm."

Mein Herz machte einen lustigen kleinen Sprung, als ich ihn anschaute. „Ich bin nicht durcheinander. Ich bin nur ..."

Mir gingen die Worte aus, weil ich nicht wusste, was ich als Nächstes sagen sollte. Ich wollte es nicht zugeben, aber er hatte genau erkannt, was mich bedrückte. Ich hatte mir noch nie in meinem Leben Gedanken über eine Frau gemacht und darüber, was sie mir bedeutete. Ich war der König der Gelegenheitsbekanntschaften. Ich war kein Arsch, nicht wie so viele andere Männer, die Frauen wie Dreck behandelten und sie ausnutzten. Aber ich bewegte mich definitiv gerne auf der Grenze zwischen unbeschwert und zwanglos. Das machte ich stets deutlich und schnell einen Rückzieher, wenn ich das Gefühl hatte, dass jemand mehr von mir wollte.

Die Sache mit Zoe hatte sich an mich herangeschlichen. Es hatte ganz einfach angefangen - sie war verdammt attraktiv und total verklemmt, und ich wollte sie einfach nur aus der Fassung bringen. Als ich sie das erste Mal kurz getroffen hatte, als sie sich um Alex' Schlamassel kümmerte, hatte ich nicht viel mehr gedacht, als dass ich sie wollte. Sie war eine Herausforderung gewesen, die ich annehmen wollte. Doch damals waren meine Begegnungen mit ihr so kurz und flüchtig gewesen, dass ich nicht viel Gelegenheit gehabt hatte, darüber hinaus zu denken. Ich konnte nicht ahnen, dass die Nähe zu ihr mich so ins Trudeln bringen würde.

Tristan unterbrach meinen abschweifenden Gedankengang. „Hör auf, so viel darüber nachzudenken. Du magst sie offensichtlich. Warum genießt du es nicht einfach?"

Ich sah ihn an und zuckte mit den Schultern, innerlich unruhig und gereizt. „Du bist derjenige, der mir Ratschläge in Sachen Romantik gibt", sagte ich und verdrehte die Augen.

Er erwiderte mein Achselzucken. „Hey Kumpel, das ist nicht mein Ding. Ich bevorzuge meine Vernunft. Sex ist nichts weiter. Über mehr brauchst du dir keine Gedanken zu machen. Ich kann sehen, dass Zoe dir zu schaffen macht, weil ich nicht du bin. Du kannst das selbst nicht objektiv betrachten."

Meine Irritation verflog, weil ich wusste, dass ich mich mehr über meine Situation ärgerte als über Tristan. „Ja, natürlich. Vielleicht mag ich sie ja auch, aber das heißt nicht, dass ich durcheinander bin."

Er grinste und stand in dem Moment auf, als unser Türsummer ertönte. „Ganz wie du meinst, Mann."

Ich beschloss, das Thema fallen zu lassen. Tristans Genauigkeit war mir im Moment einfach zu nah. Wir inhalierten unsere Pizza, dann holte er seinen Laptop hervor und vergrub seine Nase im Studium.

Ich spielte mit dem Gedanken, die Nacht zu Hause zu verbringen, aber ich war unruhig und wollte mit Zoe reden, also schrieb ich ihr eine Nachricht und machte mich auf den Weg zu ihrem Büro.

Kapitel Achtzehn

ZOE

„Ich schaue mal in meinem Kalender nach", sagte ich und warf einen Blick auf meinen Computer.

Ich war gerade dabei, ein Treffen mit einem anderen Anwalt, Mark Smithson, zu beenden. Er hatte mich um Beratung und Vertretung in einem Fall von häuslichem Streit mit seiner Ex gebeten. Mark war ein angesehener Firmenanwalt in Seattle. Er verdiente wahrscheinlich mehr Geld in einer Woche als ich im ganzen Jahr. Ich war überrascht gewesen, als er anrief. Ich hatte noch nicht zugestimmt, den Fall zu übernehmen, und wollte erst die rechtlichen Unterlagen durchsehen, bevor ich eine Entscheidung traf.

„Wie wäre es nächsten Mittwoch um zehn?", fragte ich und warf ihm einen Blick zu.

Mark war der Inbegriff von Eleganz. Er trug schwarze Anzüge, die wahrscheinlich ein kleines Vermögen kosteten. Er hatte glattes dunkles Haar und dunkle Augen. Ich konnte objektiv feststellen, dass er gut aussah, aber er bewirkte bei mir gar nichts. Er war zu geschniegelt und gab sich so, als ob er erwartete, dass die Frauen ihn bemerken würden.

Als er heute ankam, machte er mir viele Komplimente und erklärte, er habe viel Gutes über meine Arbeit gehört. Ich wusste das zu schätzen, aber es war ebenso sinnlos. Ich fühlte ein gewisses Unbehagen in seiner Nähe und konnte nicht genau sagen, warum.

Mark warf einen Blick auf sein Handy und tippte ein paar Mal auf den Bildschirm. „Ich sorge schon dafür, dass ich das hinbekomme", antwortete er mit einem Lächeln.

Ich vermutete, dass das Lächeln dazu dienen sollte, mir das Gefühl zu geben, etwas Besonderes zu sein. Er hatte eine Art, den Augenkontakt aufrechtzuerhalten, die mir zu zielgerichtet erschien. Für einen kurzen Moment musste ich an Ethan denken. Er hatte eine intensive, direkte Art, einen anzuschauen. Doch bei Ethan wirkte es nicht kalkuliert. Er war einfach so. Er ging an alles ganz direkt heran. Ich schüttelte ihn aus meinem Kopf und nickte Mark zu, bevor ich aufstand, um ihn hinauszubegleiten.

Als ich meine Bürotür öffnete, hörte ich Ethans Stimme - seinen ausgeprägten britischen Akzent mit dem neckischen Unterton. Mein Bauch begann zu kribbeln und Hitze durchströmte mich, zusammen mit einem kleinen freudigen Summen. Ich hätte mich nicht so sehr darüber freuen sollen, dass er hier war, aber der Gedanke, ob ich das *sollte* oder *nicht*, schien alles, was ich für Ethan empfand, nur noch zu verstärken. So abgelenkt bemerkte ich gar nicht, dass Mark mir etwas zu nahe gekommen war, als wir zum Empfangsbereich gingen.

Ethan schaute gerade zu mir herüber, als Mark seine Hand um meine Taille legte und mir einen Kuss auf die Wange drückte. Ich war so überrascht, dass mein Körper zurückschreckte.

Mark, wie immer charmant und adrett, lächelte nur. „Wir hören dann bald voneinander. Danke, Zoe."

Die Vertrautheit und Wärme in seinem Tonfall störte mich und verwirrte mich. Ich wusste nicht, was er meinte, aber es gefiel mir nicht besonders. Ich war versucht, ihm auf der Stelle zu sagen, dass ich seinen Fall nicht übernehmen würde, aber ich zwang mich, ruhig zu bleiben. Das Letzte, was ich wollte, war, einen Anwalt zu verärgern, der Gerüchte über meine Arbeit in Umlauf bringen konnte. Ich würde einen professionellen Grund finden, seinen Fall abzulehnen, und es ihm in aller Ruhe am Telefon erklären.

Ethans Augen verengten sich und sein Kiefer spannte sich an, als er seinen Blick von mir zu Mark schweifen ließ. Er blieb an Janas Schreibtisch stehen. Jana blickte ebenfalls in unsere Richtung, wobei ein Anflug von Verärgerung in ihren Augen aufflackerte. Sie hatte mir sofort mitgeteilt, dass sie Mark für ein arrogantes Arschloch hielt, bevor sie ihn zu seinem Termin in mein Büro eskortierte. Ich wusste, dass sie seine unangenehme Berührung bemerken und sich beschützend zeigen würde. Bevor etwas anderes passieren konnte, ging ich von Mark weg zum Schreibtisch.

Ich tat so, als ob ich mich auf den Kalender auf Janas Schreibtisch konzentrierte, und sprach über meine Schulter. „Danke, Mark. Ich werde es mir ansehen und Ihnen meine Meinung mitteilen", sagte ich schließlich.

Er verließ das Büro. Nachdem sich die Außentür hinter ihm geschlossen hatte, vergingen ein paar Sekunden, bevor Jana das Wort ergriff. „Du lieber Gott. Was zum Teufel sollte das denn?", fragte sie und ließ einen Stift schnell zwischen ihren Fingern hin und her gleiten.

„Ich habe keine Ahnung. Er hat mich erschreckt", murmelte ich achselzuckend.

Jana sah zu Ethan hinüber und dann wieder zu mir. Die Luft war angespannt, und ich wusste nicht recht, was ich dagegen tun sollte.

„Du übernimmst seinen Fall doch nicht, oder?" fragte Jana.

Ich schüttelte eifrig den Kopf. „Definitiv nicht. Ich muss nur einen Grund finden, Nein zu sagen, ohne ihn zu verärgern"

Schließlich blickte ich wieder zu Ethan. Seine Augen waren dunkel und er war ungewöhnlich still. Ein Gefühl des Unbehagens durchfuhr mich. „Hey, ich wusste nicht, dass du vorbeikommst", sagte ich in einem unbeschwerten Ton.

„Ich habe dir eine Nachricht geschickt, aber es sieht so aus, als wärst du beschäftigt gewesen. Können wir reden?", fragte er abrupt.

Bevor ich etwas erwidern konnte, war Jana aufgestanden. „Ihr zwei plaudert schön, aber ich gehe jetzt. Ich habe mir fest vorgenommen, dass ich mein Training heute nicht sausen lasse." Sie schnappte sich ihre Handtasche und ihre Jacke und rannte aus der Tür hinaus. „Ich schließe ab, es ist ja schon nach sechs", sagte sie schnell und wirbelte davon.

Der Türriegel klickte hörbar hinter Jana. Ich stand an der Ecke ihres Schreibtisches, und Ethan stand ein paar Meter entfernt davor. Er starrte mich an, ein Muskel in seinem Kiefer krampfte sich sichtlich zusammen. Die Luft fühlte sich schwer an, angespannt von etwas, das ich nicht recht erkennen konnte. Es vermischte sich mit dem üblichen Brummen zwischen uns. Ich konnte nicht in Ethans Nähe sein, ohne dass sich mein Körper vor Verlangen regte.

Nach ein paar Sekunden sprach er. „Wer war das?"

„Mark Smithson. Er ist ein großer Firmenanwalt, der mich gebeten hat, ihn in einer häuslichen Auseinandersetzung zu vertreten. Ich habe ihn bis heute noch nie getroffen. Ich werde seinen Fall nicht übernehmen, weil ... Nun, er ist mir unangenehm. Ich muss ihm nur einen vernünftigen Grund für mein Nein geben. Ich kann ihm nicht wirklich sagen, dass ich seinen Fall ablehne, weil ich mich bei ihm unwohl fühle."

Ethan nickte heftig. Nach einem weiteren schweren Schweigen schloss er den Abstand zwischen uns. Ich konnte seine Wärme und Stärke spüren, als er direkt vor mir stand. Seine Augen fuhren über mein Gesicht und glitten hinab. Es war, als ob er mich tatsächlich berühren würde. Überall, wo seine Augen landeten, sprühten Funken unter der Oberfläche meiner Haut. Nach einem Moment hob er eine Hand, nahm die Spitzen meines Haares in seine Finger und zwirbelte es müßig.

Ich hatte mir angewöhnt, es öfter als früher offen zu tragen. Ich wollte mir nicht eingestehen, dass es daran lag, dass Ethan mich darum gebeten hatte, aber das war der Grund.

„Ich nehme alles zurück", sagte er schroff.

„In Bezug auf was?"

„Es ist nicht fair, wenn ich es sage, aber ich möchte nicht, dass du dein Haar offen trägst. Normalerweise bin ich kein egoistischer Mensch, aber wenn es um dich geht, scheine ich es zu sein."

„Oh", war alles, was ich sagen konnte. Ich hätte denken sollen, dass es lächerlich war, dass es ihn interessierte, wer mein offenes Haar sah, aber das tat ich nicht. Stattdessen ließ der Gedanke daran flüssiges Verlangen durch meine Adern fließen.

Sein Blick verfinsterte sich und er schob seine

Finger in mein Haar, um meinen Nacken zu streicheln. Ein Kribbeln lief mir über den Rücken. Ich öffnete den Mund, um etwas zu sagen - nichts Vernünftiges -, und dann prallte sein Mund auf meinen.

Sein Kuss war heftig, heiß und überwältigend. Seine Zunge vermengte sich grob mit meiner, als er näher kam und mich gegen den Schreibtisch hinter uns stieß. Er löste seine Lippen und bahnte sich einen heißen, feuchten Weg an meinem Hals entlang, küsste, leckte und knabberte sich seinen Weg hinunter in das Tal zwischen meinen Brüsten. Alles, was er tat, war rauer als sonst, und ich *liebte* es. Er zerrte an meinem Oberteil und zerriss die fadenscheinige Baumwolle an der Ecke, wo es geknöpft war.

Er hielt einen Moment inne, zog seine Lippen von meiner Haut und hob seinen Kopf. Seine Augen huschten zu meinen und dann wieder nach unten. Meine Brustwarzen waren bereits so hart, dass sie schmerzten. Er löste seine Hand aus meinem Haar und fuhr mit dem Zeigefinger meinen Hals hinunter, um erst die eine und dann die andere Brustwarze zu umkreisen. Ein gebrochenes Stöhnen brach aus mir heraus. Ich war bereits klatschnass, die Seide zwischen meinen Schenkeln feucht, und ich wollte ihn in mir haben. *Und zwar sofort.*

Obwohl ich vor Ethan vielleicht noch Jungfrau war, war ich nicht völlig unerfahren. Auf dem College hatte ich mich oft genug verabredet und geknutscht, um zu wissen, dass mich kein einziger Mann so erregen konnte wie Ethan. Es war erst ein paar Minuten her, dass Jana die Tür hinter sich geschlossen hatte. Davor hatte ich noch nicht einmal über Sex nachgedacht. Jetzt reichte es nicht mehr aus, dass er seine Lippen auf eine Brustwarze legte, die dünne Seide befeuchtete und mich wild machte. Meine Hüften bewegten sich gegen ihn, unruhig, weil ich mich nach der harten Hitze seines Schwanzes sehnte.

„Ethan, nicht ..."

Was immer ich sagen wollte, ging in einem leisen Stöhnen unter, als er eine Brustwarze in den Mund nahm und sie leicht mit den Zähnen berührte. Er zog sich zurück und hob den Kopf.

„Was nicht, Liebes?"

Ich schaffte es nur mit Mühe, meine Augen zu öffnen. „Lass mich nicht warten", würgte ich hervor, als er sich gegen meinen Schoß wölbte.

Seine Augen verdunkelten sich weiter und seine Hände glitten zum Saum meines taillierten Rocks hinunter. In Windeseile hatte er ihn um meine Taille hochgezogen und zog mir den Seidenschlüpfer aus. Ich schüttelte ihn ab, bevor er mich auf den Schreibtisch hob. Seine Augen blickten nach unten, und er fuhr mit einem Finger durch meine Schamlippen. „Ich liebe es, wie feucht du wirst", murmelte er mit rauer Stimme.

Alles, was er tat, machte mich nur noch wilder, ich war unruhig und brauchte ihn in mir, so schnell wie möglich. Ich griff zwischen uns hindurch und öffnete innerhalb einer Sekunde seinen Hosenschlitz. Ich seufzte, als ich seinen Schwanz spürte – heiß und samtig – und schob seine Jeans und seinen Slip gerade so weit herunter, dass er frei sprang. Ich wollte ihn näher an mich heranziehen, aber er schob meine Hände weg, als er in seine Gesäßtasche griff.

Ich schüttelte den Kopf und schlug nach seiner Hand. „Ich will dich spüren", murmelte ich.

Als er erstarrte und mir in die Augen schaute, wurde ich plötzlich unsicher. Ich hatte ihm nicht gesagt, dass ich die ganze Zeit über bereits die Pille nahm. Jana hatte mich vor Monaten dazu überredet, mich um diese Angelegenheit zu kümmern. Sie hatte mir erklärt, dass sie es für dumm hielt, die Pille nicht zu nehmen, um sich abzusichern. Sie hatte selbst einmal einen Schwangerschaftsschreck erlitten, und zwar wegen eines gerissenen Kondoms, also war sie praktisch veranlagt. Sie war fest entschlossen, dafür zu sorgen, dass ich wegen des Fehlens von Verhütungsmitteln nicht für immer Jungfrau bleiben würde. Ich hatte auch einige Nachforschungen über Profisportler angestellt und erfahren, dass sie routinemäßig untersucht wurden. Damit und mit dem Wissen, dass Ethan absolut zuverlässig war, wenn es um die Verwendung von Kondomen ging, hielt ich es für sicher, weiterzumachen, ohne mich um sie zu scheren. Was mich dazu brachte, mich zu winden, war der Wunsch, ihn zu spüren, ohne dass etwas zwischen uns war.

Ethan war still, seine Augen bohrten sich in mich. Die Luft um uns herum wurde schwerer, beschwert mit einer Tiefe von Gefühlen, die ich nicht zu deuten wusste. Mein Herz klopfte gegen meine Rippen, während ich ihn anstarrte.

„Ich nehme die Pille, und ich dachte nur, dass es vielleicht ..."

Ich hielt inne, als er heftig den Kopf schüttelte. „Natürlich ist das in Ordnung. Falls du dich wunderst, ich bin absolut gesund. Ich lasse mich alle paar Monate testen. Das machen wir alle."

„Dachte ich mir", murmelte ich und wurde von Minute zu Minute verlegener. Irgendwie fühlte es sich riesig an, zuzugeben, was ich wollte - keine Barrieren zwischen uns -, und ich wusste nicht recht, was ich damit anfangen sollte. „Ich bin auch gesund", fügte ich hinzu, wobei mir im Nachhinein klar wurde, dass das wahrscheinlich sinnlos war, da ich vor ihm noch Jungfrau war und in der jüngeren Vergangenheit noch nicht einmal eine Verabredung gehabt hatte. Intellektuell gesehen wusste ich, dass es andere Möglichkeiten gab, sich Sorgen zu machen, aber in diesem Moment war ich nicht sehr vernünftig.

Er verzog einen Mundwinkel und ließ schließlich die Hand, die in seiner Gesäßtasche steckte, fallen. Nur um sie zu heben und mir die Haare aus dem Gesicht zu streichen. Ein Schauer überlief mich, als seine Finger mein Ohr berührten.

Seine Augen verließen meine nicht, als er zwischen uns griff und seinen Schwanz an meinem Eingang positionierte. Er hielt einen Moment still, bevor er in mich eindrang und seine Augen mit einem rauen Stöhnen schloss.

Fast wäre ich in diesem Moment gekommen. Ich war so aufgewühlt und bereits am Rande des Abgrunds. Bei ihm brauchte es nicht viel. Es war ein unglaubliches Gefühl, ihn ganz in mir zu spüren. Ich konnte jede einzelne Kante seines harten Schwanzes spüren. Mein Körper stellte sich darauf ein, dass er mich ausfüllte. Ich bemerkte nicht, dass mir die Augen zugefallen waren, bis er sprach.

„Zoe.“

Durch den Dunst des Bedürfnisses hindurch begegnete ich seinem Blick. Ich fühlte mich fast betrunken – so gut fühlte es sich an, so mit ihm zusammen zu sein.

Er starrte mich eindringlich an, sein Blick suchte – was, wusste ich nicht. „Ich glaube, ich ertrage es nicht, wenn ein anderer Mann dich berührt. Ich dachte, ich würde den Verstand verlieren, als er dich geküsst hat.“

Seine Worte waren unerbittlich.

Meine Antwort war schnell und wahr. „Ich kenne ihn kaum. Ich wollte nicht, dass er mich anfasst. Ich weiß nicht, warum er es getan hat.“

„Ich weiß“, murmelte er, seine Lippen so nah an

meinen, dass ich spüren konnte, wie sie sich bewegten. „Es lag nicht an dir, aber das ändert nichts daran, dass es mich dazu gebracht hat, ihn schlagen zu wollen."

Ich hätte seine Worte nicht genießen sollen, aber ich tat es. Es fühlte sich seltsam gut an, zu wissen, dass er sich besitzergreifend mir gegenüber fühlte. Ich wollte noch etwas sagen, aber er schlang seine Hände um meine Hüften und zog mich über die Schreibtischkante und schaute nach unten, als er sich in Bewegung setzte.

Mein Blick folgte seinem. Ich sah zu, wie er sich zurückzog und wieder und wieder in mir versank. Der Anblick seines Schwanzes, der nass und glitzernd von meiner Flüssigkeit zwischen meinen geschwollenen Schamlippen aus mir hinein- und wieder herausglitt, machte mich fast wahnsinnig. Es war so heiß.

Kapitel Neunzehn

ETHAN

In der Sekunde, in der ich in Zoe eindrang, verlor ich fast die Kontrolle. In all den Jahren, in denen ich mich ausgetobt und jede Menge Gelegenheitssex genossen hatte, hatte ich noch nie Sex ohne Kondom gehabt. Wenn es eine Religion gab, die sich der Strenge des geschützten Sex verschrieben hatte, dann betete ich an ihrem Altar. Wenn ich mich nicht binden wollte, konnte ich von niemandem, mit dem ich zusammen war, etwas anderes erwarten. Also war ich mit dreißig eine Jungfrau, wenn es um ungeschützten Sex ging. Verdammt noch mal, ich hatte keine Ahnung, was ich verpasst hatte.

Ich hatte mich an einen dünnen Faden der Kontrolle geklammert, seit dieses verdammte Arschloch, Mark, wer auch immer er war, so schleimig gewesen war und seine Hand um ihre Taille gelegt und sie auf die Wange geküsst hatte. Sie hat es vielleicht nicht mitbekommen, aber ich wusste genau, was er getan hat. Ich bin vielleicht kein Arsch, aber ich erkenne einen, wenn ich einen treffe. Er war wie ein Hund, der an einen Baum pisst und versucht, sein

Revier zu markieren. Zoe, trotz ihrer Brillanz und ihres professionellen Selbstbewusstseins, hatte die Tiefe seines Schwachsinns nicht ganz erfasst.

Zoes Inneres war heiß, glitschig und feucht. Ich packte ihre Hüften und drang bis zum Anschlag in sie ein - wieder und wieder und wieder. Ihre Muschi begann um mich herum zu pochen - verdammt, das fühlte sich gut an - und diese kleinen, gehauchten Stöhngeräusche, die sie von sich gab, regneten auf uns herab. Ich spürte, dass sie fast so weit war, griff zwischen uns und strich mit meinem Daumen kreisförmig über ihre glitschige, feuchte und geschwollene Klitoris. Sie schrie auf, mein Name war ein gebrochener Schrei, und die Wände ihres Inneren pulsierten um meinen Schwanz. Aus der Ferne hörte ich, wie sie etwas umstieß, als sie mit den Händen auf dem Schreibtisch das Gleichgewicht hielt. Meine eigene Erlösung donnerte mit solcher Wucht durch mich hindurch, dass es verdammt gut war, dass ich sie zum Festhalten hatte.

Ich war mir sicher, dass es der längste und heftigste Orgasmus war, den ich je hatte. Als ich mich in ihr verausgabt hatte, lichtete sich der Nebel in meinem Kopf so weit, dass ich merkte, wie sich meine Finger in ihre üppigen Hüften gruben. Ich lockerte meinen Griff, schlang meine Arme um sie und zog sie dicht an mich heran. Ich wusste nicht recht, was ich mit den Gefühlen anfangen sollte, die mich durchströmten, also hielt ich sie einfach nur fest und atmete ihren Duft ein.

Nach ein paar Minuten, in denen nichts als das Geräusch unseres Atems in dem stillen Raum zu hören war, hob Zoe ihren Kopf von der Stelle, an der sie ihn an meine Schulter gelehnt hatte. Ich öffnete die Augen, und mein Herz gab einen entscheidenden

Schlag ab. Ihr haselnussbrauner Blick traf auf meinen. Einen Moment lang fühlte ich mich unsicher, aber dann sah ich eine ähnliche Unsicherheit in ihrem Blick, und die Spannung in mir ließ nach. Ich strich ihr das Haar zurück und zählte müßig die Sommersprossen, die ihre Nase zierten.

Sie quiekte, als der Türgriff der Außentür klapperte. Ich konnte mir ein Grinsen nicht verkneifen. Ihr Blick huschte von mir zur Tür und wieder zurück.

„Können sie uns hören?", zischte sie.

„Vielleicht", flüsterte ich zurück und konnte nicht widerstehen, sie ein wenig zu ärgern.

Als ob das Universum mir helfen wollte, klapperte die Türklinke erneut, und wer auch immer da draußen war, klopfte ein paar Mal.

„O mein Gott!", sagte Zoe, als sie begann, sich aus meinen Armen zu winden.

In Anbetracht der Tatsache, dass ich vor kurzem entdeckt hatte, dass es das spektakulärste Gefühl der Welt war, entblößt in ihr zu sein, wollte ich das nicht zulassen. Ich ließ meine Hände an ihren Seiten hinuntergleiten und hielt sie fest.

„Das glaube ich nicht, Liebes. Die Tür ist verriegelt, also kommt keiner rein. Beruhige dich, okay?"

Ihre Augen wanderten zu meinen, und die Furche zwischen ihren Brauen glättete sich leicht. „Was ist, wenn sie uns durch das Glas sehen können?"

Ich warf einen Blick über meine Schulter. Der Empfangsbereich hatte eine einzige Tür mit Milchglasscheiben, die die Tür auf beiden Seiten umrahmten. Ich sah zu ihr zurück und zuckte mit den Schultern, als wir Schritte hörten, die sich von der Tür entfernten.

„So gerne ich dich damit ärgern würde, aber dadurch sieht man nur verschwommene Formen."

Sie biss sich auf die Innenseite ihrer Wange und seufzte. Ich konnte spüren, wie die Anspannung aus ihrem Körper wich, nachdem der unbekannte Besucher gegangen war. „Du bringst mich dazu, verrückte Dinge zu tun", murmelte sie.

Meine Brust wurde eng, und mein Herz begann gegen meine Rippen zu pochen. Sie hatte keine verdammte Ahnung, was für eine verrückte Wirkung sie auf mich hatte, aber ich beschloss, das jetzt nicht weiter zu erläutern. Ich holte tief Luft und sah zu ihr hinunter. „Oh, gib mir nicht die ganze Schuld, Liebes. Du warst genauso ungeduldig wie ich."

Ihre Wangen liefen kirschrot an und sie biss sich auf die Lippe. Mein Schwanz, der immer noch in ihr steckte, zuckte wieder.

„Ich habe es nicht auf dich geschoben. Es ist nur so, dass ich nicht glauben kann, wo wir sind", murmelte sie.

Das Bürotelefon klingelte, und sie zuckte ein wenig zusammen. Sie blickte wieder zu mir. „Lässt du mich in nächster Zeit hier weg?"

Auch wenn ich nicht wollte, dass sie sich bewegte, und ihre Hüften fest im Griff hatte, wusste ich logischerweise, dass wir nicht die ganze Nacht hier bleiben konnten. Mit einem Grinsen ließ ich von ihr ab. Ich half ihr, sich wieder anzuziehen, und zwängte mich zurück in meinen Slip und meine Jeans.

Ich wusste nicht, was ich mit dem Gefühl anfangen sollte, das mich durchströmte. Der Gedanke, hier rauszugehen, ohne den Rest der Nacht mit Zoe zu verbringen, machte mich unruhig und unbehaglich. Ich wusste zwar nicht so recht, was ich mit meinen Gefühlen anfangen sollte, aber die einzige Zuflucht vor meiner Verwirrung war Zoe selbst.

Ich wartete, während sie in ihr Büro zurückkehrte,

ihren Computer ausschaltete und einige Akten wegräumte. Ich konnte nicht anders, als den Anblick ihrer langen Beine zu genießen, als sie von ihrem Schreibtisch zu dem Aktenschrank in der Ecke schritt. Verdammt noch mal. Diese Frau hatte mich an den Eiern gepackt, und ich hatte nicht die geringste Ahnung, was ich dagegen tun sollte.

Das Arschloch, mit dem sie sich vorhin getroffen hatte, kam mir wieder in den Sinn, als sie sich die Haare von den Schultern strich. Ich war noch nie in meinem Leben auf einen anderen Kerl eifersüchtig gewesen. Ich hatte einen Blick auf ihn geworfen und auf die Art, wie er Zoe behandelte, und wollte ihm die Fresse polieren und ihr dann die Seele aus dem Leib vögeln. Ich sollte mich wohl glücklich schätzen, dass ich es nicht auf mich genommen hatte, ihm in sein eingebildetes Gesicht zu schlagen. Ich konnte mir nur vorstellen, welche Schlagzeilen das nach sich gezogen hätte.

Dieser Gedankengang brachte mich zu dem zurück, was mich veranlasst hatte, heute Abend zu ihr zu kommen. Ich wollte mit ihr über die ganze Sache mit der Vertretung sprechen. Ich wusste, dass es sie beunruhigen würde, und ich wollte sie nicht beunruhigen. Aber ich hatte es dem Coach versprochen.

Sie schloss den Aktenschrank ab, zog ihre Jacke an und blickte mich erwartungsvoll an, als sie mich erreichte, wo ich in der Tür lehnte. „Du hättest nicht auf mich warten müssen", sagte sie leise.

„Ich bringe dich nach Hause."

Wir hatten nicht explizit darüber gesprochen, was ich beschlossen hatte, was passieren würde. Ich würde sie nach Hause begleiten und dort übernachten, denn ich hatte gelernt, dass es viel, viel besser war, mit Zoe die Nacht zu verbringen, als allein zu schlafen. Das hatte ich mir eingeredet. Es stimmte, und so konnte ich die unterschwelligen Gefühle, die in mir aufstiegen, vermeiden. Die Intimität, die ich mit Zoe empfand, fühlte sich an wie die Luft, die ich zum Atmen brauchte. Am liebsten wäre ich zurückgeschreckt, aber ich brauchte es. Brauchte sie. Mehr als ich je etwas in meinem Leben gebraucht hatte.

„Oh. Bist du sicher? Ich meine, ich will nicht, dass du denkst …"

Ich griff nach ihrer Hand, zog sie zu mir heran und küsste sie. Ich zwang mich, es kurz zu halten. Keine leichte Aufgabe, wenn man bedenkt, dass ihre Lippen so erhaben waren. „Ich möchte dich nach Hause begleiten."

In diesem Moment knurrte ihr Magen. Sie klatschte mit der Hand darauf. „Ah!"

„Wie wär's, wenn wir was zu essen bestellen? Erzähl mir nicht, dass du keinen Hunger hast."

Sie grinste. „Das werde ich nicht. Bist du sicher, dass du keine anderen Pläne hast? Ich kann mich schon selbst verpflegen."

Verdammte Scheiße. Warum musste sie nur so verdammt unabhängig sein? Sie zwang mich immer wieder, Dinge laut auszusprechen, die mich innerlich unruhig machten.

„Ich habe keine anderen Pläne, und ich bin am Verhungern", erwiderte ich.

All das stimmte. Ich hatte zwar schon gegessen, bevor ich hierher kam, aber vor Eifersucht den Verstand zu verlieren und sie dann auf dem Schreibtisch zu vögeln, ließ mich wieder hungrig werden.

Unbeeindruckt von meinen inneren Machenschaften nickte sie schließlich und schnappte sich ihre Handtasche von einem Tisch neben der Tür. „Okay, was willst du essen?"

Ich legte meine Hand um ihre und ging neben ihr her, während sie das Licht im Büro ausschaltete. Als wir im Flur waren und sie die Tür abgeschlossen hatte, fing sie an, mir Vorschläge für das Abendessen zu unterbreiten. Ich war noch nie ein wählerischer Esser und würde wirklich alles essen, also sagte ich wahllos zu irgendetwas ja.

Als wir nach draußen in den kalten Regen traten, rief ich ein Taxi und zerrte sie hinein. Stunden später lag ich in ihrem Bett, ihre seidige Haut war warm an meiner und ich lauschte dem Geräusch ihres Atems im Schlaf. Normalerweise war sie angespannt, die einzigen Ausnahmen bestanden darin, dass sie in dem Wahnsinn zwischen uns gefangen war oder schlief, und so genoss ich das Gefühl ihres üppigen Körpers, der sich entspannt an mich schmiegte. Ich schlief mit dem Gefühl ein, dass die Welt in Ordnung war. Mit einer kleinen Ausnahme: Ich hatte keine Ahnung, was ich mit der Tatsache anfangen sollte, dass sich diese Sache mit Zoe alles andere als zwanglos anfühlte.

Kapitel Zwanzig

ZOE

„Was?!", platzte ich heraus und spuckte prompt Kaffee auf den Tresen.

Ethan schnappte sich schnell eine Serviette aus dem Halter, der an der Wand hing, und wischte den Kaffee auf. Wir saßen auf den Hockern an meinem Küchentisch. Er saß seitlich von mir, mir zugewandt, sodass unsere Knie aneinander stießen. Dieser Morgen war so gut gewesen, dass es fast wehtat, daran zu denken. Neben Ethan aufzuwachen war ein kleines Stück vom Himmel, das ich nie in Betracht gezogen hatte. Er war immer warm, und so war auch mir warm, wenn er neben mir lag. Ich war durch seine Lippen und Hände aufgewacht, die sich ihren Weg über meinen Körper bahnten. Dann hatte er mich mit seinen Fingern und seinem Mund bis aufs Äußerste verwöhnt. Ich hatte nie viel von Oralsex gehalten. Bei den wenigen Männern, die sich damit beschäftigt hatten, dachte ich, es sei Zeitverschwendung. Bei Ethan sah ich Sterne, und mein Körper erklomm Höhen der Lust, die ich nicht für möglich gehalten hatte. Bevor ich zu Atem kam, legte sich sein Gewicht auf mich, und sein Schwanz glitt mit Leichtigkeit in mich hinein.

Mein Körper war noch immer vom Nachhall meines ersten Höhepunkts erschüttert, und als er in mich eindrang, war ich sofort in den nächsten gerutscht. Er hatte mich mit unter die Dusche gezogen, und jetzt tranken wir noch einen Kaffee, bevor er ging. Man kann mit Fug und Recht behaupten, dass ich völlig entspannt war. Bis er mir sagte, dass Coach Hoffman ihn gebeten hatte, mit mir über einen neuen Anwalt zu sprechen, der sich um Ethans Anklage kümmern sollte. Ich spuckte meinen Kaffee aus, und jetzt drehte sich mir der Magen um.

Es war nicht so, dass ich diese Sorge vergessen hatte. Ich hatte sie nur verdrängt, weil alles, was mit Ethan geschah, zu verlockend war und sich zu gut anfühlte. Ich schloss die Augen und atmete tief durch, nur um zu spüren, wie sich seine Hand in meine krallte. Die Wärme und die Stärke dieser Hand brachten mich plötzlich zum Weinen. Ich hätte mich nicht in ihn verlieben dürfen. Aber ich hatte es getan. Mit Haut und Haaren. Ich steckte tief drin und hatte keine Ahnung, wie ich da wieder herauskommen sollte.

Ich öffnete meine Augen und sah seinen besorgten Blick auf mir. „Ich habe ihm gesagt, dass ich keinen anderen Anwalt will, also werden wir das so machen", sagte er entschlossen.

Ich schüttelte den Kopf. „Nein, nein, nein. Es mag dir vorkommen, als läge das schon ewig zurück, aber das ist der Grund, warum ich versucht habe, dir zu sagen, dass ich das nicht tun kann. Das ist mein Fehler, nicht deiner. Ich werde Coach Hoffman heute anrufen und ihm einige Empfehlungen geben. Dein Fall ist sehr unkompliziert. Wir haben nur darauf gewartet, dass das Gericht die Anklage fallenlässt."

Er schüttelte entschieden den Kopf. „Ich will keinen anderen Anwalt."

Sein hochmütiger britischer Akzent ließ ihn in diesem Moment lächerlich arrogant klingen. Als ob er dieses Problem auf magische Weise wegzaubern könnte, indem er es so sagte.

„Ethan, das Chaos ist bereits angerichtet. Ich finde es beschämend, dass Coach Hoffman etwas über uns weiß. Ich kann damit leben, nicht für die Mannschaft unter Vertrag zu stehen, aber ich will nicht, dass das nach außen dringt. Das würde schrecklich für mich aussehen."

„Verdammt noch mal. Warum machst du dir darüber Sorgen? Coach Hoffman wird nichts sagen. Du bringst die Sache mit dem Gesetz in Ordnung, und dann können wir weitermachen, ohne dass es eine Rolle spielt", sagte er so ernst, dass mein Herz sich zusammenzog.

Ich nahm einen stärkenden Schluck Kaffee und sah ihn an. „Ethan, du musst das verstehen. Wenn herauskommt, dass ich mich mit einem meiner Mandanten eingelassen habe, wird das schlecht aussehen, wirklich schlecht. Glaub mir, ich werde durch den Dreck gezogen werden. Das wird sich definitiv auf mein Geschäft auswirken, und das kann ich nicht zulassen. Ich kann ein paar Anrufe tätigen und dich sofort mit jemandem meines Vertrauens in Verbindung setzen."

Er murmelte noch etwas vor sich hin, dann sah er mich wieder an und drückte meine Hand. „Das gefällt mir nicht."

„Entweder das, oder wir hören damit auf. Heute noch."

Ich konnte nicht so recht glauben, dass ich das

gesagt hatte, aber es war die einzige andere Möglichkeit.

Ethans Augen weiteten sich und verengten sich dann. „Nein."

Ich konnte die Freude, die in mir aufkeimte, nicht unterdrücken. Ich sollte das alles nicht zulassen, aber ich wollte nicht aufhören. Überhaupt nicht.

„Okay, dann musst du eben damit leben, dass jemand anderes dein Anwalt ist."

Er starrte mich an, bevor er einen Schluck Kaffee nahm. „Na schön. Es ist verdammt dumm, aber wenn es die einzige Möglichkeit ist, dass du mich weiterhin sehen kannst, dann werde ich das eben tun."

Ich begann, meine Hand aus seiner zu befreien und wollte Jana anrufen, um sie zu bitten, ein paar Anrufe für mich zu tätigen. Ich dachte, ich könnte Fragen darüber, warum ich Ethans Fall abgab, besser aus dem Weg gehen, wenn ich nicht persönlich anrief, um einen Kollegen zu bitten, den Fall zu übernehmen.

„Lass mich nur einen Anruf erledigen, okay?", fragte ich und lächelte leicht, als er meine Hand fester umklammerte.

Seine Augen waren dunkel geworden. Im Nu war die Luft um uns herum schwer. „Gleich", sagte er, bevor er den Abstand zwischen uns schloss und mich besinnungslos küsste.

———

Am nächsten Tag ging ich den Stadionflur entlang, um mich mit Coach Hoffman zu treffen. Er war mein Hauptansprechpartner für die Seattle Stars. Ich schätzte ihn sehr dafür, dass er sich so intensiv mit seinen Spielern und ihrem Leben beschäftigte. Ich hatte gesehen, wie er alles daran setzte, seinen Spielern Werte zu vermitteln, wenn er der Meinung war, dass diese fehlten. Ich hatte gezögert, dieses Angebot anzunehmen, unter anderem weil ich nicht der Lakai von jemandem sein wollte. Es gab mehr Beispiele von Profisportlern, die totale Arschlöcher waren und rechtlich ungeschoren davonkamen, weil die Räder der Justiz mit Geld und Tricks geschmiert worden waren. Coach Hoffman hatte das nicht von mir erwartet.

Daher fühlte ich mich nicht besonders gut, weil ich mit Ethan so gestolpert war. Fairerweise muss man sagen, dass Ethan wahrscheinlich jede Frau vom Hocker reißen konnte. Ich hatte nur gedacht, ich hätte mehr Disziplin, und hatte mich gehen lassen. Ich hatte seinen Fall bereits an einen anderen Anwalt übergeben, der ihn gerne übernommen hatte. Jana versicherte mir, dass sie es so gedreht hatte, dass ich zu sehr mit anderen Angelegenheiten beschäftigt war, um dem Fall die nötige Aufmerksamkeit zu schenken.

Ich erreichte die Tür von Coach Hoffman und klopfte leicht mit den Fingerknöcheln dagegen. Als er mich hereinrief, trat ich ein und fand ihn hinter seinem Schreibtisch sitzend.

„Soll ich die Tür schließen?", fragte ich.

Auf sein Nicken hin schloss ich die Tür und wollte mich setzen, als er auf den Stuhl ihm gegenüber deutete. Er beendete ein Telefongespräch und drehte sich zu mir um.

„Hallo Zoe. Es war nicht nötig, dass Sie vorbeikommen. So wie ich gehört habe, ist alles geregelt", sagte Coach Hoffman mit einem leichten Lächeln.

„Ja. Ich habe heute Morgen mit Sarah Dutton gesprochen. Wir haben ihr die Unterlagen geschickt, und sie wird sie fertig machen. Ehrlich gesagt, gibt es nicht mehr viel zu tun", antwortete ich. Ich zwang mich, langsam durchzuatmen und das zu sagen, weswegen ich hergekommen war. „Ich weiß, es war nicht nötig, dass ich vorbeikomme, aber ich wollte mich entschuldigen. Ich hätte mich nicht mit Ethan einlassen dürfen, während ich ihn vertrat, und dafür entschuldige ich mich. Wenn Sie der Meinung sind, dass ich mit der Geschäftsleitung der Mannschaft darüber sprechen sollte, ob sie möchte, dass ich den Vertrag über meine Vertretung weiterführe, lassen Sie es mich bitte wissen. Ich ...“

Ich wollte noch etwas sagen, aber Coach Hoffman schüttelte den Kopf, sodass ich verstummte.

Er lehnte sich in seinem Stuhl zurück und kniff die Augen zusammen. Er wirkte nachdenklich und gemessen. „Zoe, es ist mir eigentlich egal, was passiert ist. Ich habe es Ethan gegenüber nur erwähnt, weil ich mir Sorgen darüber gemacht habe, wie es sich auf Sie auswirken könnte, wenn bekannt würde, dass Sie beide sich auch privat treffen. Ethan ist durchaus in der Lage, mit den Konsequenzen umzugehen. Aber Sie sind eine sehr gute Anwältin, und ich weiß, wie man Dinge schlecht aussehen lassen kann, auch wenn sie es nicht sind. Was das Gespräch mit der Geschäftsleitung angeht, so ist das nicht nötig. Ich habe sie über den Wechsel seines Anwalts informiert, und es gibt nichts Weiteres zu besprechen. Falls Sie sich Sorgen machen, dass dies meine Meinung über Sie ändert, das tut es nicht.“

Erleichterung durchflutete mich. Ich hatte mich darauf vorbereitet, dass ich mit jeder Reaktion rechnen musste, aber das war sicherlich die beste Möglichkeit. „Danke.“ Ich holte tief Luft. „Ich kann Ihnen versichern, dass ich so etwas normalerweise nicht zulasse.“

Coach Hoffmans aufmerksamer Blick blieb an mir

haften, bevor er langsam nickte. „Dessen bin ich mir bewusst.“ Er hielt inne und hob einen kleinen Ball von seinem Schreibtisch auf, den er leicht zwischen seinen Händen hin und her warf. „Wissen Sie, es geht mich wahrscheinlich nichts an, aber es ist offensichtlich, dass Ethan Sie mag. Soweit ich das beurteilen kann, sind Sie gut für ihn. Wenn ich wetten müsste, würde ich sogar sagen, dass Ethan Sie wahrscheinlich liebt. Ich bezweifle, dass er das selbst schon herausgefunden hat, aber so ist es nun mal.“

Seine Worte trafen mich hart - ein Schlag in die Brust, und sofort danach wurde mir warm ums Herz. Ich konnte nicht ganz glauben, was er gerade gesagt hatte. Ich hatte keine Ahnung, was ich davon halten sollte, und ich wollte auf und ab springen und quieken. Was ich natürlich nicht tat. Das wäre ja auch lächerlich gewesen. Ich starrte Coach Hoffman an und versuchte, meine wilden Gedanken zu ordnen.

„Ähm, ich ... Nun, ich weiß nicht so recht, was ich sagen soll“, sagte ich schließlich.

Coach Hoffman lächelte freundlich, stützte die Ellbogen auf den Schreibtisch und legte den Ball ab, um ihn dann unter seiner Hand hin und her zu rollen. „Ich habe Sie wahrscheinlich überrascht. Wissen Sie, ich habe ein paar glückliche Zufälle erlebt, aber der beste war, meine Frau kennenzulernen. Ich war etwas jünger als Ethan und lebte davon, ein Fußballstar zu sein und durch die ganze Welt zu reisen. Diese Art von Leben ist nicht sehr bodenständig. Das Gegenteil ist der Fall. Ethan hat große Unterstützung durch seine Familie, deshalb kommt er besser damit zurecht als andere. Bevor ich die Gerüchte über Sie beide hörte, fragte ich mich, was mit ihm los ist. Ich schob es darauf, dass er mit dem Gesetz in Konflikt geraten war und sich bedeckt halten wollte. Im Nachhinein denke ich, dass Sie es waren. Sonst hätte er täglich Witze darüber gemacht, wie schwer es ist, sich von den Bars fernzuhalten. Er hat sich nicht ein einziges Mal beschwert, und er ist ruhiger und konzentrierter als sonst. Wenn man bedenkt, dass er einer der besten Verteidiger ist, die ich habe, dann heißt das schon etwas. Ich will damit sagen, dass eine gute Beziehung eine gute Sache ist. Ich vermisse meine Frau auch heute noch. Ich verstehe also, dass Sie sich für das, was passiert ist, entschuldigen wollen, aber das alles hat auch eine gute Seite."

Ich schaffte es zu nicken, aber die Räder in meinem Kopf blieben an seiner Bemerkung hängen, dass er dachte, Ethan würde mich lieben. Ich weiß nicht, worüber wir in den nächsten Minuten noch sprachen. Meine Gewohnheiten der höflichen Konversation waren tief genug verwurzelt, dass ich sie überstand. Ich wurde von jemandem gerettet, der an Coach Hoffmans Tür klopfte. Ich verabschiedete mich und ging den langen Korridor zurück.

Das alles hätte nicht passieren dürfen. Es erschreckte mich, daran zu denken, aber gerade jetzt konnte ich nicht aufhören. Ich hatte nie erwartet, mich zu verlieben. In niemanden. Schon gar nicht in einen Mann wie Ethan. Er war so viel mehr als sein öffentliches Image. Ich erinnerte mich an die ersten paar Male, die ich ihn getroffen hatte. Seine verschlagene, neckische Art, sein überhebliches Auftreten, seine Unbekümmertheit, die so stark war, dass es schien, als wollte er mir nur unter die Haut gehen. Er war immer noch dieser Mann, aber ich wusste jetzt, dass er lustig und großherzig war. Er sprach oft von seiner Familie, nicht um etwas Bestimmtes zu sagen, sondern eher beiläufig.

Nachdem wir in meinem Büro zum ersten Mal Sex

ohne Kondom gehabt hatten, erzählte er mir später am Abend beim Essen, dass seine älteste Schwester ihm mit Körperverletzung gedroht hatte, wenn er nicht respektvoll sei und nicht immer ein Kondom benutze. Er hatte erzählt, er wolle sie deswegen anrufen, und ich hatte ihn angefleht, das nicht zu tun. Wenn ich jetzt nur daran dachte, wurden meine Wangen heiß und mein Herz krampfte sich zusammen, als ich im kühlen Nieselregen zu meinem Büro ging.

Ich wusste nicht, ob das, was ich für ihn empfand, Liebe war, aber es fühlte sich furchtbar ähnlich an wie das, was ich mir darunter vorgestellt hatte. Meine eigenen Eltern waren noch verheiratet. Sie waren in eine kleine Stadt in Oregon gezogen, nachdem mein Vater sich aus seiner angesehenen Anwaltskanzlei zurückgezogen hatte. Er praktizierte zwar immer noch als Anwalt, aber in einem viel kleineren Rahmen. Meine Mutter war seine Anwaltsgehilfin, solange ich mich erinnern konnte. Sie hatten sich im Jurastudium kennengelernt, und sie hatte ihre Ausbildung zur Anwaltsgehilfin abgeschlossen, als sie mit mir schwanger war. Ich schüttelte den Kopf, als ich an die beiden dachte. Jahrelang hatten sie mir eingeredet, ich solle mich entspannen und nicht so hart arbeiten. Dabei hatten sie mir diese Art von Leben vorgelebt. Da sie zusammen arbeiteten, mussten sie ihre Arbeit nie einschränken, um Zeit miteinander zu verbringen.

Ich ging den Flur entlang zu meinem Büro und fragte mich, wann ich Ethan wiedersehen würde. Er war etwas mürrisch, weil ich ihn mit einem anderen Anwalt zusammengebracht hatte. So oft wir uns auch sahen, wir planten nie im Voraus. Ich wollte ihn heute Abend sehen und fragte mich, ob er ein Spiel hatte.

Ohne darüber nachzudenken, zückte ich mein Handy und schrieb ihm eine Nachricht.

Was machst du heute Abend?

Ich habe ein Spiel. Bitte komm.

Ich lächelte mein Handy an und brach dann bei seiner nächsten Nachricht in Gelächter aus.

Das meinte ich in mehr als einer Hinsicht ;)

Die Tür zu meinem Büro öffnete sich, und Jana steckte ihren Kopf durch die Tür.

„Worüber zum Teufel lachst du?", fragte sie grinsend.

Ich errötete und steckte schnell mein Handy weg. „Nichts", antwortete ich, während ich an ihr vorbei ins Büro ging.

Sie schloss die Tür hinter uns. „Okay, was gibt's?", fragte sie, als sie an mir vorbeiging und ihre Hüften an ihren Schreibtisch lehnte.

So sehr ich mich auch nicht blamieren wollte, wenn es jemanden gab, der mich zur Vernunft bringen konnte, dann war es Jana. Meine mangelnde Erfahrung mit allem, was einer ernsthaften Beziehung ähnelte, half mir nicht. Während ein Teil von mir auf Wolke sieben schwebte, nach dem was Coach Hoffman über Ethan gesagt hatte, war ein großer Teil von mir besorgt. Ich hatte nicht vorgehabt, meinen beruflichen Ruf in Gefahr zu bringen, aber das war der einfache Teil. Ich hatte das Problem bereits gelöst. Wenn die Dinge mit Ethan weitergingen und es öffentlich bekannt wurde, dass wir uns privat trafen, konnte es Kommentare über die Tatsache geben, dass ich ihn einmal vertreten hatte. Der Teil, auf den es keine Antwort gab, war die Frage, was ich mit meinen Gefühlen für ihn tun sollte und was er wohl wollte. Mein Handy vibrierte in meiner Tasche, und ich ignorierte es. Es vibrierte weiter.

Janas Blick wanderte zu meiner Jackentasche und wieder nach oben. Ich spürte, wie meine Wangen wieder heiß wurden.

„Da will jemand plaudern. Vielleicht solltest du das überprüfen", sagte sie mit einem verschmitzten Grinsen.

Da ich wusste, dass es Ethan war, und ich nicht widerstehen konnte, zog ich mein Handy heraus und sah auf das Display hinunter. Ein einziger Blick ließ mich heiß werden und meine Muschi pochen.

Habe ich dich zum Erröten gebracht, Liebes? Ausgezeichnet. Mein nächstes Ziel ist es, dich feucht zu machen. Bitte komm heute Abend zu dem Spiel. Ich habe Olivia und Harper bereits gebeten, einen Platz für dich freizuhalten. Sag mir, dass du da sein wirst.

Ich habe nicht einmal daran gedacht, Nein zu sagen.

Ich werde da sein.

Ich konnte mich nicht dazu durchringen, auf seine anderen Kommentare zu antworten. Bevor ich es schaffte, mein Handy wieder in meine Tasche zu stecken, summte es in meiner Hand.

Ausgezeichnet. Zieh den weiten Rock an und kein Höschen drunter.

Schmetterlinge tobten in meinem Bauch, und mein Gesicht wurde so heiß, dass ich etwas brauchte, um mich abzukühlen.

Seit wann sagst du mir, was ich anziehen soll?

Je verklemmter du bist, desto mehr gefällt es mir.

O. Mein. Gott. Er war unverbesserlich.

Na, schön. Vielleicht trage ich den Rock, vielleicht auch nicht. Ich werde auf jeden Fall ein Höschen tragen, also kannst du das jetzt vergessen.

Alles, was ich als Antwort bekam, war ein zwin-

kerndes Smiley. Ich war gefangen zwischen bren-
nendem Verlangen und alberner Freude.

Ich war so in meine Nachricht an Ethan vertieft,
dass ich vergaß, dass ich neben Jana stand. Als ich
aufblickte, wedelte sie mit ihren Fingern vor mir
herum. Ich errötete noch stärker.

„Bin gleich wieder da", sagte ich, bevor ich in die
kleine Toilette neben dem Empfangsbereich eilte.

Ich schloss die Tür hinter mir und spritzte mir
kaltes Wasser ins Gesicht und auf die Handgelenke.
Verdammte Scheiße. Ethan würde mich noch verrückt
machen. Das hatte er bereits. Ich konnte die Feuchtigkeit zwischen meinen Schenkeln spüren. Ich war so
heiß und erregt, dass ich überlegte, ob ich mich jetzt
gleich um die Sache kümmern sollte. In der Sekunde,
in der mir dieser Gedanke kam, schüttelte ich heftig
den Kopf. Ich konnte hier nicht masturbieren. Ich
hatte mehr Kontrolle als das. Wieder spritzte ich mir
kaltes Wasser ins Gesicht und hielt meine Handgelenke so lange unter das eiskalte Wasser, dass ich anfing
zu frieren. Das dämpfte das Verlangen, das mich durchströmte. Als ich in den Empfangsbereich zurückkehrte,
saß Jana bereits hinter ihrem Schreibtisch und tippte.

Ich setzte mich ihr gegenüber und wartete, bis sie
in meine Richtung schaute. „Ethan macht mich
verrückt, und ich weiß nicht, was ich tun soll", platzte
ich heraus.

Eine Sache, die ich an Jana liebte, war ihre
Konzentration. In der Sekunde, in der ich sprach,
schaltete sie ihren Computerbildschirm aus und richtete ihre ganze Aufmerksamkeit auf mich. „Gut
verrückt oder schlecht verrückt?", fragte sie.

„Ich kenne den Unterschied nicht."

Sie neigte den Kopf zur Seite und musterte mich.

„Gut verrückt ist, wenn alles so gut ist, dass es dir Angst macht. Aber es fühlt sich gut an, und es ist nichts Hinterhältiges im Gange. Schlecht verrückt ist, wenn du die Dinge laufen lässt, aber es fühlt sich nicht immer gut an, und die andere Person spielt Spielchen und bringt dich dazu, dir die Haare auszureißen. Am schlimmsten ist es, wenn man denkt, es sei eine gute Verrücktheit, aber dann wird sie zu einer schlechten Verrücktheit. Das kenne ich sehr gut." Sie rollte mit den Augen und zuckte mit den Schultern. „Wie auch immer, welche Art von Verrücktheit ist es? Ich habe da eine Vermutung."

„Gut verrückt", sagte ich und wünschte, ich könnte die Hitze davon abhalten, mir in den Nacken zu kriechen. Nicht zum ersten Mal wünschte ich mir, meine Haut wäre nicht so hell.

Jana lächelte sanft. „Das habe ich mir schon gedacht. Ich mag Ethan. Mein Gefühl sagt mir, dass er nicht der Typ ist, der Spiele spielt. Dafür ist er zu geradlinig. Wie auch immer, was meinst du damit, dass du nicht weißt, was du tun sollst?"

Ich warf meine Hände hoch. „Genau das. Was soll ich tun? Ich habe nicht … Ach." Ich seufzte und fummelte an dem Gummizug an meiner Kapuze herum.

Jana seufzte, stützte sich auf die Ellbogen und legte ihr Kinn auf die Hand. „Da es ziemlich offensichtlich ist, dass du ihn magst, warum entspannst du dich nicht und genießt es?"

„Weil ich nicht weiß, wie ich das machen soll! Es fühlt sich alles nach mehr an, als ich geplant hatte, und ich weiß nicht, was ich tun soll. Ich möchte wissen, was passieren wird", sagte ich, wobei meine Worte in ein Gemurmel ausarteten.

Jana grinste. „Du bist definitiv eine Planerin. Aber Liebe kann man nicht planen, Süße."

Mein Herz machte einen rasanten Sprung, der mir fast den Atem raubte. Zwischen Coach Hoffman, der das Wort Liebe in den Mund nahm, und Jana nun wusste ich nicht, was ich denken sollte.

„Ich bin mir nicht so sicher, ob wir jetzt schon über Liebe reden sollten."

„Nein, du hast Angst, über Liebe zu reden", konterte sie.

Als ich sie anstarrte und mir wünschte, ich könnte das Kribbeln in meinem Magen wegzaubern, hörte sie auf zu grinsen und holte tief Luft.

„Worauf ich hinaus will, ist, dass man Gefühle nicht planen kann. Wenn dir jemand viel bedeutet, solltest du nicht davor weglaufen, weil du Angst hast, dass etwas schiefgehen könnte. Wenn ich sehe, wie Ethan dich ansieht, bin ich mir ziemlich sicher, dass du nicht allein bist."

Sie hielt inne und sah zu mir herüber. „Hör auf, dich wegen etwas aufzuregen, das du nur in deinem Kopf kreierst. Du magst Ethan, er mag dich. Genieße es. Wann siehst du ihn wieder?", fragte sie in einem sachlichen Ton.

Jana kannte mich gut, und sie wusste, dass es nicht gut war, wenn ich in einem mentalen Trott feststecke. Mich auf etwas Konkretes zu konzentrieren, half mir, mich aus dem Gedankenkarussell zu befreien.

„Ich habe ihm gesagt, dass ich heute Abend zu seinem Spiel gehen werde."

Sie grinste. „Perfekt. Du kannst seine persönliche Cheerleaderin sein."

„Ich glaube nicht, dass sie Cheerleader haben", murmelte ich und kämpfte gegen die Röte an, die mir wieder über die Wangen kroch.

„Eben. Deshalb ist es so wichtig, dass du dabei bist. Und jetzt geh an die Arbeit. Mark Smithson hat wieder angerufen, und ich habe ihm gesagt, dass du bis in alle Ewigkeit beschäftigt sein wirst. Du solltest ihn lieber schnell an jemand anderen verweisen, oder ich könnte ihm sagen, dass er sich zum Teufel scheren soll."

Damit lenkte sie meine Aufmerksamkeit von Ethan ab. „Bitte tu das nicht. Ich habe Dan Connors bereits gefragt, ob er den Fall übernehmen würde, wenn ich ihn überweise. Ich habe ihn gestern im Gerichtsgebäude getroffen. Dan hat hier mehr Einfluss als ich, also bin ich sicher, dass Mark sich darüber freuen wird. Ich rufe heute seine Rezeptionistin an."

Jana drehte sich in ihrem Stuhl und schaltete ihren Computerbildschirm wieder ein. „Wie wär's, wenn du das gleich machst, damit ich mir nicht noch einmal seine schmierige Stimme anhören muss?"

„Bin schon dabei!"

Ich ließ sie mit ihrer Arbeit allein und machte mich auf den Weg in mein Büro. Als ich mein Handy aus der Jacke nahm, fiel mir auf, dass ich Ethans letzte Nachricht gar nicht bemerkt hatte.

Ich weiß nicht, warum du darauf bestehst, Höschen zu tragen, wenn sie sowieso nur feucht werden. Spar dir die Mühe, Liebes.

Diese kleine Stichelei war genug, und das Verlangen zwischen meinen Schenkeln pochte aufs Neue. Ich konnte die feuchte Seide spüren und stöhnte fast.

Kapitel Einundzwanzig

ETHAN

Ich ging neben Alex vom Spielfeld, der schlecht gelaunt war, weil wir verloren hatten. Mit einem Schuss. Es war der erste Schuss in dieser Saison, den er nicht abwehren konnte, und ich wusste, dass er sich deswegen innerlich selbst fertigmachte. Ich blieb ruhig, denn ich kannte Alex lange genug, um zu wissen, dass er kein Fan von aufmunternden Reden war. Ich war nicht glücklicher als er, aber ich konnte die ganze Sache ein bisschen gelassener sehen. So wie ich es sah, war es besser, wenn wir mindestens einmal verloren, bevor wir in die Playoffs kamen. Ich hatte schon viele Mannschaften gesehen, die übermütig wurden, wenn sie in der regulären Saison ungeschlagen blieben. Ich schnappte mir die Wasserflasche, die mir zugeworfen wurde, als wir an der Bank vorbeikamen, und blickte zur Mannschaftskabine hinauf. Es war unmöglich, Zoe dort zu sehen, aber es gefiel mir zu wissen, dass sie hier war. Jetzt, da ich mich nicht mehr auf das Spielfeld konzentrierte, konnte ich nur noch daran denken, mich unter die Dusche zu stürzen, um sie endlich zu sehen.

Ich hatte es vorhin ein bisschen zu weit getrieben mit meinen Neckereien. Ich hatte deswegen in der Umkleidekabine einen verdammten Ständer bekommen. Gott sei Dank war niemand in der Nähe gewesen, um es mitzubekommen.

Alex wurde für diese blöden Interviews nach dem Spiel von mir weggezerrt. Ich stand zwar in der Startaufstellung unseres Teams, aber es machte mir nichts aus, eine weniger zentrale Rolle als Alex oder Liam zu spielen. Ich wusste, dass Coach Bernie mich tadeln und mich daran erinnern würde, dass jeder Spieler Teil eines größeren Puzzles war. In diesem Moment wollten sie Alex als Torhüter über den Schuss befragen, der an seinen Fingerspitzen vorbeiging. Wenn man mich fragen würde, sollten sie den Verteidiger befragen, der von einem gegnerischen Offensivspieler ins Stolpern gebracht wurde, was ihn daran hinderte, den Schuss zu parieren. Ich wusste, dass sie dazu kommen würden, aber Alex würde trotzdem darüber reden müssen, wie er sich fühlte. Verdammter Mist.

Da meine Laune nicht die eines Siegers war, war ich noch unruhiger als gewöhnlich, und ich wollte Zoe sehen. Nun, bei ihr war nichts gewöhnlich. Wenn ich nicht gerade beim Training war oder ein Spiel spielte, war sie in meinem Kopf präsent. Ich beeilte mich unter der Dusche und lenkte jeden unanständigen Gedanken ab, der mir durch den Kopf schoss. Ich schämte mich vielleicht nicht dafür, wie sehr ich Frauen liebte, aber ich hatte mir noch nie Sorgen machen müssen, in der Umkleidekabine einen Ständer zu bekommen. Es war mir noch nie in den Sinn gekommen. Aber mein Verstand war in Aufruhr. Seit ich Zoe gebeten hatte, kein Höschen zu tragen, war das alles, woran ich denken konnte, sobald ich einen freien Moment hatte. Ich hatte keine Gelegenheit gehabt, sie vor dem Spiel zu sehen, also hatte ich keine Ahnung, ob sie den Rock angezogen hatte, den ich mir so sehr gewünscht hatte. Ich möchte an dieser Stelle erwähnen, dass ich noch nie eine Frau gebeten habe, etwas Bestimmtes für mich zu tragen. Tatsächlich hatte ich mir nie viele Gedanken darüber gemacht, was eine Frau trug. Bei Zoe fiel mir alles auf.

Ich zog mich an, schnappte mir mein Handy, um es auf dem Weg zu Zoe zu checken. Nur um festzustellen, dass ich schon eine Nachricht von ihr bekommen hatte.

Ich habe mir die Mühe gespart.

Einen Moment lang war ich verwirrt. Sich die Mühe gespart? Inwiefern? Dann erinnerte ich mich an meine letzte Nachricht, in der ich ihr sagte, sie solle sich die Mühe sparen, ein Höschen zu tragen. Verflucht noch eins. Das war alles, was ich brauchte, und das Blut schoss direkt in meine Leistengegend. Zoe hatte mich um den Finger gewickelt, und sie hatte keine Ahnung, wie viel Macht sie über mich hatte.

Ich rannte schon fast den Flur hinunter, als ich meinen Namen hörte. Ich drehte mich um und sah Tristan hinter mir. Er holte mich in Sekundenschnelle ein.

„Wozu die Eile, Kumpel?", fragte er.

Ich war zu stolz, um zuzugeben, dass ich so schnell wie möglich nach Zoe suchen wollte, also zuckte ich mit den Schultern.

„Liam versammelt uns zum Abendessen. Er meint, Alex braucht ein paar Bier", fuhr Tristan fort.

Verdammte Scheiße. Da konnte ich mich nicht drücken. Wir trafen uns oft nach den Spielen. Normalerweise war ich ein leichtes Opfer. Aber ich wollte Zoe sehen. Und zwar sofort. Und ich wollte keine Gesellschaft. Ich war gerade dabei, mir eine Ausrede zurechtzulegen, als ich meinen Namen hörte und einen Blick in die Richtung warf, in die ich gerannt war, um Zoe zwischen Olivia und Harper laufen zu sehen.

Sie trug diesen schwarzen Rock, der ihr bis zu den Knien reichte, und hohe schwarze Stiefel. Verdammt! Jetzt wusste ich, dass sie unter dem Rock nichts anhatte, und alles, was ich wollte, war, einen Ort zu finden, an dem ich mich über sie beugen und in ihr versinken konnte. Stattdessen befand ich mich in der Stadionhalle, und auch von der anderen Seite kamen Stimmen in unsere Richtung. Ich sprach mir schnell gedanklich zu, um meinen Schwanz wieder auf Halbmast zu bringen. Das war das Beste, was ich im Moment tun konnte.

Als Nächstes bewegten wir uns als Gruppe zu einem nahe gelegenen Diner. Harper hatte angekündigt, dass Alex das Lokal mochte, also gingen wir dorthin. Zoe ging neben mir, und ich musste mich beherrschen, um nicht mit meiner Hand über ihren Po zu streichen. Wenn ich das getan hätte, hätte ich mich wohl nicht mehr beherrschen können. Ich begnügte mich damit, ihre Hand festzuhalten, als ob mein Leben davon abhinge.

Sie wirkte unbeeindruckt und plauderte freundlich mit Harper und Olivia über etwas, worüber sie wohl schon vorher gesprochen hatten. Ich hatte keine Ahnung, worum es ging, denn ich war damit beschäftigt, keinen Ständer zu bekommen. Normalerweise war ich der Meister des Spaßes und der Spiele und nie jemand, der die Kontrolle verlor, aber bei Zoe konnte ich mich kaum zusammenreißen.

Ich atmete erleichtert auf, als wir im Diner an einem riesigen Tisch in der Ecke saßen und Zoe sich neben mich drängte. Perfekt. Tristan saß mir gegenüber, sein aufmerksamer Blick huschte von mir zu Zoe, aber er stichelte nicht. Vielmehr wurde er von Daisy abgelenkt, die sich zwischen ihn und Olivia gedrängt hatte. Ich fragte mich aus der Ferne, was zwischen den beiden vor sich ging, dachte mir aber nicht viel dabei. Daisy war wunderschön mit ihrem blonden Haar, ihren großen braunen Augen und ihren Kurven, die nicht enden wollten. Irgendwann hatte ich mir mal in den Kopf gesetzt, dass ich es bei ihr versuchen sollte. Aber es war kein Funke da. Daisy hatte sogar angekündigt, dass ich für sie wie der Bruder, den sie nie hatte, war. Da sie sich für mich wie eine fünfte Schwester anfühlte, hatten wir darüber gelacht und waren seitdem Freunde geblieben.

Als die Drinks serviert wurden und die Unterhaltung etwas abschweifte, konnte ich nicht widerstehen, meine Hand zwischen Zoes Schenkel zu schieben. Ich unterdrückte ein Grinsen, als ich hörte, wie ihr Atem stockte. Das war gut. Sie konnte genauso leiden wie ich. Nicht, dass ich an ihr gezweifelt hätte, als sie andeutete, dass sie kein Höschen trug, aber ich erschrak trotzdem, als ich den weichen Stoff ihres Rocks beiseite schob und feststellte, dass sie definitiv keins trug. Die Innenseiten ihrer Oberschenkel waren feucht.

Ich schob ihre Knie ein wenig auseinander und strich mit einem Finger durch ihre Schamlippen. Ich erwartete, dass sie sich wehren würde, aber das tat sie nicht. Dieses Gefühl verpasste mir einen solchen Ständer, dass ich fast aufgehört hätte. Fast. Während wir in der Ecke saßen und der Tisch alles verbarg, was meine Hände taten, machte ich mich daran, sie zu reizen. Außerdem war es praktisch, dass ihr Rock meine Hand vor jedem schützte, der zufällig auf ihren Schoß hinunterschaute.

„Ethan ist derjenige, der den Strafzettel bekommen hat", sagte Liam und zwinkerte mir dabei zu.

Ich wusste, dass ich es besser schaffen sollte, mich zu unterhalten, sonst würde die Tatsache, dass ich Zoe in den Wahnsinn treiben wollte, offensichtlich werden.

„So schnell bin ich nicht gefahren", konterte ich grinsend. Ich hatte wirklich keinen blassen Schimmer, wovon Liam sprach. Aber ich hatte in meinem Leben schon ein paar Strafzettel bekommen, also konnte ich mitspielen.

Olivia schürzte die Lippen und stieß Liam mit ihrem Ellbogen an. „Hör auf abzulenken. Ich wette, du hast mehr Strafzettel bekommen als Ethan. Ich wollte damit sagen, dass unsere Autoversicherung wieder teurer geworden ist, weil du wieder einen Strafzettel bekommen hast. Das ist alles", sagte sie mit einem leisen Lachen und verdrehte die Augen.

„Stimmt, Liebes. Und ich wollte damit nur sagen, dass ich nicht der Einzige bin, der zu schnell fährt", sagte Liam und grinste wieder in meine Richtung.

Ich zuckte mit den Schultern, während ich einen Finger knöcheltief in Zoe versenkte. Liam sagte noch etwas, und ich brachte eine Antwort zustande. Ich war erleichtert, als er sich Tristan zuwandte und ihn tadelte, weil er zu viel Zeit mit Lernen verbrachte. Ich warf einen Blick auf Zoe und sah, dass ihre Wangen hübsch rosa gefärbt waren. Ich liebte es, wenn sie errötete, weil dann ihre Sommersprossen hervorstachen. Ihre Muschi pochte um meinen Finger, und ich unterdrückte den Drang, sie genau dort kommen zu lassen. Ich wollte es, verdammt noch mal, ich wollte es, aber noch mehr wollte ich sie in den Wahnsinn treiben.

Das Abendessen nahm seinen Lauf. Gelegentlich spielte ich mit Zoe - ich dehnte sie und genoss ihre glitschige Hitze an meinen Fingern. Ich zog mit meinem Daumen leichte Kreise um ihre Klitoris und genoss es, wie sie errötete. Ab und zu stockte ihr der Atem. Irgendwann griff sie nach unten und versuchte, meine Hand wegzustoßen. Dies geschah inmitten eines heiteren Streits zwischen Daisy und Tristan.

Als ich ihre Hand an meiner spürte, ergriff ich sie und hielt sie fest. Ich wusste, dass sie nicht wollte, dass es offensichtlich war und sie nicht gleich hier am Tisch mit mir rangeln würde. Ich beugte mich vor, gerade so nah, dass nur sie mich hören konnte.

„Ich möchte, dass du dich selbst berührst."

Ihr Blick huschte zu mir und dann weg. „Wir sind in der Öffentlichkeit. Nein", flüsterte sie heftig.

Ich ließ meinen Blick über den Tisch schweifen. Niemand schenkte uns auch nur die geringste Aufmerksamkeit. Der Kellner war gekommen und räumte die leeren Teller ab. Liam plapperte irgendetwas vor sich hin, Alex sah einfach nur müde aus, und Tristan war in sein Gespräch mit Daisy vertieft. Kurzum, wir hätten genauso gut allein sein können.

Zoes Puls flatterte an ihrem Hals, und ihr Atem kam in kurzen, stoßartigen Zügen. Obwohl sie gerade versucht hatte, mich abzuwimmeln, bewegte sie ihre Hand nicht weg.

„Du bist so verdammt feucht. Ich wette, du hast vorhin mit dir selbst gespielt", murmelte ich.

Ich hatte den Verstand verloren, und es war mir egal. Ich musste wissen, dass sie genauso hilflos und verloren in diesem Wahnsinn war wie ich.

Ich zwang mich, meine Finger aus ihr herauszuziehen. Es war fast schmerzhaft, aber ich schaffte es. Ich blickte zu ihr. Der Anblick ihrer geröteten Wangen und das Wissen, wie feucht sie war, ließen mich steinhart werden. Was sie als Nächstes tat, brachte mich fast um den Verstand. Ich spürte, wie sich ihre Hand bewegte und ihr Finger durch ihre Spalte glitt. Sie biss sich auf die Lippe und ein kleiner Seufzer entwich ihr. Schnell zog sie ihre Hand weg und blickte zu mir.

„Ich kann nicht. Ich bin zu nah dran", murmelte sie.

„Zu nah an was?"

Sie starrte mich an. Ich wandte meinen Blick ab und musterte den Tisch erneut. Alex war aufgestanden und sagte etwas zu Liam.

„An was?", wiederholte ich.

„Meine Güte. Du weißt genau, wovon ich spreche", sagte sie verärgert.

Dann schob sie meine Hand weg und presste ihre Knie zusammen.

O ja. Los geht's.

Kapitel Zweiundzwanzig

ZOE

Die Tür zu meiner Wohnung schlug hinter uns zu. Ich befand mich in einem Nebel der Begierde. Mein ganzer Körper pulsierte vor Verlangen, und das schon seit Stunden. Es war ein Wunder, dass ich nicht gleich im Diner einen Orgasmus bekommen hatte. Ich schaffte es, halbwegs normal durch den Raum zu gehen und eine Lampe anzuknipsen. Ich spürte, wie Ethan hinter mir auftauchte. Seine Hände glitten über meine Hüften. Ein heißes Kribbeln lief mir den Rücken hinunter. Seine Lippen landeten mit heißen, feuchten Küssen auf meinem Hals, während er meinen Rock hochzog.

Ich konnte seinen Schwanz spüren - er drückte heiß und hart durch den Jeansstoff gegen meinen nackten Po. Die Reibung des rauen Stoffes auf meiner Haut war unerträglich erregend. Mein Puls raste wie wild, und ich konnte kaum noch Luft holen.

„Ich wollte das eigentlich in die Länge ziehen, aber ich glaube nicht, dass ich das kann."

Seine Lippen bewegten sich gegen mein Ohr, sein Atem strich über die empfindliche Haut dort. Das

schroffe Flüstern reichte aus, um mich fast um den
Verstand zu bringen. Wir standen auf der anderen
Seite des Wohnzimmers, wo ich das Licht anknipsen
wollte. Gott sei Dank war eine Wand neben uns, denn
ich brach fast zusammen, als er meine Backen spreizte
und einen Finger hinunterzog, um ihn zwischen meine
Schamlippen zu tauchen.

Ich stöhnte auf, meine Knie gaben nach und meine
Handfläche schlug gegen die Wand, um das Gleichgewicht zu halten. Alles verschwamm. Ich hörte undeut-
lich das Geräusch eines Reißverschlusses und spürte
dann die heiße, samtige Haut seines Schwanzes an mir.
Er reizte mich, indem er seine Eichel durch meinen
schlüpfrigen Spalt hin und her bewegte. Ich war jetzt
schon seit Stunden feucht, nervös und hatte mich
nicht mehr unter Kontrolle.

„Ethan, bitte ...", murmelte ich, meine Stimme
flehend.

Ich konnte mich nicht einmal mehr wiedererken-
nen. Ich hatte die Kontrolle verloren, das Verlangen
pochte so stark in mir, dass sich alles auf die Intensität
dieses Moments reduzierte. Ich schrie auf, als er in
mich eindrang. Er stieß heftig und schnell zu und
füllte mich mit einem Stoß vollständig aus. Ich stützte
mich mit beiden Händen an der Wand ab und wölbte
mich zurück, als er begann, sich in mir zu bewegen.
Eine seiner Hände umfasste meine Hüfte, seine Finger
gruben sich in sie hinein. Die andere glitt in einer
heißen Bewegung meinen Rücken hinauf. Er wickelte
mein Haar um seine Hand und zerrte leicht daran, zog
mich bei jedem Stoß mit sich. Ich war so nah dran,
dass es nur Sekunden dauerte, bis die Lust mich wie
eine Peitsche durchfuhr und mich so hart traf, dass ich
zusammengebrochen wäre, wenn er nicht da gewesen
wäre, um mich zu stützen.

Ich hörte seinen rauen Schrei, der sich unter meinen mischte, und die Hitze seiner Erlösung füllte mich aus. Unser Atem ging stoßweise. Mein Puls verlangsamte sich allmählich, und er lockerte seinen Griff um mein Haar. Er zog sich zurück, drehte mich herum, drückte mich gegen die Wand und küsste mich. Dieser Kuss war nicht wie die meisten unserer Küsse. Oh, er war feucht, und er war innig, doch es fühlte sich an, als würde er in mir versinken. Er küsste mich mit langsamen Bewegungen, sanften Kniffen und verteilte Küsse entlang meines Kinns, bevor er wieder zu meinen Lippen fand. Sanfte Schauer durchliefen mich, wie mein Echo meines Orgasmus. Als er sich zurückzog, trafen seine Augen auf meine. Was ich in seinem Blick sah, raubte mir den Atem und brachte mein Herz wieder heftig zum Pochen. Er strich mir eine lose Haarsträhne aus der Stirn.

Ohne ein Wort hob er mich in seine Arme und trug mich ins Badezimmer. Ich war nicht daran gewöhnt, getragen zu werden. Da ich so groß war wie die meisten Männer, war das auch keine Überraschung. Ich hätte nie gedacht, dass es mir gefallen würde, aber bei Ethan war es so. Es fiel ihm so leicht und er hielt mich eng an sich gedrückt. Am liebsten wäre ich dort geblieben, aber es machte mir nichts aus, dass er mir die Kleider abstreifte und dann seine auf den Boden fallen ließ, bevor er mich mit unter die Dusche zog.

Als ich später in den Schlaf driftete, hätte ich mir eigentlich alle möglichen Gedanken machen müssen, aber das tat ich nicht. Es fühlte sich zu gut an, sich an seine Wärme und Stärke zu kuscheln und zu spüren, wie seine Finger durch mein Haar glitten.

Kapitel Dreiundzwanzig

ETHAN

„Wie bitte?", fragte ich Sarah Dutton.

Sarah blickte von einem Dokument auf, das sie auf ihrem Schreibtisch gelesen hatte. „Ich weiß nicht warum, aber Ted Duncan sagt, dass er sich jetzt gerne noch einmal treffen würde. Er wird in einer Minute hier sein."

„Haben Sie mir nicht gerade gesagt, dass die Anklage gestern formell fallen gelassen wurde?", entgegnete ich und war sofort verärgert, dass sie es für nötig hielt, mir ein weiteres Treffen zuzumuten.

Sie nickte und rückte ihre Brille zurecht. „Das habe ich, aber es gehört zum guten Ton, ein weiteres Treffen zu beantragen, also werden wir das tun."

Sarah war meine neue Anwältin, diejenige, die ich *auf Geheiß* von Zoe akzeptiert hatte. Ich war immer noch nicht glücklich darüber. Sarah war ganz nett und mit ihrem glänzenden blonden Haar sogar hübsch. Objektiv betrachtet wäre ich vielleicht einmal an ihr interessiert gewesen. Für eine Anwältin war sie etwas zu auffällig. Seit ich Zoe zum ersten Mal geküsst hatte, gab es keine andere Frau mehr, die für mich attraktiv

gewesen wäre. Alles, was ich tun konnte, war, sie
leidenschaftslos zu beobachten. Ich war mir ziemlich
sicher, dass eine Frau mit nacktem Hintern vor mir
herumlaufen könnte, ohne dass ich in Versuchung
käme. Es sei denn, die betreffende Frau war Zoe. Sie
könnte sogar einen unförmigen Sack tragen, und ich
würde sie wollen.

Ich hatte mir vorgenommen, heute Morgen hier
aufzutauchen und endgültig mit dieser Sache abzu-
schließen. Jetzt sagte Sarah mir, dass ich mich mit dem
Anwalt des anderen Kerls treffen müsse. Ich konnte es
nicht erwarten, dass es vorbei war.

Innerhalb weniger Minuten stapfte Ted Duncan in
Sarahs Büro. Ich hatte schon einmal das Vergnügen,
ihn zu treffen. Er war ein Angeber, wie ich ihn noch
nie erlebt habe, ein totaler Blender und Bully und
einfach nur laut. Wir saßen an einem kleinen runden
Tisch in einem Konferenzraum in Sarahs Büro. Ted
setzte sich mir gegenüber und machte unheimlich viel
Lärm, für einen Mann, der sich hinsetzte. Er knallte
eine Aktentasche auf den Tisch, stellte die Höhe
seines Stuhls immer wieder neu ein und schaffte es
irgendwie, sich den Ärmel an der Armlehne zu verfan-
gen. Sarah konzentrierte sich ruhig auf einige Papiere,
die vor ihr lagen. Soweit ich das beurteilen konnte, las
sie gar nichts. Ich vermutete, dass sie Teds Routine
kannte und darauf wartete, dass er damit fertig war,
Unruhe zu stiften.

Glücklicherweise lehnte sich Ted schließlich in
seinem Stuhl zurück und blickte von mir zu Sarah.
„Danke, dass Sie sich die Zeit genommen haben, sich
mit mir zu treffen."

Sarah sah erst jetzt auf und rückte ihre Brille auf
der Nase zurecht. „Natürlich, Ted. Das Gericht hat

die Anklage gestern formell abgewiesen. Ich bin mir nicht sicher, was Sie heute zu besprechen hofften."

Ted räusperte sich und sah zu mir herüber. „Vielleicht kann Mr. Walsh Sie aufklären."

Mein Magen krampfte sich zusammen. Ich ahnte, worauf er hinauswollte, und das gefiel mir nicht. Ganz und gar nicht. „Wie bitte?", fragte ich.

„Ich nehme an, Sie halten es nicht für ein Problem, dass Sie während der gesamten Zeit, in der sie Sie vertrat, mit Ms. Lawson zusammen waren", sagte Ted und konnte das schmierige Glitzern in seinen Augen kaum verbergen.

Ich hatte meine Hausaufgaben gemacht und wusste, dass das eine winzige Detail, das Zoe auf der richtigen Seite der Moral hielt, die Tatsache war, dass ich sie geküsst hatte, bevor sie meine Anwältin wurde. Ich wusste zwar, dass wir nicht „zusammen waren", aber soweit es mich betraf, erfüllte dieser Kuss den Standard für den Beginn unserer sexuellen Beziehung, bevor sie mich vertrat. In einer anderen Situation hätte ich wahrscheinlich darüber gelacht. Aber in diesem Moment war ich rasend vor Wut. Ich öffnete den Mund, um etwas zu sagen, hielt aber inne, als Sarah mich direkt unterbrach.

„Ted, das ist völlig irrelevant", sagte sie mit klarer und deutlicher Stimme. „Diese Anklagen wurden abgewiesen, weil *Ihr* Mandant meinen Mandanten zuerst geschlagen hat. Die Polizei stellte klar, dass sie nach Durchsicht des Überwachungsvideos keinen Grund hatte, Mr. Walsh anzuklagen, da Ihr Mandant die Auseinandersetzung begann. Was Ihre angedeutete Drohung betrifft, so kenne ich Ms. Lawson sehr gut. Sie und Mr. Walsh waren ..."

Es gab das kleinste Zögern, und ich schaltete mich ein. „Wir waren schon zusammen, bevor sie meinen

Fall übernommen hat", sagte ich mit fester Stimme, wobei ich versuchte möglichst hochmütig zu klingen. Ich war so verdammt wütend, dass ich mich über den Tisch lehnen und Ted Duncan mit seinem zerzausten Haar und seiner schmierigen Ausstrahlung schütteln wollte.

Sarah schien zu spüren, dass ich mich aufregte, und legte ihre Hand auf meinen Arm. „Danke, Ethan. Ich wollte gerade das Gleiche sagen." Sie drückte leicht meinen Unterarm. Ich nahm an, dass es ihre höfliche Art war, mir zu sagen, dass ich die Klappe halten sollte. Also tat ich es.

Sie sah Ted direkt über den Tisch hinweg an. „Das ist nichts Unanständiges. Wie Sie wissen, können Anwälte die Personen, mit denen sie involviert sind, sehr wohl vertreten, solange es vor dem Verlauf des Falles begann. Was wollen Sie damit sagen, Ted?"

Er rückte das Revers seines Jacketts zurecht und schnaubte. „Ob es nun irgendeinem dummen Standard entspricht oder nicht, ändert nichts an der Tatsache, dass es unangemessen aussieht. Aus diesem einfachen Grund erwähne ich es. Wenn es Ihnen lieber ist, dass ich das für mich behalte, dann sollten Sie vielleicht in Erwägung ziehen, sich mit meinem Mandanten auf einen Vergleich einzulassen."

Verdammte Scheiße. Ich sah rot. Ich war kurz davor, aufzustehen und über den Tisch zu greifen, um diesen verdammten Ted Duncan aus seinem Stuhl zu reißen. Sarah legte ihre Hand wieder auf meinen Arm, und verdammt, sie hatte einen eisernen Griff.

„Ted, das hört sich für mich sehr nach Erpressung an", sagte sie mit klarer, gebieterischer Stimme.

Teds Gesicht rötete sich. „Sarah, so habe ich das nicht gemeint. Ich sage nur, dass es für niemanden gut aussehen würde, wenn er Zoes Beziehung zu Mr. Walsh hier missverstehen würde."

„Da gibt es nichts misszuverstehen, verdammtes Arschloch", mischte ich mich ein, obwohl ich wusste, dass es Sarah lieber wäre, wenn ich meinen Mund hielte. „Sie können so tun, als wäre das keine Erpressung gewesen, aber das war es verdammt noch mal und das wissen Sie auch. Wenn Sie es wagen, Zoe in den Dreck zu ziehen, werde ich Ihnen das Leben zur Hölle machen."

Ich wartete nicht ab, was er sagte, und schüttelte Sarahs Hand von meinem Arm, bevor ich aus dem Konferenzraum stürmte. Es war entweder das, oder ich hätte Teds Gesicht zertrümmert.

Wütend stakste ich aus dem Gebäude und sprintete fast die Straße hinunter zu Zoes Büro. Ich wusste nicht, was zum Teufel sie gegen das unternehmen wollte, was der verdammte Idiot gerade angedeutet hatte, aber ich nahm an, sie würde es wissen wollen.

Ich verlangsamte meinen Schritt, als ich den Empfangsbereich ihres Büros betrat. Seltsamerweise entspannte ich mich sofort, als ich dort eintrat. Einzig und allein, weil ich wusste, dass ich Zoe gleich sehen würde. Jana blickte von ihrem Schreibtisch auf und hielt einen Finger hoch.

Sie nickte ihrem Gesprächspartner zu und sagte: „Ms. Lawson ist für den Rest des Tages mit Besprechungen beschäftigt. Sie hat ihre Entscheidung in Bezug auf Ihren Fall bereits klargestellt, aber ich werde Ihre Nachricht weiterleiten." Sie tippte auf einen Knopf und beendete das Gespräch, bevor sie zu mir herübersah und die Augen verdrehte. „Das war dieses Arschloch Mark. Er ist nicht glücklich darüber, dass Zoe seinen Fall nicht annimmt. Er wird darüber hinwegkommen", sagte sie achselzuckend.

Ich trat an ihren Schreibtisch heran. „Was denkst du, was Zoe tun würde, wenn sie wüsste, dass es kein Geheimnis mehr ist, dass wir uns privat getroffen haben?"

„Ich wusste nicht, dass es ein Geheimnis war", sagte Jana mit einem verwirrten Blick zu mir.

Ich fasste schnell das Treffen mit Sarah und Ted zusammen. Es dauerte nicht länger als eine Minute, und Jana sah wütend aus. „Dieser verdammte Ted Duncan. Er ist so ein Dreckskerl. Natürlich war das Erpressung. Ted ist so ein Scheißkerl, der findet immer einen Weg, Gerüchte zu verbreiten."

Sie starrte mich ein paar Sekunden lang an. „Du meinst, dass du Zoe davon erzählen musst, oder?"

„Natürlich." Ich hielt inne und unterdrückte ein Stöhnen. Das war genau das, worüber Zoe sich Sorgen gemacht hatte, und ich hatte es abgetan. Die Wahrheit war, dass ich mit allen möglichen Dingen durchkam, also war es mir eigentlich egal. Ich konnte nicht wissen, dass die Sache mit ihr mehr als eine kurzlebige Angelegenheit sein würde. Ich konnte nicht wissen, dass ich mich so fühlen würde, wie ich es jetzt tat - beunruhigt und besorgt um sie, und bereit, einem Kerl in den Hintern zu treten. Meine Brust fühlte sich eng an, und mein Kopf schmerzte.

Jana seufzte und fuhr sich mit einer Hand durch ihr wildes Haar. Ich wusste nie, was mich bei ihr erwartete, und heute hatte sie blaue Strähnen, die sich über das bereits vorhandene Lila legten. „Zoe wird völlig ausflippen, aber du solltest es ihr lieber sagen. Wenn du das nicht tust, wird sie noch mehr ausflippen."

„Ich weiß, ich weiß. Verdammt." Ich klopfte mit der Schuhspitze gegen die Schreibtischkante und sah sie an. „Du hast gerade gesagt, dass sie den ganzen Tag beschäftigt ist. Wann ...?"

Jana grinste. „Oh, ich habe gelogen. Er ist ein Arschloch, also ist sie immer beschäftigt, wenn er anruft. Auch wenn sie mich nicht darum gebeten hat, das zu tun. Ich ergreife lieber die Initiative bei Arschlöchern wie ihm. Wie auch immer, geh ruhig durch."

Ich trat in Zoes Büro und hielt inne, als ich die Tür hinter mir schloss. Sie stand mit dem Rücken zur Tür und betrachtete etwas auf ihrem Computerbildschirm. Ihr dichtes kastanienbraunes Haar war zu einem ordentlichen Knoten zusammengebunden. Sie brauchte ihr Haar nur so zu verstecken, und schon wollte ich es aufmachen und es auf jede erdenkliche Weise in Unordnung bringen.

„Hast du etwas gehört von ...?"

Ihre Frage brach ab, als sie sich auf ihrem Stuhl umdrehte und mich entdeckte. Ich nahm an, dass sie dachte, ich sei Jana. Ihre Überraschung verwandelte sich langsam in ein Lächeln. Verdammte Scheiße. Diese Frau würde mich noch umbringen. Ein Lächeln. Nichts als ein Lächeln, und ich bekam einen Steifen. Am liebsten hätte ich die Tür hinter mir verriegelt und ein weiteres unanständiges Intermezzo in ihrem Büro gehabt, aber ich musste ihr die schlechte Nachricht überbringen und sie hoffentlich dazu bringen, nicht auszuflippen.

„Hey, ich wusste nicht, dass du vorbeikommst", sagte sie.

Ich ging schnell zu ihr und setzte mich auf den Stuhl ihr gegenüber. Da ich es hasste zu warten, platzte ich direkt damit heraus: „Ted Duncan weiß, dass wir uns privat getroffen haben, als du mich vertreten hast." Ich beschloss, nicht weiter auf seine angedeutete Drohung mit einem Vergleich einzugehen. Ich dachte, ich könnte erst mit Sarah reden, bevor wir uns darüber Gedanken machen.

Zoes Augen weiteten sich und ihr Gesicht errötete. Sie saß einen Moment lang völlig still und schüttelte dann heftig den Kopf. „O Gott. Genau das habe ich befürchtet."

Sie nahm einen Stift in die Hand und fing an, ihn schnell zwischen den Fingern hin und her zu bewegen.

„Lass dich von ihm nicht einschüchtern, Zoe. Ich kümmere mich um ihn", sagte ich.

Ich hatte keine Ahnung, was ich vorhatte, aber ich würde mich vor einen fahrenden Zug werfen, um sie vor Schaden zu bewahren. Außerdem hasste ich Ted Duncan abgrundtief.

Zoe war ruhig. Zu ruhig. Ihre Wangen waren fleckig rot. All die Male, in denen ich es liebte, ihr beim Erröten zuzusehen, waren nichts im Vergleich zu diesem Moment. Sie war eindeutig verzweifelt, und ich wollte, dass es vergeht. Und zwar sofort.

Ich stand auf und ging um den Schreibtisch herum. Sie winkte ab.

„Nein, nein. Lass mich nur nachdenken." Sie stützte ihr Gesicht in die Hände und holte zittrig Luft.

Ich konnte nicht anders und machte wieder einen Schritt auf sie zu. Sie ließ ihre Hände fallen und warf mir einen starren Blick zu. „Hör auf damit. So hat das alles angefangen. Ich habe dir gesagt, dass ich das nicht tun kann, und du hast mich nicht in Ruhe gelassen."

Ihre Worte trafen mich mitten ins Herz. Sie taten verdammt weh. Sie waren zwar wahr, aber die Art und Weise, wie sie es klingen ließ, machte es nicht besser. Ich starrte sie an. Ich gab zu, dass ich nicht gerade in einem ruhigen Geisteszustand war. Verdammt, ich war am Rande der Wut, die der verdammte Ted Duncan ausgelöst hatte, und es machte mich wütend, dass sie sich so aufregte. Intellektuell wusste ich, dass sie recht hatte. Ich hatte sie gedrängt. Weil ich sie so verdammt sehr wollte. Aber es war mehr als das. Ich wusste es, und ich hoffte, sie wusste es auch.

„Zoe, es war nicht so. Du weißt doch ...“

„Doch, das war es! Ich habe dir genau gesagt, warum ich es nicht zulassen sollte. Ich bin nicht böse auf dich. Ich bin wütend auf mich. Ich wusste es besser und bin trotzdem reingefallen.“

Abrupt stand sie auf. „Du musst gehen.“

„Warum muss ich gehen?“

Mein Kopf fühlte sich an, als würde er gleich explodieren. Ich konnte Zoes Gesichtsausdruck nicht ertragen. Ihre Augen waren geschlossen, und sie sah wütend und verängstigt zugleich aus. Ich versuchte, nach ihr zu greifen, als sie an mir vorbeiging.

„Zoe, Liebes. Lass mich dir dabei helfen. Du musst nicht ...“

Sie wirbelte herum, ihre Augen waren stechend. „Du kannst mir nicht helfen. Dir wird es gut gehen, egal was passiert. Ich kann nicht zulassen, dass die Gerüchte kursieren, ich würde meine Mandanten ficken. Wenn es um so etwas geht, ist das eine Einbahnstraße. Womit Männer durchkommen, ruiniert die Karrieren von Frauen. Ich hätte das stoppen sollen, ich hätte es nie zulassen sollen. Im Moment kann ich dich nicht sehen. Du musst gehen und mich das selbst regeln lassen. Wenn ich noch eine Chance habe, die Sache abzuwenden, dann nur, wenn ich dich nicht mehr treffe.“

Es herrschte wieder statisches Rauschen in meinem Gehirn. Ich konnte wegen des Brummens nicht denken. Inzwischen pochte mein Herz so stark, dass es körperlich wehtat. Sie wartete nicht, drehte sich um und ging zügig durch die Tür. Ich wollte ihr folgen und ihr sagen, dass sie das nicht tun konnte. Es war mir egal, was Jana sah oder hörte. Aber als ich in den Wartebereich kam, stand dort der verdammte Ted Duncan mit einem aufgesetzten, schmierigen Lächeln. Ich dachte nicht einmal nach und ging direkt auf ihn zu und haute ihm eine rein. Ich habe keine verdammte Ahnung, wann Tristan aufgetaucht war oder woher er überhaupt wusste, wo ich war, aber er kam herein, gleich nachdem ich Ted ins Gesicht geschlagen hatte.

Zoes Gesicht war kreidebleich.

Tristan schubste mich mit aller Kraft aus dem Weg. „Halt dich verdammt noch mal zurück, Kumpel. Was denkst du dir denn dabei?"

Ted fluchte und murmelte etwas davon, die Polizei zu rufen. Jana stand auf und stellte sich ihm in den Weg. „Was zum Teufel denken Sie, was Sie da abziehen, Ted? Glauben Sie, Sie können Zoe und Ethan erpressen? Nur zu, versuchen Sie es."

Zoe, Tristan und ich drehten uns um und starrten Jana an. Jana rührte sich nicht von der Stelle und wandte ihren starren Blick nicht von Ted. Ich kann euch sagen, es war ein ganz schöner Anblick, sie mit ihren wilden Haaren und ihrem sonst so freundlichen Auftreten so wütend zu sehen.

Jana wartete einige Augenblicke und blickte dann von ihm zu mir. „Lassen Sie mich raten: Sie wollen sich noch mehr Ärger einhandeln, falls Sie jemanden dazu bringen können, Sie zu bezahlen, damit Sie die Klappe halten? Sie sind der letzte verdammte Anwalt, der sich über Ethik auslassen sollte. Sie vergessen, wie viel ich über Sie weiß, dank meiner früheren Arbeitsstelle. Ich bin vielleicht nicht unter idealen Umständen gegangen, aber ich weiß genau, wen ich anrufen muss, wenn ich Scheiße aufwirbeln will. Hier ist der Deal: Sie halten die Klappe und gehen, oder ich werde ein paar Anrufe tätigen. Genau hier. Jetzt sofort."

Im Büro herrschte eine drückende Stille. Nach einem angespannten Moment nickte Ted. Ohne ein Wort zu sagen, drehte er sich um und ging.

Zoe sah Jana an. „Was sollte das denn?"

„Bevor er sich selbstständig machte, arbeitete Ted in der gleichen Firma wie ich. Er ging, nachdem er beim Vögeln einer Praktikantin erwischt wurde. Sie war zwar volljährig, aber nur knapp. Es scheint nicht viel zu sein, was man ihm vorwerfen kann, aber seine Ex hat bei ihrer Scheidung einen beschissenen Deal bekommen, weil er es geschafft hat, das und einen Haufen anderer Scheiße über seine versteckten Konten vor Gericht geheim zu halten. Er wird nicht wollen, dass irgendetwas davon öffentlich gemacht wird."

Jana ging zu ihrem Schreibtisch zurück und setzte sich, ihr Blick huschte von mir zu Zoe, bevor sie zu Tristan sah. „Hi Tristan, danke, dass du vorbeigekommen bist", sagte sie strahlend.

„Was zum Teufel machst du hier?", fragte ich ihn.

„Deine Schwester ist aufgetaucht, und ich habe ihr gesagt, dass ich dich ausfindig machen werde", sagte er achselzuckend.

„Was? Welche?"

„Belle", sagte er schlicht.

Ich hatte keine Ahnung, warum Belle hier war. Sie war meine jüngste Schwester und neigte zu Unbekümmertheit und Übermut. Es war kein Schock, dass sie unangemeldet auftauchte, aber es war auch nicht üblich.

„Okay", sagte ich langsam. „Könntest du ihr sagen, dass ich gleich da bin?"

Ich wollte hier nicht rausgehen, ohne mit Zoe gesprochen zu haben. Ich schaute zu ihr hinüber, ohne auf Tristans Antwort zu warten.

Sie wandte sich bereits ab. „Ich muss gehen", sagte sie und schritt schnell zurück in ihr Büro.

Ich war ihr dicht auf den Fersen. „Zoe, können wir reden?"

Ich griff nach ihrer Hand, doch sie schüttelte mich ab. „Nicht jetzt. Ich kann jetzt nicht reden, Ethan. Du hast gerade einen Kollegen von mir geschlagen. Vielleicht hat Jana recht, und sie kann ihn zum Schweigen bringen, aber ich muss mir nicht nur um ihn Sorgen machen. Ich kann so nicht weitermachen."

Ihre Worte purzelten stakkatoartig und scharf heraus. Sie sah mich nicht einmal an, als sie ihre Handtasche und ihre Jacke schnappte. Ich konnte wegen des Rauschens in meinem Kopf und meines pochenden Herzens kaum denken.

Bevor ich einen Satz formulieren konnte, verließ sie fluchtartig das Büro. Ich wollte ihr schon hinterherlaufen, als Janas Stimme mich ausbremste.

„Lass sie erst einmal gehen, Ethan."

Ich drehte mich in der offenen Tür um. „Aber ich …"

Sie unterbrach mich. „Es ist offensichtlich, dass du mit ihr reden willst. Verdammt, es ist offensichtlich, dass du sie liebst. Aber glaub mir, was ich sage. Zoe ist dickköpfig. Sie mag es nicht, wenn man sie unter Druck setzt. Lass sie sich erst mal beruhigen. Ich werde mit ihr reden. Vielleicht siehst du es nicht, aber sie ist zurecht besorgt, dass die Sache mit euch beiden an die Öffentlichkeit gerät. Ich gebe zu, ich habe ihr dazu geraten, es zu tun, aber ich bin dieselbe Frau, die ihre Karriere ruiniert hat, weil sie sich mit dem falschen Mann eingelassen hat. Ich glaube nicht, dass du der Falsche bist, aber ich bin im Herzen eine Romantikerin. Geh zu deiner Schwester und versuche es morgen noch einmal mit Zoe."

Ich starrte Jana an. Ich hatte das Gefühl, dass mein Kopf explodieren und mein Herz sich den Weg aus meiner Brust bahnen würde. Tristans Stimme durchbrach den Aufruhr in meinem Kopf.

„Sie hat recht, Kumpel. Gib ihr Zeit. Du kannst Belle alles erzählen, und sie wird dir sagen, was zu tun ist", sagte er mit einem schiefen Grinsen.

Weil ich nicht wusste, was ich sonst tun sollte, folgte ich Tristan nach Hause und erinnerte mich kaum daran, dass ich gerade einen Mann wegen Zoe verprügelt hatte. Es ging mir gar nicht in den Kopf, dass ich so völlig durchgedreht war und die Kontrolle verloren hatte. Wegen einer Frau. Anstatt mir darüber Gedanken zu machen, dachte ich nur an Zoes entsetzten Gesichtsausdruck.

Kapitel Vierundzwanzig

ZOE

Der Regen fiel heftig, als ich eingekuschelt in meinen Regenmantel zügig die Straße hinunterging, und mir wünschte, ich könnte alles, was heute Nachmittag passiert war, einfach wegzaubern. Eine Hupe ertönte auf der Straße, und ich blickte auf, als mir klar wurde, dass ich gleich am Eingang von Sarahs Bürogebäude vorbeikommen würde. Seit Ethan die kleine Bombe platzen lassen hatte, dass Ted über uns Bescheid wusste, drehten sich meine Gedanken im Kreis. Ich war so wütend auf mich selbst, weil ich zugelassen hatte, dass das passierte. Ich hatte es besser gewusst. Damals, als ich noch ein wenig Widerstandskraft hatte, hätte ich durchhalten müssen. Stattdessen hatte ich mich von ihm in den Strudel ziehen lassen. Als die Grenzen einmal überschritten waren, hatte ich nicht einmal mehr versucht, die Entfaltung zu verhindern. Das Ergebnis war, dass ich mich gedemütigt fühlte. Ethans schnelle Beteuerungen, dass er es irgendwie besser machen könnte, hatten mich nur noch mehr verärgert. Er hatte ja keine Ahnung. Ich hatte so hart gearbeitet, um beruflich dorthin zu kommen, wo ich jetzt war, und nun stand alles auf dem Spiel. Alles nur wegen Sex. Das war's. Sex und sonst nichts. Ich wusste nicht, was ich dachte, aber es war verrückt zu glauben, dass da mehr zwischen Ethan und mir war.

Mach dir und ihm deswegen keine Vorwürfe. Um Gottes willen, mach es nicht noch schlimmer, indem du es allen erzählst. Du liebst Ethan, und es ist gut möglich, dass er dich auch liebt.

Das stimmt. Sei nicht dumm.

Variationen dieser kleinen Debatte kursierten in meinem Kopf, seit ich aus dem Büro gestürmt war. Da war mein dummes Herz. Mein unglaublich dummes Herz, das sich direkt in diesen Schlamassel mit Ethan gestürzt hatte, weil es von dem wilden, pulsierenden Verlangen getragen wurde, das mich überhaupt erst zu ihm hingezogen hatte. Und dann war da noch mein Verstand. Mein Verstand, der mich im Leben ziemlich weit gebracht hatte, weil er sorgfältig geplant und mich vor dem Chaos der Beziehungen geschützt hatte. Mein Verstand hatte sich jedoch als schwacher Gegner erwiesen, wenn es um mein überwältigendes Verlangen und mein romantisches Herz, das sich in Ethan verliebt hatte, ging. Es wäre alles so viel einfacher gewesen, wenn er der Mann wäre, der er an der Oberfläche zu sein schien - ein oberflächlicher, unbekümmerter Aufreißer, dem es nur um ein bisschen Spaß ging.

Stattdessen war er so viel mehr. Mein Herz schmerzte, und ich wusste nicht, was ich tun sollte. Also tat ich, was am sinnvollsten war. Ich sprach mit ein paar vertrauenswürdigen Kollegen darüber und überlegte, was ich tun sollte. Vielleicht war das, was mit Ethan und mir geschah, nicht ethisch vertretbar, aber ich hatte seinen Fall abgegeben, wie ich es hätte tun sollen, und ich wollte die Sache jetzt beenden.

Ich schlug meine Kapuze zurück, als ich durch die Tür ins Bürogebäude trat, und schüttelte meine Jacke aus. Wenige Augenblicke später verließ ich den Aufzug und betrat Sarahs Büro. Sarah und ich hatten gemeinsam Jura studiert, zusammen mit Jana, bevor sie eine Auszeit von der Universität nahm, um sich um ihre Schwester zu kümmern. Sarah war eine ausgezeichnete Anwältin, und ich vertraute ihr. Ich wusste, dass sie mir ehrlich sagen würde, was sie dachte, aber sie würde nicht darüber plaudern.

Die Rezeptionistin nahm meinen Namen auf, und ich setzte mich hin und wartete. Als ich mein Handy aus der Tasche fischte, sah ich auf dem Display eine ganze Reihe von Nachrichten von Ethan. Mein Herz krampfte sich zusammen. Ich wollte sie nicht lesen, aber ich konnte nicht anders.

Jana hat mir gesagt, dass ich dich vorerst in Ruhe lassen soll. Aber ich will es verdammt nochmal nicht. Wann kann ich dich sehen? Wir müssen uns unterhalten.

Zehn Minuten später.

Meine Schwester Belle will dich kennenlernen. Wo bist du?

Zehn Minuten später.

Ich bin sicher, du flippst gerade aus, aber es wird alles gut. Jana sagt, sie kümmert sich um Ted, und ich trete ihm in den Arsch, wenn es sein muss. Noch mal.

Ich konnte nicht anders, als ein wenig zu lachen, ein bitteres, trauriges Lachen. Ich wusste, dass Jana für mich kämpfen würde. Ich war mir nicht ganz sicher, was ich von der Wärme halten sollte, die sich in meinem Herzen ausbreitete, weil ich wusste, dass Ethan mich auch beschützen wollte. Ich war es gewohnt, auf mich allein gestellt zu sein. Ganz allein. Ich hatte das nie als einsam empfunden, aber in diesem Moment fühlte es sich so an.

Weitere zehn Minuten zwischen den Nachrichten.

Liebes, du bringst mich hier noch um. Bitte sag mir, wo du bist, damit ich dich nicht suchen muss. Belle und Tristan machen sich jetzt auch Sorgen.

Weitere zehn Minuten.

Ich weiß, dass du in einer anderen Situation bist als ich, aber es wird alles gut werden.

Noch ein paar Minuten.

Verdammte Scheiße. Wo steckst du denn?

Das war die letzte Nachricht von ihm, die er vor ein paar Minuten geschickt hatte. Ich hatte die unerwartete Ankunft seiner Schwester völlig vergessen und fragte mich, was es damit auf sich hatte. Ich wollte sie kennenlernen. Aus den völlig falschen Gründen. Ich wollte diesen Teil seines Lebens kennenlernen, weil es so offensichtlich war, dass ihm seine Familie viel bedeutete. Aber für mich war er nicht der, der er war. Ich konnte nicht länger zulassen, dass mein dummes Herz und mein Körper mich auf diesen Pfad des Wahnsinns führten. Schon jetzt drohte mir eine berufliche Demütigung, weil ich mich mit ihm eingelassen hatte. Ich war schon dumm genug gewesen.

„Zoe, komm rein."

Ich blickte auf und sah Sarah in der Tür zu ihrem Büro stehen, die mir mit einer Geste zu verstehen gab, dass ich zu ihr kommen sollte. Dort angekommen, ließ ich mich in den Stuhl gegenüber von ihr fallen und fühlte mich ein wenig wie eine müde, ertrunkene Ratte. Mein Rock war feucht, und von meinem Regenmantel tropfte Wasser auf den Boden.

„Ich wollte dich anrufen", sagte Sarah, während ihr besorgter Blick mein Gesicht musterte.

Einen Moment lang war ich verwirrt, dann setzte ich die Teile zusammen. Ethan war hier in ihrem Büro gewesen, als Ted seine kleine Neuigkeit überbrachte.

„Ich nehme an, du hältst mich für einen Idioten",
sagte ich schließlich.

Sarah schüttelte schnell den Kopf. „Ganz und gar
nicht. Ted Duncan ist ein Arschloch. Ethan ist abge-
hauen, sodass ich keine Gelegenheit hatte, ihn aufzu-
klären, aber ich habe Ted klargemacht, dass ich ihn bei
der Zulassungsstelle anzeigen werde, wenn er versucht,
irgendwelche Gerüchte zu verbreiten. Mach dir keine
Gedanken darüber, okay?"

Ich zwang mich, tief durchzuatmen. Meine Brust
fühlte sich eng an und mein Kopf dröhnte. Es gefiel
mir nicht, dass diese ganze Situation meiner Kontrolle
entglitten war. Das alles wäre nicht passiert, wenn ich
mich nicht mit Ethan eingelassen hätte. Ich sah zu
Sarah hinüber, deren Gesichtsausdruck nichts als
freundlich war.

„Es ist leicht für dich das zu sagen. Ich habe das
alles vermasselt. Ich weiß, ich hätte das nicht zulassen
dürfen. Es fühlt sich einfach nicht gut an, dass Ted
Bescheid weiß. Er ist so ein ..."

„Zoe, hör auf dich zu quälen. Ethan sagte, ihr
beide hattet bereits ein Verhältnis, bevor du seinen
Fall übernommen hast. Ich dachte er würde über den
Tisch klettern und Ted in den Arsch treten."

Ich verdrehte die Augen. „Nun, als Ted in meinem
Büro auftauchte, ist Ethan losgerannt und hat ihn
geschlagen."

Sarahs Augen weiteten sich. „O Gott. Hat Ted die
Polizei gerufen?"

Ich schüttelte den Kopf und fasste schnell zusammen, was Jana zu ihm gesagt hatte. „Du kennst Jana,
sie wird denken, dass sie alles im Griff hat. Egal was
passiert, Ted kann mir die Sache unangenehm
machen."

Sarah schüttelte langsam den Kopf. „Hör auf

damit. Ted hat einen beschissenen Ruf, weil er ein lebendes, atmendes Beispiel für einen Anwalt ist, der versucht aus jedem Opfer Kapital zu schlagen, Ethik hin oder her. Und was ist, wenn die Leute herausfinden, dass du und Ethan eine Beziehung habt? Du hast seinen Fall tatsächlich abgegeben. Technisch gesehen hättest du das nicht tun müssen, aber du hast es trotzdem getan. Diese Denkweise wird dich noch verrückt machen."

„Glaub mir, ich *weiß*, ich hätte es besser wissen müssen, aber es ist passiert und jetzt versuche ich, das Chaos zu beseitigen. Du weißt, wie das ist. Wenn die Leute hören, dass ich mich mit einem Klienten eingelassen habe, sieht das nicht gut aus", murmelte ich und meine Wangen glühten.

Sarah lehnte sich in ihrem Stuhl zurück und strich sich das Haar von den Schultern. Wie ich hatte auch Sarah viel Arbeit in ihre Karriere gesteckt. Sie war klug und scharfsinnig. Ein großer Unterschied zwischen uns war, dass sie ihre College-Liebe geheiratet und bereits zwei Kinder hatte. Sie trommelte mit den Fingern auf den Tisch.

Ich holte tief Luft und ließ sie wieder entweichen, weil sie nichts weiter sagte. „Ich hätte den Fall schon früher abgeben sollen, aber es passierte eine Zeit lang nicht viel. Ich, na ja, ich habe nicht so klar gedacht."

Sarah grinste. „Das ist bei einem Mann wie Ethan Walsh auch gar nicht so einfach. Er ist traumhaft und hat diesen sexy britischen Akzent. Es ist offensichtlich, dass er dich anbetet." Als ich ihr Grinsen nicht erwiderte, neigte sie den Kopf zur Seite und ihr Blick wurde nüchtern.

„Bitte sag mir, dass er nicht über uns gesprochen hat."

„Oh, nein, so war es nicht. Vor der Sache mit Ted

hat er immer wieder gesagt, was für eine großartige Anwältin du bist, und er hoffte, dass ich genauso gute Arbeit leisten würde. Ich hatte nicht viel zu tun, also habe ich ihm versichert, dass es schon gut gehen würde. Er hat nicht viel gesagt, aber so wie er über dich sprach, war es offensichtlich, dass er dich toll findet. Weil du es warst und ich keine Ahnung hatte, dachte ich, dass er auf dich steht und nichts weiter, also ..." Ihre Worte wurden mit einem Achselzucken unterbrochen.

Ich war so traurig über die Sache mit Ethan, dass dieser winzige Funke mir eine Fahrkarte ins Wunschdenken und ins Fantasieland lieferte. Ich schüttelte mich und sah zu Sarah hinüber. Ich konnte das nicht zulassen. „Das ist ja schön und gut, aber was zum Teufel soll ich wegen Ted tun?"

„Nichts. Lass dich nicht von ihm provozieren. Ob Jana ihn nun zum Schweigen bringen kann oder nicht, ich glaube nicht, dass du dir so viele Sorgen machen musst. Wenn ich etwas höre, werde ich ihn beim Vorstand anzeigen, weil er dich bedroht hat. Ich weiß, dass du dir Sorgen machst, aber Ted hat versucht, von Ethan einen Vergleich zu erpressen. Das ist ein echtes rechtliches Problem. Vielleicht hast du dich mit einem Mandanten eingelassen, aber du hast das Richtige getan und seinen Fall abgegeben. Außerdem ist Ethan der Einzige, der dir wirklich Ärger machen könnte, und er behauptet, es hätte angefangen, bevor du seinen Fall übernommen hast. Ich denke, du solltest aufhören, dir Sorgen zu machen und die Sache auf sich beruhen lassen. Ich stehe hinter dir und das tun viele andere auch."

Ihre Antwort gefiel mir nicht, vor allem, weil ich es hasste, wie ich mich fühlte. Es war mir peinlich, in diese Situation geraten zu sein, denn so etwas tat ich

einfach nicht. Verdammt, bevor ich Ethan kennenlernte, war ich noch Jungfrau. So weit war ich von
solchen Dingen entfernt gewesen. Mit einem Seufzer
sah ich zu Sarah hinüber. „Ich hatte gehofft, du hättest
einen besseren Vorschlag."

Sarah lächelte reumütig. „Ich glaube, du machst
mehr daraus, als es sein muss."

„Gut." Ich stand auf und rückte meinen Regenmantel zurecht. Ich wollte mich gerade abwenden, als
Sarah noch einmal meinen Namen sagte.

„Was?"

„Ist das mit Ethan etwas Ernstes?", fragte sie.

Mein Herz krampfte sich zusammen, und meine
Gedanken kreisten um die letzte Nacht, als er mich an
der Wand geküsst hatte. Ich hatte mich gefühlt, als
wären wir allein im Universum, gefangen in einem
schimmernden Netz aus Intimität, in dem sich jede
Faser von mir immer fester an ihn schmiegte.

Ich weiß nicht, was sie in meinem Gesichtsausdruck sah, aber ihre Augen wurden weicher, und sie
stand auf, umrundete schnell ihren Schreibtisch und
zog mich in eine Umarmung. Sie wich zurück, legte
ihre Hände auf meine Arme und drückte sie.

„Egal was passiert, dir wird es gut gehen. Wenn er
dir so viel bedeutet, darfst du dir diese Chance nicht
entgehen lassen."

Mir blieb der Mund offen stehen, bevor ich ihn
wieder zukniff. „Das habe ich nicht gesagt", platzte ich
heraus.

Sarah lächelte sanft und trat einen Schritt zurück.
„Dein Gesichtsausdruck hat alles gesagt." Sie hielt
inne, ihr Blick war nachdenklich. „Du hast mir damals,
als ich Jack geheiratet habe, gesagt, dass ich eine
Romantikerin bin. Vielleicht bin ich das auch, aber die
Sache ist die, dass wir nicht immer mit jemandem

ABSEITS JEDER VERNUNFT · EIN FUSSBALL-LIEBESROMAN   249

zusammen sein können, den wir lieben. Ich weiß, du bist sehr praktisch veranlagt, und ich respektiere dich sehr. Aber wenn du diesen Mann liebst - und mein Gefühl sagt mir, dass du das tust -, dann lass dich nicht von dieser dummen Sache abhalten."

Glücklicherweise klopfte die Empfangsdame an die Tür und steckte ihren Kopf herein. „Ihr Fünf-Uhr-Termin ist da", sagte sie.

Sarah nickte, und ich machte mich aus dem Staub. Es gab viele Dinge, an die ich im Moment nicht denken wollte. Darüber nachzudenken, wie viel Ethan mir an dem Tag bedeutet hatte, an dem ich das Ausmaß meines schlechten Urteilsvermögens erkennen musste, war einfach zu viel. Ich winkte ihr zu und machte mich wieder auf den Weg in den regnerischen Abend hinaus.

Wenig später erreichte ich den Eingang zu meinem Wohnhaus und zögerte. Ethan hatte mir noch ein paar Mal geschrieben, und in der letzten Nachricht hatte er angedeutet, dass er nach mir suchen wollte. Ich wusste nicht, was ich davon halten sollte, aber ich wusste, wenn ich ihn sehen würde, würde das die Sache nur noch schlimmer machen. Er hatte eine zu starke Anziehungskraft auf mich, und ich musste klar denken. Anstatt hineinzugehen, ging ich um die Ecke zum Parkhaus und stieg in mein selten benutztes Auto.

Kapitel Fünfundzwanzig

ETHAN

„O Gott! Du bist verliebt!", quiekte Belle. Sie schaute von mir zu Tristan, ihre braunen Augen weiteten sich vor Freude. „Ist das nicht toll?"

Tristan, ganz der gute Kumpel, der er war, nickte kaum merklich und schien ganz in einen Science-Fiction-Film im Fernsehen vertieft zu sein. Belle saß zwischen uns auf dem Ecksofa und drehte sich zu mir um.

„Das wurde auch Zeit. Ich freu mich so. Du musst ihr jetzt mit einer großen Geste zeigen, was du fühlst", erklärte sie, wobei ihr honigblonder Pferdeschwanz auf und ab hüpfte.

Ich war mir nicht ganz sicher, wie meine kleine Schwester zu diesem Schluss gekommen war, aber sie war es. Die Sache war die, dass ich stinksauer war, und zwar schon seit gestern, als Zoe aus ihrem Büro verschwunden war. Ich wusste immer noch nicht genau, warum Belle unangemeldet aufgetaucht war. Sie hatte eine leichtfertige Erklärung abgegeben, dass sie mich vermisste, ihren einzigen Bruder, und dass sie einen Tapetenwechsel brauchte. Unter normalen

Umständen würde ich mehr wissen wollen, aber ich war zu abgelenkt, weil ich Zoe nicht erreichen konnte. Sie hatte alle meine Nachrichten ignoriert und war nicht zu Hause. Letzte Nacht hatte ich kaum geschlafen. Heute Morgen fragte Belle, warum ich ständig auf mein Handy schaue, und ich erwähnte Zoe. Belle war wie ein Hund mit einem Knochen, also ließ sie nicht locker, bis ich ihr von dem Mini-Fiasko von gestern erzählte.

Offenbar schloss sie aus der ganzen Geschichte, dass ich verliebt war. Allein der Gedanke an dieses Wort ließ mein Herz heftig schlagen. Ich schluckte gegen die Enge in meiner Brust an und fragte mich, wo zum Teufel Zoe war. Ich konnte nicht über meine Gefühle nachdenken, wenn die dringendere Angelegenheit darin bestand, Zoes Aufenthaltsort zu bestimmen und ich sichergehen musste, dass sie zur Vernunft kam und nicht versuchte, mich auszuschließen. Sobald ich das gelöst hatte, konnte ich über diese ganze Liebesgeschichte nachdenken.

„Belle, was zum Teufel meinst du?", fragte ich.

Sie hakte einen Fuß unter ihr Knie und seufzte. „Es klingt, als wäre sie gestresst und wüsste nicht, ob es das alles wert ist, mit dir zusammen zu sein. Also musst du es ihr zeigen."

Tristan warf Belle einen kurzen Blick zu. „Alles?", fragte er in einem drolligen Tonfall.

Belle atmete scharf aus und blies sich damit eine Haarsträhne aus den Augen. „Ja, alles. Ich meine, ihre Karriere steht auf dem Spiel."

„Ihre Karriere steht nicht auf dem Spiel, verdammt", murmelte ich.

Belle hatte einen Hang zum Drama. Sie war übermäßig romantisch. Die meiste Zeit war das amüsant. Aber im Moment empfand ich es nicht so.

Sie musste meine Gereiztheit gespürt haben, denn ihr Blick wurde weicher. Sie zwirbelte das Ende ihres Pferdeschwanzes um ihren Zeigefinger und sah mich an. „Nun, vielleicht nicht, aber es klingt, als ob sie sich Sorgen macht. Ich denke, du solltest Jana anrufen und dafür sorgen, dass sich um diesen Idioten Ted gekümmert wird. Dann können wir Zoe suchen."

„Kein schlechter Plan", sagte Tristan mit einem weisen Nicken.

Ich starrte ihn an und blickte dann zu Belle.

„Wir?"

Sie nickte, ein bisschen zu enthusiastisch. „Ja, ich bin hier, um zu helfen."

„Oh, deshalb bist du also hier?", konterte ich mit einem Augenrollen. „Ich kümmere mich um den ersten Teil deines Plans."

Ich zückte mein Handy und rief in Zoes Büro an. Ich konnte nur hoffen, dass Jana mir sagen würde, dass Zoe heute da war. Als sie abnahm, legte ich sofort los.

„Du weißt nicht zufällig, wo Zoe ist?", fragte ich.

„Ethan, o Gott. Ich bin so froh, dass du anrufst. Sie hat mich gebeten, dir eine Nachricht zu hinterlassen, aber sie hat vergessen, mir deine Nummer zu geben. Falls du dir jemals Sorgen gemacht hast, dass der Verein deine Kontaktdaten weitergeben könnte, kannst du beruhigt sein, denn das wird er auf keinen Fall tun. Ich habe dort angerufen, und sie haben sich über mich aufgeregt", sagte Jana mit leichtem Missmut.

„Ist Zoe da?"

Mein Herz fing an, gegen meine Rippen zu hämmern, und der Knoten in meinem Bauch begann sich zu lösen. Bis Jana endlich sprach.

„Nein, mein Lieber. Sie ist nicht da. Ich soll dir

sagen, dass du dir keine Sorgen machen sollst, sie ist
für ein oder zwei Tage zu ihren Eltern gefahren."

Ich saß schweigend da und kämpfte mit einer
Mischung aus Enttäuschung, Wut und Frustration. Ich
musste Zoe sehen, und sie machte es mir wirklich
schwer, das zu tun.

„Ich nehme nicht an, dass du mir sagen kannst, wo
ihre Eltern wohnen?"

Janas Seufzer drang durch die Leitung. „Das kann
ich nicht. Ich würde es ja gern, aber ich habe Zoe
versprochen, es nicht zu tun, und sie ist meine beste
Freundin."

„Scheiße."

„Ach Ethan. Sie wird bald zurück sein, und dann
könnt ihr alles wieder in Ordnung bringen."

So sehr ich Jana auch bedrängen wollte, mir zu
sagen, wo ich Zoe finden konnte, ich spürte, dass es
zwecklos war. Ich wandte meine Aufmerksamkeit der
einzigen Sache zu, die ich versuchen konnte, zu lösen.

„Da ich da nichts anderes machen kann, sollten wir
beide uns um das Chaos kümmern, über das sie sich so
aufgeregt hat. Muss sie so besorgt sein, wie sie es ist?"

„Nein und ja. Nein, weil sie technisch gesehen
nichts falsch gemacht hat. Wenn Anwälte sich mit
ihren Mandanten einlassen, ist das kein rechtliches
Problem. Wenn die Beziehung begonnen hat, bevor sie
den Fall übernommen hat, gibt es noch nicht einmal
ein Problem."

Ich konnte es mir nicht verkneifen, mich einzu-
schalten. „Das hat sie."

Jana lachte leise. „Ich nehme an, das stimmt, wenn
du den Kuss mitzählst, den du ihr gegeben hast."

„Das tue ich", sagte ich entschieden. Denn seitdem
war ich durch und durch von Zoe besessen, und soweit
es mich betraf, war das die Wahrheit.

Jana fuhr fort: „Das heißt aber nicht, dass die Leute nicht über solche Dinge tratschen. Sie macht sich Sorgen, weil sie beruflich einen guten Ruf genießt und das Gefühl hat, dass sie es vermasselt hat. Das ist der Grund, warum sie deinen Fall abgegeben hat. Sie macht sich Sorgen darüber, wie die Leute die Dinge verdrehen könnten. Ted Duncan ist ein Arschloch der Extraklasse. Ich habe heute mit Sarah gesprochen. Mit dem Wissen, das ich über ihn habe, und weil Sarah bei seiner kleinen Erpressungsdrohung dabei war, glaube ich nicht, dass du dir Sorgen machen musst."

Ich hatte alles Mögliche zu sagen, aber das meiste davon war im Moment sinnlos. Daher stellte ich die wichtigste Frage: „Bist du sicher, dass er Zoe damit nicht bedrängen wird?"

„Nein. Und ich vermute, dass sie das Gefühl hat, dass sie mit jemandem ins Reine kommen muss, wer auch immer diese Person sein mag."

Genau das hatte ich befürchtet.

„Wenn du mit ihr sprichst, sag ihr, dass sie das nicht tun soll."

Jana lachte leise. „Junge, dich hat es schwer erwischt. Das habe ich ihr schon gesagt, aber ich werde ihr auch sagen, dass du das genauso siehst."

Ich unterdrückte einen Seufzer und starrte an die Decke. „Ich nehme nicht an, dass du es dir noch einmal überlegen wirst, mir zu sagen, wo ich sie finden kann?"

„Bestimmt nicht, aber du bekommst Extrapunkte fürs Fragen", sagte Jana fröhlich.

Wir beendeten das Gespräch, und ich stand von der Couch auf. Unruhig schritt ich vor den Fenstern umher. Ich war ein Machertyp. Ich hatte gerne einen Plan und setzte ihn in die Tat um. Das half mir immer

sehr, wenn ich Fußball spielte. Im Moment führte es
nur dazu, dass ich mich hilflos fühlte.

„Und?", fragte Belle.

Ich wandte mich ihr achselzuckend zu. „Jana hat
die Sache mit dem anderen Anwalt im Griff. Zoe ist
bei ihren Eltern, aber Jana will mir nicht sagen, wo das
ist."

Tristan blickte auf, sein scharfsinniger Blick
musterte mein Gesicht. „Belle hat recht", sagte er mit
fester Stimme.

Belle grinste und schaute dann zu ihm. „Womit?",
fragte sie, und ersparte mir damit die gleiche Frage.

Tristan hielt seinen Blick auf mich gerichtet. „Du
bist verliebt."

Als er das sagte, klang es nicht so aufregend wie in
Belles vorheriger Erklärung. Deshalb traf es mich hart
wie ein Stich ins Herz. Ich starrte Tristan an. Mein
Atem blieb mir wie eine Faust im Hals stecken und
setzte sich mit dem nächsten Herzschlag wieder in
Bewegung.

Kapitel Sechsundzwanzig

ZOE

Ich blickte über den Küchentisch hinweg zu meiner Mutter. Ihr kastanienbraunes Haar war zu einem ordentlichen Zopf zurückgesteckt, und die silbernen Strähnen hoben sich von ihrem glänzenden Haar ab. Sie nippte an ihrem Kaffee und blätterte in der Zeitung. Nach einem stärkenden Schluck von meinem Kaffee holte ich tief Luft und sah sie an.

„Mama, ich brauche deine Meinung."

Sie faltete die Zeitung zusammen und sah zu mir herüber. „Worüber?"

Ich war vor zwei Nächten angekommen, und meine Eltern hatten es mit Fassung getragen. Ich war ohnehin alle paar Monate zu Besuch. Normalerweise tauchte ich nicht so unangekündigt auf, aber sie waren so freundlich, mich nicht zu bedrängen. Was meine Eltern betraf, so hatte ich es im Leben gut erwischt. Abgesehen von der Tatsache, dass sie beide Workaholics waren - diese Eigenschaft hatte ich ehrlich gesagt auch geerbt -, waren sie engagierte, fürsorgliche Eltern. Die Arbeit stand für sie so sehr im Mittelpunkt, dass die Kindererziehung ein wenig in den Hintergrund trat, aber sie hatten stets ihr Bestes gegeben, um ihre Liebe zu zeigen. Ich hatte auch das Glück, Eltern zu haben, die sich wirklich mochten. Ihre Tendenz, sich nicht zu sehr auf mich zu konzentrieren, war ein Segen gewesen, als ich neulich abends auftauchte. Ich wusste, dass sie spürten, dass etwas nicht in Ordnung war, aber sie bedrängten mich nicht.

Ich atmete noch einmal tief durch. „Ich habe mich mit einem meiner Mandanten eingelassen. Ich habe seinen Fall abgegeben, aber jetzt haben mich ein paar Dinge dazu gebracht, dass ich vielleicht, ich weiß nicht ... Ach." Ich machte eine Pause und nahm einen Schluck Kaffee. Das war der Knackpunkt meines Problems. Ich hatte keine einfache Möglichkeit, reinen Tisch zu machen. Ich arbeitete für mich selbst. Ich hatte vielleicht ein bisschen länger gewartet, als ich sollte, aber ich hatte Ethans Fall abgegeben. Ich fühlte mich einfach gedemütigt und mochte es nicht, dass es über mir schwebte.

Ich schaute zu meiner Mutter hinüber, die, nun ja, überrascht aussah. Aber nicht verärgert oder entsetzt, wie ich befürchtet hatte. Als ich nichts weiter sagte, weil ich nicht wusste, was ich sagen sollte, ergriff sie das Wort.

„Das ist es also, was dich so beunruhigt. Wenn du den Fall an jemand anderen weitergegeben hast, weiß ich nicht, worüber du dir jetzt Sorgen machst", sagte sie ruhig. Meine Mutter war immer praktisch veranlagt und neigte nie zu Dramen.

Ich fuhr mit meiner Fingerspitze über den Henkel der Tasse. „Na ja, so etwas tue ich einfach nicht. Ich hätte nie gedacht, dass ich so etwas zulassen würde, also ..."

Ich wollte nicht mit ihr über die Sache mit Ted Duncan sprechen. Alles in allem war es nicht der Kern dessen, was mich bedrückte.

„Nein, so etwas tust du nicht, aber du gehst ja auch nicht wirklich mit Männern aus. Überhaupt nicht. Triffst du dich noch mit ihm? Oder ist es eine sie?", sagte sie mit einem leichten Lächeln.

„Es ist ein Er", murmelte ich. „Bin ich so schlecht, dass du dir nicht einmal sicher warst, ob ich auf Männer stehe?"

Sie hob eine Schulter und zuckte langsam mit den Schultern. „Nicht, dass es wichtig wäre, aber du hast noch nie jemanden mit nach Hause gebracht. Ich habe mir nicht viel dabei gedacht, weil du dich in die Arbeit gestürzt hast. Darin bist du deinem Vater und mir so sehr ähnlich. Ich habe mir Sorgen gemacht, dass du dir keine Zeit für ein Privatleben nehmen würdest. Wir haben zwar beide viel gearbeitet, aber wir haben zusammen gearbeitet, also war es etwas, das wir geteilt haben. Und wir hatten dich. Natürlich haben wir dich mit ins Büro geschleppt, also ist es allein unsere Schuld, dass du in unsere Fußstapfen getreten bist. Aber das ist nicht der Punkt. Ich habe gehofft, du würdest jemanden finden. Erzähl mir von ihm. Ich nehme an, dass er dir viel bedeutet, sonst hättest du dich sicher nicht mit ihm eingelassen, wo er doch von Anfang an dein Mandant war."

Ich weiß nicht, was genau mich an der Art und Weise, wie sie das sagte, traf, aber es traf mich hart - ein Stoß direkt in meinen Solarplexus. Mein Herz krampfte sich zusammen, und ich schluckte gegen den plötzlichen Ansturm von Gefühlen an. Meine Mutter hatte genau den Punkt getroffen, der mein Herz schmerzen ließ. Ich vermisste Ethan wie verrückt. Ich war aus keinem anderen Grund aus meinem Büro gestürmt, als dass ich mich von allem überfordert fühlte. Zwischen Sarahs praktischen Ratschlägen und denen meiner Mutter war mir schmerzlich klar geworden, dass ich, so sehr ich mir auch eine Möglichkeit wünschte, die Dinge wegen meines beruflichen Fehlverhaltens zu klären, das einzig Richtige getan hatte und Ethans Fall an einen anderen Anwalt weitergegeben hatte. Den Schlamassel, in dem ich jetzt steckte, hatte ich selbst verschuldet.

Meine Mutter räusperte sich, und ich merkte, dass sie wartete. Nach einem weiteren tiefen Atemzug fuhr ich fort: „Ich schätze, das stimmt. Ich weiß nicht so recht, was ich dagegen tun soll. Er ist kein normaler Mann.“

Sie neigte den Kopf zur Seite und ließ ihre Hand kreisen. „Erzähl mir mehr.“

„Sein Name ist Ethan Walsh. Er ist …“

Sie unterbrach mich. „Von den Seattle Stars?“

Als ich nickte, grinste sie. „Dein Vater ist ein Fan.“

„Seit wann guckt Papa denn Fußball?“, fragte ich verblüfft.

„Seit die Seattle Stars groß geworden sind. Jetzt, wo er nicht mehr ständig arbeitet, genießt er eine ganze Reihe von Dingen. Er wird begeistert sein!“

„Mama, kannst du dich bitte beruhigen? Ich weiß doch noch gar nicht, was mit Ethan los ist. Lass uns noch nicht mit den ‚Kennenlern-Plänen‘ anfangen.“

Ihr Grinsen verwandelte sich in ein sanftes Lächeln. Sie griff nach meiner Hand und drückte sie. „Natürlich. Aber deinem Gesichtsausdruck nach würde ich sagen, dass er dir viel bedeutet. Warum versteckst du dich hier draußen? Fahr zurück nach Seattle und triff dich mit ihm.“

Der Rest meines Vor- und Nachmittags verlief ruhig. Meine Mutter ging los, um Besorgungen zu machen, und ich half meinem Vater, die Möbel in seinem Büro umzustellen. Als es Abend wurde, konnte ich es kaum erwarten, nach Seattle zurückzukehren. Ich kann nicht sagen, dass ich mir über irgendetwas im Klaren war, aber ich vermisste Ethan und hatte das Gefühl, dass ich ihn umsonst hinhielt. Ich stieg wieder in mein Auto und dachte, ich würde es rechtzeitig nach Hause schaffen, um ihn am Abend zu sehen.

Ungefähr zwei Stunden später prasselte der Regen auf mein Auto, das am Straßenrand und halb im Graben stand. Ich schaute durch die verschwommenen Fenster hinaus und kämpfte gegen die drohenden Tränen an. Meine Hoffnung, schnell nach Hause zu kommen, war durch den starken Regen zunichtegemacht worden. Der Regen war von leichtem Nieselregen zu einem Dauerregen geworden. Ich war durch eine Pfütze gefahren und seitlich von der Straße abgerutscht. Mein Auto schlingerte gerade so weit in den Graben, dass ich ohne Hilfe nicht mehr herauskommen würde.

„Scheiße, Scheiße, Scheiße", murmelte ich und schlug müde mit der Faust auf das wehrlose Lenkrad. Meine Möglichkeiten, Hilfe zu holen, bestanden darin, entweder einen Abschleppwagen zu rufen oder Jana. Meine Eltern waren jetzt gut zwei Stunden von hier entfernt, und ich wollte sie nicht bitten, so weit zu fahren, um mir zu helfen.

Ich holte mein Handy heraus, nur um ein paar weitere Nachrichten von Ethan zu entdecken. Seine letzte ließ mich in Tränen ausbrechen.

*Komm schon, Zoe. Jetzt nerve ich dich nicht nur. Ich bin
besorgt. Jana will mir nicht sagen, wie ich dich finden kann.
Bitte ruf mich an.*

Ich holte zitternd Luft und schaffte es, nicht mehr
zu weinen. Ich war ein emotionales Wrack. In der
einen Minute wollte ich Ethan vergessen und zu
meinem aufgeräumten, professionellen und langweiligen Leben zurückkehren. In der nächsten brannte
ich darauf, ihn zu sehen. Ohne nachzudenken, drückte
ich in seiner Nachricht die Anruftaste. Er ging
sofort ran.

„Verdammt, Zoe. Du machst mir eine Scheißangst.
Wann kommst du zurück?"

Seine Begrüßung kam völlig unerwartet, und ich
brach erneut in Tränen aus.

„Hey Zo, okay, okay. Beruhige dich. Ich wollte
nicht so sauer klingen. Es ist nur so, dass du nicht ..."

„Es ist okay, ich ..." Ich hielt wegen eines
Schluckaufs inne und versuchte, zu Atem zu kommen.
Ich fühlte mich wie ein Vollidiot, ein Gefühl, das ich
nicht besonders gut kannte.

„Wo bist du?", fragte er, sein Tonfall war sanfter.

„Am Straßenrand."

„Wie bitte?"

Ich holte tief Luft und erklärte zögernd, wo
ich war.

„Gut, dann hole ich dich ab. Belle wird
mitkommen wollen, und ich weiß nicht, ob ich sie
aufhalten kann. Macht es dir etwas aus?"

Ich fing an zu lachen. Entweder das, oder ich
würde wieder anfangen zu weinen.

Ethan wartete still, bis ich mich beruhigt hatte.

„Es ist in Ordnung, wenn Belle mitkommt, aber du
solltest ihr sagen, dass ich normalerweise nicht so ein
Wrack bin."

„Du bist kein Wrack", sagte er, sein Tonfall war
sanft und mit etwas durchsetzt, das ich nicht zu
deuten wusste. Es brachte mein Herz dazu, sich zu
verkrampfen.

Kapitel Siebenundzwanzig

ETHAN

Die Fahrt durch die regnerische Nacht kam uns wie eine Ewigkeit vor, obwohl sie nur eine Stunde dauerte. Belle war sehr gesprächig, wie sie es immer war. Sie bestand darauf, auch Tristan mitzunehmen.

„Es wäre doch komisch, wenn nur ich dabei wäre. Ich bin deine Schwester, und du hast uns noch nie eine Frau vorgestellt. Das ist eine große Sache, Ethan", erklärte Belle, während ich fuhr.

Ich hatte Zoe gewarnt, dass Belle mitkommen wollte, aber ich hatte nicht darüber nachgedacht, wie Belle damit umgehen würde. Seit sie erklärt hatte, dass ich verliebt war, konnte sie es kaum erwarten, Zoe kennenzulernen. Ich war ein wenig erleichtert, dass sie Tristan dabei haben wollte, denn er hatte auf alle einen mildernden Einfluss. Er kannte alle meine Schwestern ziemlich gut und konnte Belle im Zaum halten. Zumindest hoffte ich das. Zoe hörte sich nicht gut an, als wir miteinander sprachen. Sie war stets so kontrolliert, und ich wusste nicht recht, was ich gegen ihre Tränen tun sollte. Da ich vier Schwestern hatte, hatte ich einige Erfahrung mit ihren Emotionen, sodass es mich nicht so erschütterte wie manch anderen Kerl. Ich hatte nur nicht damit gerechnet, dass mein Herz vor lauter Sorge um Zoe so wehtun würde.

Ich fuhr weiter, während Belle vor sich hin plapperte. Um mich von der Sorge um Zoe abzulenken, kam ich auf das Gespräch zurück, das ich vorhin mit Belle begonnen hatte.

„Ich weiß, dass du den ganzen Abend über mein vermeintliches Liebesleben reden wirst, aber wie wäre es mit einer etwas ausführlicheren Erklärung, warum du hier bist? Du bist immer willkommen, aber normalerweise rufst du vorher an", sagte ich und warf einen Blick in den Rückspiegel. Aus dem Augenwinkel konnte ich Tristans Grinsen erkennen. Er saß vorne, da seine Beine zu lang waren, um es sich auf dem Rücksitz bequem zu machen.

Belle bemerkte meinen Blick im Spiegel und schaute weg. In den zwei Tagen, in denen sie hier war, hatte sie die meiste Zeit in unserer Wohnung verbracht, aber sie war heute Morgen schnell einen Kaffee trinken gegangen und wirkte etwas verstimmt, als sie zurückkam. Ich richtete meinen Blick auf die verregnete Schnellstraße vor mir, der Regen glitzerte in den Scheinwerfern. Nach einem Moment der Stille seufzte Belle schwer. Sie murmelte etwas vor sich hin.

„Wie bitte?", fragte ich.

„Ich bin hier, um mich mit jemandem zu treffen", sagte sie schließlich.

„Jemanden?"

„Mhmm."

Endlich. Ich hatte noch etwas anderes als Zoe, über das ich mich wundern konnte. „Wen? Und warum weiß ich bis jetzt noch nichts davon?"

„O mein Gott. Spiel nicht den großen Bruder."

„Dann tauche nicht aus dem Nichts auf", gab ich zurück. „Mit wem willst du dich denn hier treffen?"

Sie murmelte wieder etwas, woraufhin Tristan leise lachte.

Belle klopfte Tristan auf die Schulter. „Ach, sei ruhig. Na schön. Ich bin hier, um Mack zu sehen."

„Mack? Mack Dawson?"

Mack war ebenfalls Spieler der Seattle Stars, einer der Amerikaner, der zufällig auch aus Seattle stammte, also ein lokaler Favorit war. Er war Offensivspieler und verdammt gut. Ich mochte den Kerl. Er war lässig und witzig. Aber in diesem Moment mochte ich ihn plötzlich nicht mehr.

„Warum zum Teufel lässt er sich mit dir ein, ohne dass ich davon weiß?", fragte ich sie und blickte wieder in den Spiegel, nur um zu sehen, wie Belle angestrengt aus dem Seitenfenster starrte.

Tristan bemerkte meinen Blick, als ich wieder nach vorne sah, und schüttelte leicht den Kopf. Ich bezweifelte, dass er mehr wusste als ich, aber da ich, seit Belle hier war, gereizt und abgelenkt war, hatte er wahrscheinlich mehr davon mitbekommen, wie es ihr ging.

Belle überraschte mich mit ihrer Antwort. „Er wusste bis heute Morgen nicht einmal, dass ich hier war, also denk nicht, dass er etwas hinter deinem Rücken getan hat."

Ich hatte keinen blassen Schimmer, was ich darauf erwidern sollte. Ich wurde aus diesem unerwartetem Gespräch gerettet, als Tristan nach vorne zeigte. Ich schaute zum Straßenrand und sah ein Auto halb im Graben neben der Schnellstraße stehen. Ich wusste gar nicht, was für ein Auto Zoe fuhr, denn bisher waren wir so gut wie immer zu Fuß unterwegs gewesen. Tristan hatte mich natürlich dazu gebracht, Zoe nach den GPS-Koordinaten ihres Standorts zu fragen, die sie auf ihrem Telefon gefunden hatte. Ich hätte wissen müssen, dass er sein Handy im Auge behalten würde, als wir durch die dunkle, regnerische Nacht fuhren. Wir waren vor etwa einer halben Stunde von der I-5 auf diesen kleineren Highway abgefahren. Die Straße war dunkler und schmaler, und mir gefiel der Gedanke, dass Zoe allein im Regen in ihrem Auto saß, überhaupt nicht.

Ich hielt hinter dem Wagen, von dem ich hoffte, dass es Zoes Auto war, und sprang schnell hinaus, wobei ich sofort von einem vorbeifahrenden Auto und dem Spritzwasser seiner Reifen durchnässt wurde. Ich joggte zur Fahrertür, klopfte an die Scheibe und war erleichtert, Zoe dort zu sehen. Das schwache Licht der Innenbeleuchtung des Wagens verlieh ihr durch die verschwommene Sicht einen sanften Schimmer. Mein Herz verkrampfte sich und fing an, heftig und schnell zu pochen.

Die letzten zwei Tage waren die Hölle für mich gewesen. Ich war weit davon entfernt, mir Gedanken darüber zu machen, was es bedeutete, dass ich mich so tief hineingeraten war. Als sie die Tür mit einem leisen Klicken entriegelte, riss ich sie auf und lehnte mich hinein. Ich hatte vor, etwas zu sagen - auch wenn ich keine Ahnung hatte, was. In dem Moment, in dem ich ihre Augen sah und die Intensität der Gefühle, die sich darin widerspiegelten, schob ich meine Hand in ihr Haar und küsste sie. Sie keuchte, zog mich näher an sich heran und legte ihre Hand um meinen Hals. Es war mir egal, dass ich durchnässt war, es war mir egal, dass dies der ungünstigste Winkel überhaupt war - ich lehnte mich in ihr Auto und wäre fast auf sie gefallen -, es war mir egal, dass wir am Straßenrand standen und meine Schwester und Tristan unser Publikum waren, mir war nur wichtig, dass Zoe nicht mehr unerreichbar war. Sie war hier, gesund und munter, und sie gehörte mir.

Ich löste meine Lippen von ihren und verteilte Küsse auf ihrem Gesicht, murmelte, wie sehr ich sie vermisst hatte und so weiter. Irgendwo dazwischen murmelte ich: „Ich liebe dich."

Es kam so leicht heraus, so natürlich, dass es mich nicht beunruhigte. Zoe erstarrte und wich leicht zurück, ihre Augen weit aufgerissen und leuchtend.

„Was hast du gesagt?", fragte sie mit leiser, gehauchter Stimme.

Ich konnte spüren, wie ihr Puls unter meinem Daumen, der über die weiche Haut ihres Halses strich, wild flatterte. Ich wurde mir meiner Worte bewusst und blieb genauso still wie sie. Ungewissheit durchzuckte mich. Ich hatte keinen blassen Schimmer, ob sie auch nur annähernd so empfand wie ich. Einen Moment lang fragte ich mich, ob ich meinen verdammten Verstand verloren hatte. Dann kam ein Gefühl der Gewissheit auf. Ich meinte, was ich gesagt hatte, also gab es keinen Grund, etwas zu beschönigen.

„Ich sagte, ich liebe dich."

Sie starrte mich so lange an, dass ich mich zu fragen begann, ob ich mich gerade zum größten Narren gemacht hatte. Dann glitt ihre Hand von meinem Hals hinunter und legte sich auf mein Herz.

„Ich bin ein bisschen ausgeflippt. Normalerweise flüchte ich nicht auf diese Weise", sagte sie.

Mir gelang ein Nicken, denn was hätte ich sonst tun sollen? In all meinen Jahren hatte ich immer die Gnade der Oberhand gehabt, wenn es um Frauen ging. Ich hatte nie so darüber nachgedacht, aber in diesem Moment wusste ich, dass es stimmte. Ich war nie derjenige gewesen, der sein Herz auf diese Weise verschenkt hatte. Denn niemand hatte mir jemals so viel bedeutet wie Zoe. Genau hier, genau jetzt, während ich im Regen am Straßenrand wartete, hielt sie mein Herz in ihren Händen, ob sie es wusste oder nicht.

Plötzlich stiegen ihr Tränen in die Augen, und sie sagte etwas, aber ich konnte es zwischen dem Regen, den vorbeifahrenden Autos und ihrem Weinen nicht verstehen.

„Liebes, was hast du gesagt?"

Ihre Augen trafen wieder auf meine. „Ich sagte, ich liebe dich!"

Na dann. Verdammte Scheiße. Die Welt war wieder in Ordnung.

Ich neigte meinen Kopf und küsste sie erneut.

In diesem Moment stupste mich jemand am Rücken an. Ich richtete mich auf und sah Tristan vor mir stehen.

„Wenn du nicht zurück zum Auto gehst, wird Belle diesen Moment mit euch teilen", sagte er mit einem schiefen Grinsen. „Der einzige Grund, warum sie noch nicht hier ist, ist, dass es hier draußen so scheußlich ist und sie ihren Regenmantel vergessen hat."

Zoe lehnte sich um meine Schulter. „Hey Tristan, danke, dass du mit Ethan mitgekommen bist, um mich abzuholen."

Er nickte, wie immer höflich. „Klar doch. Gib mir ein paar Minuten, und ich denke, wir können dein Auto aus dem Graben holen. Warum nehmt ihr zwei nicht dein Auto, und ich fahre mit Belle hinterher?"

Ich dankte den Sternen für Tristan. Er war immer praktisch veranlagt und plante stets voraus. Wenn er dachte, dass wir Zoes Auto in den Griff bekämen, konnten wir das wahrscheinlich auch.

———

Wenig später fuhr ich mit Zoe an meiner Seite in Richtung Norden. Belle hatte nur widerwillig zugestimmt, mit Tristan in meinem Auto zurückzufahren. Ich glaube, der einzige Grund, warum sie zustimmte, war, dass sie sehen konnte, dass ich mit Zoe allein sein wollte. Außerdem hatte sie sich in meinem Auto mit Zoe unterhalten können, während Tristan und ich uns darum kümmerten, Zoes Wagen aus dem Graben zu holen. Das war gar nicht so schwer. Ich meldete mich freiwillig, um draußen im Regen zu bleiben und das Auto anzuschieben, da ich bereits völlig durchnässt war.

Zoes Auto war irgendein Kleinwagen. Ich bot mich als Fahrer an, da sie müde aussah und ich wusste, dass sie schon ein paar Stunden im Regen gefahren war. Ihr leichtes Einverständnis dazu zeigte mir, wie müde sie war. Ich hatte meine Hand auf ihrem Oberschenkel, denn es war mir physisch unmöglich, sie nicht zu berühren. Nur wenige Zentimeter trennten uns, und es fühlte sich dennoch nach viel zu viel Abstand an.

Die Erleichterung darüber, wieder neben ihr zu sein, war ziemlich groß, und wäre ich bei klarem Verstand gewesen, hätte mich das gestört. Aber es war Zoe, und ich war nicht mehr zurechnungsfähig, seit ich sie das erste Mal geküsst hatte, also störte es mich nicht im Geringsten. Das einzige Problem war die Tatsache, dass es mich beim Fahren ablenkte und mein Schwanz so steif war, dass ich mich ständig in meinem Sitz bewegen musste. Ich hatte sie vermisst und alles fühlte sich ganz roh an. Irgendwie trug die Tatsache, dass ich vom Regen durchnässt war, ebenfalls zu diesem Gefühl bei.

Ich blickte zu ihr hinüber, und mir stockte der Atem. Sie war so verdammt schön. Die Scheinwerfer der vorbeifahrenden Autos beleuchteten ihr sattes kastanienbraunes Haar, das feucht war und in wilden Wellen um ihre Schultern trocknete. Ich spürte, wie ich immer tiefer in das Verlangen, das mich durchströmte, driftete. Ich musste mich irgendwie zusammenreißen, also suchte ich das Gespräch.

„Ich hoffe, Belle hat dich nicht belästigt, während wir dein Auto repariert haben", sagte ich.

Zoe sah mich an und schenkte mir ein kleines Lächeln. „Aber nein. Sie war sehr nett. Ich bin froh, dass ich sie kennengelernt habe. Sie hat mir erzählt, was für ein toller Bruder du bist."

Ich gluckste. Natürlich würde Belle das tun.

„Ach, hat sie das? Na ja, hör nicht auf alles, was sie über mich sagt, vor allem nicht auf die Streiche, die ich ihr gespielt habe, als wir noch klein waren."

Zoe lachte leise und drückte meine Hand, die auf ihrem Oberschenkel ruhte. Eine Welle der Lust überrollte mich. Ich schaute zu ihr und fing ihren Blick kurz auf. Das machte es nur noch schlimmer. Verdammt noch mal. Ich war nicht bereit, diese ewige Fahrt abzuwarten. Ich hatte Belle bereits mitgeteilt, dass ich morgen früh zu Hause sein würde. Als sie versucht hatte, Zoe zu überreden, mit in meine Wohnung zu kommen, hatte Tristan sie mit einem Blick zum Schweigen gebracht.

Ich sah eine Ausfahrt auf der Autobahn vor uns und nahm sie. Innerhalb von Sekunden befanden wir uns in der regnerischen Dunkelheit auf einer unbekannten Nebenstraße.

„Wohin fährst du?", fragte Zoe mit einer Stimme, die in der Stille ihres Wagens kaum zu hören war.

„Hierher", sagte ich, als ich ein Schild für einen Park sah.

Ich hatte gelernt, dass der Staat Washington Parks liebte. Sie waren überall zu finden. Ich behielt meine

Hand auf der kühlen Haut von Zoes Oberschenkel und steuerte eine kurze Straße hinunter, die auf einem Parkplatz endete - einem völlig menschenleeren Parkplatz, der von Bäumen umgeben war. Ich hielt abrupt an und drehte mich zu ihr um.

Was auch immer sie gedacht haben mochte, sie schien auf der gleichen Wellenlänge zu sein. Ihre Augen blitzten im schwachen Licht der einzigen Lampe in der Ecke des kleinen Parkplatzes lustvoll auf. Mir war nicht nach Reden zumute. Ich schob meine Hand zwischen ihre Knie und wurde wieder einmal daran erinnert, dass ich ihre Vorliebe für Röcke verdammt liebte. Sogar an diesem kühlen, regnerischen Abend hatte sie einen ihrer ordentlichen Röcke an. Perfekt, um ihn nach oben zu schieben und einen Finger über die Seide an der Oberseite ihrer Oberschenkel gleiten zu lassen.

Sie war heiß und feucht. Als sie aufstöhnte, zog ich sie zu mir. Es war chaotisch und kein bisschen sanft, aber schließlich saß sie rittlings auf mir und lachte leise. Nachdem ich sie auf meinen Schoß gehoben hatte, sah ich zu ihr auf. Unsere Blicke trafen sich, und sie wurde still. Sie ließ sich auf mir nieder, und ich konnte ihre feuchte Hitze an meinem Schwanz selbst durch meine Jeans hindurch spüren.

Mein Herz schlug, als ob es gleich explodieren würde, aber es fühlte sich so gut an, hier bei ihr zu sein, dass ich mir keine Gedanken darüber machte. Die Luft um uns herum war heiß, elektrisch geladen und mit einer Tiefe von Gefühlen beschwert, die ich noch nie erlebt hatte. Ich holte tief Luft und neigte meinen Kopf, um sie zu schmecken. Ihre Haut war salzig und süß mit einem Hauch des kühlen Regens. Mit Küssen, Lecken und Knabbern bahnte ich mir meinen Weg ihren Hals hinauf. In dem Moment, als sich unsere Lippen trafen, war jeder Anschein von Kontrolle, den ich noch besaß, verloren. Ich ließ alles, was ich fühlte, in unseren Kuss einfließen - Tage der Sehnsucht und der Begierde, der Sehnsucht nach ihr und der Ungewissheit, was ich mit meinen Gefühlen anfangen sollte.

Es war heiß, chaotisch und wild. Sie stemmte ihre Hüften gegen mich und stöhnte und keuchte in meinen Mund, bis ich dachte, ich würde explodieren, wenn ich nicht bald in ihr sein könnte. Ich griff zwischen uns hindurch und schob ihr Höschen aus dem Weg. Ihre glitschigen Schamlippen waren durchnässt. Ich versenkte zwei Finger auf einmal in ihr und stöhnte, als sie ihre Lippen von meinen riss und aufschrie. Fummelnd griff sie zwischen uns und zerrte an den Knöpfen meiner Jeans. Ich wollte das hier auskosten, aber ich brauchte sie zu sehr.

Mein Bedürfnis nach ihr war roh und unerbittlich, grausam in seiner Intensität. In Sekundenschnelle befreite sie meinen Schwanz und schob meinen Slip aus dem Weg. Sie streichelte ihn einmal, aber ich konnte nicht warten und griff zwischen uns, hob mit einer Hand ihre Hüften an und setzte mit der anderen meinen Schwanz an ihren Eingang. Ihre feuchte Hitze küsste meinen Schwanz, und ich blickte auf, weil ich sie sehen musste.

Sie bewegte sich ungeduldig.

„Zoe", murmelte ich. Es war ein verdammtes Wunder, dass ich es schaffte, bei dem rasenden Herzschlag und dem Verlangen, das mich durchströmte, überhaupt noch zu sprechen.

Sie öffnete ihre Augen und sah mir in die Augen. Ich hielt still, obwohl es mich jedes letzte Quäntchen Disziplin kostete.

Alles reduzierte sich auf diesen Moment. Außer

dem Geräusch des Regens, der draußen fiel und auf das Autodach trommelte, war es, als wären wir allein im Universum. Mein Herz pochte und die Lust peitschte auf mich ein, aber ich hielt still.

„Ich habe das ernst gemeint, was ich gesagt habe."

Sie biss sich auf die Lippe und neigte den Kopf zur Seite. „Was?"

„Ich liebe dich."

Sie holte zitternd Luft, bevor sie nickte. „Ich dich auch."

Der ausgefranste Faden, an dem ich gehangen hatte, riss. Ich wölbte meine Hüften und zog sie mit einem Mal nach unten, drängte mich in sie. Sie schrie auf und ihr Kopf fiel nach vorne, um ihre Stirn an meine zu pressen. Unsere Atemzüge vermischten sich, und wir begannen, uns miteinander zu bewegen. Ihre Muschi pulsierte um mich herum - eine feuchte, samtige Umklammerung, die mich in den Wahnsinn trieb.

Es war nicht sanft. Es war rau, heiß, nass und schmutzig. Innerhalb weniger Sekunden schrie sie auf, ihr Inneres pochte um mich herum. Meine Erlösung kam wie ein scharfer Peitschenhieb der Lust, der mich durchzuckte. Ich verausgabte mich in ihr und lehnte meinen Kopf zurück, als ihrer auf meine Schulter fiel. Ich drückte sie fest an mich und atmete einfach ein, nahm ihren Duft und ihr Gefühl in mich auf. Nachdem wir wieder zu Atem gekommen waren, lösten wir uns vorsichtig voneinander.

Wenig später kam ich aus dem Badezimmer von Zoes Wohnung, warm und trocken nach einer dampfenden, heißen Dusche. Sie stand in der Küche und drehte sich mit zwei Bechern in der Hand zu mir um.

„Heiße Schokolade", verkündete sie, bevor sie mich auf die Couch schob.

Wir sahen uns etwas im Fernsehen an. Ich hatte keine Ahnung, was, aber Zoes Beine hingen über meinem Schoß, also war alles gut. Ich schlief ein, während sie sich warm an mich schmiegte, und konnte mich zum ersten Mal seit Tagen wieder entspannen.

EPILOG

Zoe

Ich stand im Gang des Stadions und hörte die entfernten Geräusche der Menge, die allmählich aus dem Stadion drangen. Die Stars hatten heute Abend gewonnen. Es war erst die zweite Saison, in der ich sie regelmäßig spielen sah, und sie war etwas holpriger als letztes Jahr. Sie hatten zwei verletzte Stammspieler und die Ersatzspieler konnten den Rückstand nicht ganz aufholen. Außerdem hatte man nicht erwartet, dass sie heute Abend gewinnen würden. Ethan hatte ein hervorragendes Spiel abgeliefert, aber ich war der Meinung, dass er das immer tat.

Ich hörte seine Stimme, als er Liam über etwas neckte. Ein Lächeln erblühte in meinem Herzen und erstreckte sich bis zu meinen Zehen. So schlimm war es. Ich dachte immer, der Reiz würde irgendwann nachlassen, aber das hatte er noch nicht.

Er kam um die Ecke und grinste, als er mich sah. Ich dachte immer noch, dass er zu attraktiv für mich war. Ich meine, mein Gott, es war lächerlich. Er ging mit einer Leichtigkeit, die er nicht einmal bemerkte. Frauen fielen immer noch in Ohnmacht, wenn sie ihn nur ansahen. Er erreichte mich und nahm mich in seine Arme.

Ich lachte und blickte zu Boden. Es war albern von ihm, mich hochzuheben, da ich fast so groß war wie er, aber er tat es trotzdem. Ich begegnete seinem neckischen grünen Blick, den ich früher für unbekümmert gehalten hatte, aber jetzt machte er mich nur noch feucht.

„Nettes Spiel", murmelte ich, als er eine Hand in mein Haar schob und mich an sich zog.

„Was bekomme ich dafür?", antwortete er, während sich seine Lippen auf meinen bewegten.

Er gab mir keine Chance zu antworten und küsste mich besinnungslos, direkt vor den Augen aller Passanten.

ETHAN

Zoe stand an der Reling, ihr Haar wehte im Wind und sie schaute auf den Ozean hinaus. Sie hatte darauf bestanden, dass ich die Inseln im Puget Sound besuchen sollte, und so waren wir auf dem Weg nach San Juan Island für ein langes Wochenende in einem Gasthaus. Ich hatte einen verdammt guten Plan für einen Heiratsantrag, aber ich war plötzlich ganz ungeduldig. Vor dem leicht bedeckten Himmel leuchtete ihr Haar so intensiv und sie war so verdammt schön, dass ich meinen Plan in den Wind schlug.

Ich ging zu ihr und lehnte mich neben ihr an die Reling, legte meinen Arm um ihre Taille und zog sie fest an mich. Sie blickte in meine Richtung, eine Haarsträhne wehte ihr in die Augen. Ich streckte die Hand aus, um sie aus dem Weg zu streichen.

„Es ist schön", sagte ich.

„Ich finde, schön trifft es nicht ganz", sagte sie und grinste.

Sie hatte recht. Die Luft roch frisch und salzig nach Meer. Seattle verschwand hinter uns, die Skyline war weit entfernt, während das Boot sich immer weiter entfernte. Möwen schrien und schwirrten umher. Nur wenige Augenblicke zuvor hatten wir einige Orcas gesichtet. Ich war definitiv nicht in meinem Element, aber das machte mir nichts aus. Solange Zoe bei mir war, war es mir scheißegal, wo ich war.

„Vielleicht nicht. Aber deswegen bin ich nicht zu dir gekommen."

„Ach? Hast du schon gelernt, wie man das Boot fährt?", fragte sie mit einem verschmitzten Grinsen.

Ich hatte es gewagt, mit dem Bootskapitän zu plaudern, und Zoe verkündet, dass ich der Meinung war, wir hätten viel zu viel für eine Fahrt über das Wasser bezahlt, aber darüber wollte ich mich jetzt nicht lustig machen.

„Liebes, lass uns heiraten."

Ihre Augen weiteten sich und dann fing sie an zu lachen. Nach einer Weile liefen ihr die Tränen über die Wangen. Ich zog sie an mich, lehnte mich mit dem Rücken gegen das Geländer und zog sie zu mir heran. Ich strich ihr Haar zurück.

„Ich hatte alles geplant, aber ich wollte nicht länger warten", murmelte ich, während ich ihr einen Kuss auf die Wange drückte. „Ich wollte dich nicht zum Weinen bringen."

Sie strich sich mit ihrem Ärmel über die Wangen und unterbrach mich, als ich mich zu ihren Lippen küsste.

„Es sind gute Tränen", sagte sie mit einem Schluckauf. „Was meinst du damit, du hattest das alles geplant?"

Ich lehnte mich zurück und nahm ihren Anblick in mich auf. „Ich wollte bis heute Abend beim Essen warten. Ich habe einen Ring und alles."

Sie starrte mich ungläubig an, und eine weitere Träne rollte ihre Wange hinunter. „Oh. Wow. Du machst mir also wirklich einen Heiratsantrag."

Ich nickte und fragte mich, ob ich hier etwas falsch gemacht hatte. Es war ungefähr ein Jahr her seit jener regnerischen Nacht, in der ich mich endlich der Tatsache gestellt hatte, dass ich sie liebte. In der Zwischenzeit waren wir zusammengezogen und befanden uns gerade mitten in der Suche nach einem Haus außerhalb der geschäftigen Innenstadt von Seattle. Sie hatte die Aufregung überstanden, als unsere Beziehung publik wurde. Wie sie befürchtet hatte, gab es in der Öffentlichkeit einige Kommentare, dass sie mich getroffen hatte, weil sie mit meinem Rechtsfall betraut worden war. Zu meiner Erleichterung hatten mehrere Kollegen von ihr öffentlich festgestellt, dass sie genau das getan hatte, was erforderlich war, und meinen Fall abgegeben hatte. Ich ärgerte mich immer noch über diese Sache, weil ich sie für völlig sinnlos hielt. Aber die Wogen hatten sich geglättet, und darüber war ich erleichtert. Zoe war nun mal schnell besorgt und lächerlich wählerisch. Hin und wieder kam mir der Gedanke, dass ich dankbar sein sollte, dass sie ein paar Regeln für mich gebrochen hatte.

Wieder einmal hatte ich mich nicht an den Plan gehalten, und obwohl nicht sie es war, die den Plan gemacht hatte, ärgerte es sie bestimmt. Dieser Gedanke brachte mich zum Grinsen.

Sie beäugte mich, ein leichtes Lächeln breitete sich aus. „Was?"

„Ich denke nur, dass es bei dir besser ist, keinen Plan zu haben", erklärte ich, schob meine Hand in ihr Haar und zog sie an mich heran.

„Also, was sagst du?", murmelte ich.

„Ja. Natürlich sage ich Ja", antwortete sie und ihre Wangen erröteten. „Du kannst doch nicht denken, dass ich etwas anderes sagen würde."

Mit einem Schlag wurde mir die Bedeutsamkeit des Augenblicks bewusst. Ich wusste sehr wohl, dass Zoe mein Herz in ihren Händen hielt, aber mein Hang zur Selbstsicherheit ließ mich vergessen, mir darüber Gedanken zu machen, was das bedeutete.

Ich lehnte mich zurück und schnappte nach Luft. „Nein, Liebes. Ganz so einfach ist es nicht. Ich kann immer noch nicht ganz glauben, dass du mich nicht verjagt hast. Damit du nicht denkst, ich hätte die Oberhand, vergiss nie, dass das Gegenteil der Fall ist. Ich würde alles für dich tun."

Eine weitere Träne kullerte über ihre Wange, und dann küsste ich sie, während die Wolken über den Himmel zogen und die Meeresbrise um uns herum wirbelte.

Danke, dass Abseits jeder Vernunft - ich hoffe, Ihnen hat die Geschichte von Ethan und Zoe gefallen!

Melden Sie sich unbedingt für meinen Newsletter an, um die neuesten Nachrichten, Leseproben und mehr zu erhalten! Klicken Sie hier, um sich anzumelden:: https://jh-croix.ck.page/ee53a5ef22

. . .

Melden Sie sich für meinen Newsletter an. Dabei handelt es sich um ein exklusives Geschenk nur für neue Abonnenten. Bonusszene GRATIS - ab Buch 1 in Brit Boys in Seattle - Serie! Es ist schon ein paar Jahre her, dass Liam & Olivia in Das Spiel ihr Happy End gefunden haben. Viel Spaß mit diesem Ausschnitt aus ihrem zukünftigen Leben!

Klicken Sie auf den untenstehenden Link, um Ihr Exemplar zu erhalten.

Das Spiel - Bonusszene: https://BookHip.com/ LFMBPCB

Wenn Sie noch mehr Sportromane lesen möchten, sollten Sie sich die Geschichte von Tristan & Daisy in dem nächsten Spiel mit mir. Eine brandheiße Geschichte, in denen sich Freunde zu Liebhabern entwickeln. "...diese Autorin hat es geschafft, mit einer weiteren Geschichte aufzuwarten, die mich zum Nachdenken anregt und mich sagen lässt ... WOW ... VERDAMMT WUNDERBAR ... WOW." Lassen Sie sich Tristans Geschichte nicht entgehen!

1-Klick: Spiel mit mir - Ein Fußball-Liebesroman

ÜBER DEN AUTOR

USA Today-Bestsellerautorin J. H. Croix lebt mit ihrem Mann und zwei verwöhnten Hunden in einer kleinen Stadt in Maine. Croix schreibt zeitgenössische Liebesromane mit starken Frauen und Alphamännern, die sich nicht scheuen, Gefühle zu zeigen. Ihre Liebe zu schrulligen Kleinstädten und den dort lebenden Charakteren spiegelt sich in ihren Texten wider. Machen Sie einen Spaziergang auf der wilden Seite der Romantik mit ihren Bestseller-Romanen!

jhcroixauthor.com
jhcroix@jhcroix.com

f facebook.com/jhcroix
O instagram.com/jhcroix
BB bookbub.com/authors/j-h-croix

Printed in Germany
by Amazon Distribution
GmbH, Leipzig